RHINESTONE PUBLISHING

AF162394

PIERRE MAURICE

INITIA

ZEIT DER ANFÄNGE

RHINESTONE PUBLISHING

© 2016 Pierre Maurice

Verlag: Rhinestone Publishing, Berlin

ISBN

Paperback: 978-3-946787-00-6

Hardcover: 978-3-946787-01-3

e-Book: 978-3-946787-02-0

Printed in Germany

Das Werk, einschliesslich seiner Teile, ist urheberrechtlich geschützt. Jede Verwertung ist ohne Zustimmung des Verlages und des Autors unzulässig. Dies gilt insbesondere für die elektronische oder sonstige Vervielfältigung, Übersetzung, Verbreitung und öffentliche Zugänglichmachung.

Gratias agimus
Wir sagen Dank

Mein und des Verlegers besonderer Dank gilt insbesondere den Brüdern Cyrille und Thomas in der Klostergemeinschaft von St. Maurice für Ihre freundschaftliche Feinfühligkeit und ihr tief empfundenes Gespür für die Anliegen meines „Helden", ebenso wie seines Autoren, für ihre feinsinnige Geduld und liebenswürdige Begleitung!

Ebenso danke ich dem Abt, Jean César Scarcella, für seine grosszügige, wohlmeinende Unterstützung und seine gehörige Geduld angesichts meiner kaum verstummenden Neugier.

Von besonderem Wert waren die unzähligen und im wahren Sinne des Wortes erhellenden Anregungen, die Prof. Dr. Dr. h.c. Johannes Fried mir seit frühen Jahren - und bis zur Drucklegung - in vielfältiger Form gegeben hat. Ebenso ist es mir eine Ehre, Pater Dr. Petrus Cornelius Mayer für seine initiale Einschätzung meiner Konzepte zu danken. Ohne seine anfänglichen Bemerkungen hätte ich es nie gewagt.

Ohne die Unterstützung meiner engsten Freunde jedoch hätte ich mich nie auf den Weg gemacht, diese abenteuerliche Lebensreise zu beginnen.

Gott sei Dank, dass es über all das hinaus nicht auf unser Wollen und Rennen und Machen ankam, sondern im Grunde war und ist alles ein Geschenk!

Pierre Maurice

Miles • Mansiones • Mutationes
Meilen • Herbergen • Stationen

INDEX GENERALIS – INHALTSVERZEICHNIS

INTRODUCTIO	13

PRAESAGITIONES – ZEIT DER AHNUNGEN

WIE ALLES BEGANN	25
DIE ALTEN	29
DIE SEHNSUCHT	45
ENTFREMDUNG	51
INITIA	53

PARATIONES – ZEIT DER VORBEREITUNGEN

HOLZKASTEN	57
INSCRIPTIONES	59
INSCRIPTIO PRIMA	61
BRIEF AN DEN BRUDER	65
VITA CAROLI	71
GEBETE UND GEBIRGE	77
INSCRIPTIO SECUNDA	83
DER ENTSCHLUSS	87
BRIEFE AN ANNA UND DIE MUTTER	91
AN DIE MUTTER	95
ZEIT DER ZUBEREITUNG	97

Index Generalis – Inhaltsverzeichnis

Mysterium	105
Die Abschrift	113
Der Ursprung aller Geheimnisse	115
Das Eigentliche	121
Macht und Herrlichkeit	123
Inscriptio Tertia	131
Marginalien	137
König von Jerusalem	139
Perturbatio	143
Verfehlung	145
Sie hat geantwortet	149
Maleficium	153
Zauberei	157
Inscriptio Quarta	161
Der aufgeschobene Tod	165
Inscriptio Quinta	167
Der Brief an Anna	173
Zweifel und Zuversicht	181
Invocabit	187
Tod es Erwählten	193

REMINISCERE
GEDENKEN — 199
DAS ERINNERN GOTTES — 203
ZUM EIGENEN ERINNERN — 207
MEIN ERINNERN — 209
COMMUNICATIO — 213
DAS ERINNERN DES REICHES — 217
KAMPF UND ENTSCHEIDUNG — 221

OCULI — 225

LAETARE — 231
INTRIGEN UND GESPINSTE — 233

JUDICA — 237

SONNTAG DER PALMEN — 241
RESTITUTIO IMPERII — 245
BOTEN WELCHER BOTSCHAFT — 249
VON HOHER HAND — 253

ANASTASIS — 257
INSCRIPTIO SEXTA — 259
RITTER UND GRAB — 259
REITER UND SCHWERT — 260
RETTER UND KÖNIG — 261
DREISSIG SILBERLINGE — 263

AUF UND DAVON	265
NACHT UND ERLEUCHTUNG	267

MISSIO – ZEIT DER AUSSENDUNG

MISSIO – AUSSENDUNG	273
MISSIO I – PARS PRIMA	275
VORSORGE	281
MISSIO II – PARS SECUNDA	285
MISSIO III – PARS TERTIA	289
VORBEREITUNGEN	293
MISSIO IV – PARS QUARTA	295
DÜSTERE HORIZONTE	301
LETZTE VORKEHRUNGEN	303
HERZSCHLAG	307
ABSCHIED UND DANK	309
INSCRIPTIO SEPTIMA	313
WEITER	315

ANNOTATIONES – ANMERKUNGEN

ANMERKUNGEN	319
VERZEICHNIS UND HERKUNFT DER ABBILDUNGEN	321
QUELLEN UND VERWEISE	322

Introductio

Es war über lange Zeit hin schon viel geschehen, bevor alles seinen Anfang nehmen konnte.

Und im Grunde hatte alles, wovon wir hier berichten, seinen wirklichen Anfang genommen, als all diejenigen, von denen wir berichten, noch nicht geboren waren. Sehr lange sogar, bevor sie - die Hauptpersonen unserer Erzählungen - überhaupt in unsere Welt treten konnten.

Die Anfänge reichten mindestens tausend Jahre zurück: Seit dem Jahre 293 unserer Zeitrechnung hatte der römische Kaiser Diokletian eine Reform des römischen Staates angeordnet und diese auch sukzessive durchgesetzt. Sie diente der dauerhaften Stabilisierung des Imperium Romanum:

Er führte zunächst eine Provinzreform vermittels einer Neueinteilung der Gebiete und deren Flächen durch. Und erst damals wurde die eine Provinz geschaffen, die später steter „casus belli", also Kriegsgrund, zwischen den Burgundern und den Helvetiern wurde, und die in unseren Erzählungen noch oft vorkommen wird:

Die kleine Provinz „Maxima Sequanorum" mit den Hauptorten der Helvetier, nämlich Avenches, oder lateinisch „Aventicum", und der Rauriker, das man noch heute oft „Augusta Raurica" nennt.

Denn bis dahin hatte sich die alte Provinz Belgica bis nach Solothurn erstreckt. Nach den grossen Reformen dieser Jahre aber endete die Provinz Belgica irgendwo nördlich in den elsässischen Bergen und Solothurn lag seit dieser Zeit nicht mehr im „alten" Belgien.

Auch verfügte Diokletian damals eine Finanz- und Wirtschaftsreform sowie eine Herrschaftsteilung, die eine - in römischen Tagen durchaus nicht ungewöhnliche - Tetrarchie, eine Viererherrschaft, etablierte: Zwei „Augusti" und zwei „Caesares" ergänzten einander und teilten sich die Herrschaftsbereiche des Imperium Romanum.

Diokletian orientierte sich dabei stets an altrömischen Traditionen. Er setzte nicht nur politische Reformen im heutigen Sinne durch, sondern er leitete auch eine kultische Neuerweckung altrömischer Religionsformen ein. Man glaubte, dass die penible Einhaltung der kultischen Vorschriften eng mit der „salus publica", dem öffentlichen Heil und Wohl, verbunden sei.

Notwendigerweise hatte diese kultische und kulturelle Rückbesinnung des Kaisers Auswirkungen auf andere religiös orientierte Gemeinschaften, die sich der römischen Staatsreligion nicht anpassen wollten oder konnten.

Zuerst traf es die Manichäer, eine neu aufgekommene, synkretistische Gemeinschaft, die orientalische Kosmologien mit allerlei Mystizismus zu einem Konglomerat verbanden, das die Römer als staatsfeindlich, die Griechen als grenzenlos irrational und die Juden als ungehemmt gottlos empfinden mussten.

Aber viele Christen - wie selbst der berühmte Kirchenvater Augustinus von Hippo - waren von den Manichäern sehr angezogen und hatten, wie eine „Jungendsünde", anfangs eine „manichäische Phase". Für die Römer, allemal für deren staatstragende Oberschicht, war das eine grosse Gefahr.

Der religiös motivierte Reinigungswahn der römischen Oberschichten, oft gepaart mit einer pöbelhaften Gewalt der armen Schichten, traf aber auch eine grosse Gruppe von Anhängern des so bekannten Mannes aus Galiläa, insbesondere diejenigen, die sich in der Nähe des Kaisers, also in Rom oder in den Palästen der Statthalter in den Provinzen, befanden oder dort arbeiteten.

Ganz besonders hart traf es aber die oft ein wenig zurückgezogen lebenden Gemeinschaften dieser Christen, als ihre Oberen in den diokletianischen Verfolgungen oft grausam hingerichtet, ihre Kirchen geplündert, ihre Heime verbrannt und ihre Kinder und Frauen versklavt und missbraucht wurden.

Ungemein schwierig war es aber auch für die Soldaten der römischen Armee, von denen viele sich zu dem zunächst aus römischer Sicht seltsam anmutenden monotheistischen Glauben der Christen bekehrt hatten. Nicht selten kam es dabei zu gegenseitigen Verleumdungen von Kameraden und Waffenbrüdern, die tags zuvor noch Seite an Seite gekämpft hatten.

Es gab in der Armee geradezu einen Zwang zur Verleumdung und zum Verrat der „Staatsfeinde", als die Christen und Andere damals betrachtet wurden, und wenn er missachtet wurde, kam es oft zu einer drakonischen, terrorartigen Strafe, dem „Dezimieren":

Die Legion wurde in Marschformation aufgestellt, man musste durchzählen und jeder Zehnte - egal ob schuldig oder nicht - wurde hingerichtet, bisweilen sofort und ohne Zögern. Ein Blutbad ohne Sinn und Ziel, einzig auf Terror bedacht.

Und noch heute spricht man, wenn man ungezügeltes Ausdünnen von kämpfenden Truppen bezeichnen will, von „dezimieren", also jeden Zehnten wegnehmen.

Und zu Zeiten der diokletianischen Verfolgung konnte das Verfahren im Extremfall mehrfach wiederholt werden: Immer wieder jeder Zehnte verlor sein Leben, und mit ihm verlor auch seine Familie ihre Existenz, ihre Vorsorge für das Alter und ihre sowieso nur bedingte Freiheit. Und so kamen auch die Tapfersten im Angesicht des sicheren Todes dazu, selbst ihre Kameraden zu verraten.

Es muss in diesen Jahren gewesen sein, dass eine vorwiegend mit Afrikanern vom oberen Nil besetzte Legion am Oberlauf der Rhône den Befehl erhielt, die aufkommenden und nur schwer zu kontrollierenden quasi-autonomen - denn so hatte man sie empfunden - christlichen Strukturen am Lacus Lemanus und im Wallis zu zerstören. Man nannte sie die thebäische Legion, und sie war in Agaunum, dem heutigen St. Maurice d'Agaune, stationiert.

Als die Soldaten sich weigerten, gegen die christlichen Gruppen vorzugehen, wurden sie „dezimiert", und es traf sehr bald die bis heute namentlich bekannten Anführer:

Einen gewissen Mauritius, der - einer späteren Erzählung nach - nicht nur meinte, man müsse Gott mehr gehorchen als den Menschen, sondern auch, er habe diesem Kaiser, der ihn nun töten wolle, sein ganzes Leben gedient mit seinem Leib. Nun weigere er sich aber, ihm mit seiner Seele zu dienen. Und er würde ihm ganz sicher nicht opfern, denn dies gebühre nur dem einen Gott im Himmel.

Er und seine Genossen, von denen die Legende auch Namen überliefert hat, wurden auf der Stelle hingerichtet. Und wie an so vielen anderen Stellen auch, wurden in der Folge die ersten christlichen Gemeinden im heutigen Abendland auf dem Blut der Märtyrer, der „Zeugen", erbaut.

Doch es vergingen nur wenige Jahre, und die Versprengten dieser - wie eben man sagte - aus Theben kommenden Schaar waren geflohen und hatten traditionell römische Orte erreicht wie Solothurn, das eine der schönsten Städte gerade der alten Provinz „Belgica" gewesen sein soll, wie eine dort noch heute vorhandene Inschrift bezeugt.

Oder sie erreichten das schon von den ersten Alemannen bewohnte Zürich, wo sie eine neue Gemeinde gründeten, in der - wie man vermuten darf - keltische Helvetier und Rauriker zusammen mit gerade erst angekommenen alemannischen Familien Gottesdienst feierten. War es damals doch kaum mehr als eine Generation her, dass die Alemannen - nach jahrhundertelangen Wanderungen und Raubzügen - endgültig den oberen Rhein überschritten hatten.

Am weitesten könnte, wenn die Legenden stimmen, die Gruppe der Versprengten gekommen sein, die sich dann vor den Toren der Colonia Ulpia Traiana, dem späteren Xanten an Niederrhein, fand.

Auf jeden Fall war diese neue Religion, die Diokletian mit allen Mitteln zu bekämpfen suchte, gerade hier, nördlich der Alpen, nicht mehr aufzuhalten.

Und spätestens als einer der Tetrarchen, der Caesar Konstantin, der das Reich rund ein Jahrzehnt von Augusta Treverorum, dem heutigen Trier aus regiert hatte, im Jahre 312 an der milvischen Brücke vor Rom im Zeichen des christlichen Gottes die wohl wichtigste Schlacht seines Lebens, und das noch auf eine sehr bemerkenswerte Weise, gewonnen hatte, gingen die Türen für die nicht-römischen Religionen im gesamten Imperium Romanum weit auf.

Spät erst gelang es dann im Norden vor allem den fränkischen Königen, seit ungefähr 500 A.D. ein Königtum zu etablieren, das sich in so Manchem an den überbrachten römischen Vorbildern orientierte, im Kern jedoch in nordischer Weise katholisch war.

Im Innern blieben aber die Völker des Nordens vielfach so etwas wie „rechtgläubige Heiden", die einen „arianisch" wie die Goten oder Langobarden, die anderen „katholisch" wie die Franken oder schon früh die allererst in diesen Zeiten entstehenden Baiuwaren.

Manche aber, wie die Sachsen oder die Alemannen waren noch viele Jahrhunderte lang „Andersgläubige": Sie praktizierten lange noch im Geheimen, im „Okkulten", ihre alten Riten und ihre oft ausgesprochen blutigen Opfer. Und sie wurden in den folgenden Jahrhunderten meist unter Zwang und dem Dahinschlachten von bisweilen Zigtausenden „missioniert". - Es war eine unselige Mischung von Motiven und Mitteln.

Kirchliche und vor allem klösterliche Verwaltungen übernahmen in diesen ausgehenden Jahrhunderten des ersten Jahrtausends geradezu staatstragende Funktionen. Und so begann eine Durchmischung von staatlicher und kirchlicher Gewalt, die später in vielen Teilen des daraus erwachsenden Reiches eine Personalunion von geistlichen und weltlichen Würdenträgern und Mächtigen ermöglichte. Und niemand hatte ernstlich daran Anstoss genommen.

Als dann die grossen Reiche unter den Karolingern zuerst entstanden und dann in West- Mittel- und Ost-Reich zerfielen, hatte sich in all diesen Ländern eine klösterliche Tradition etabliert, die - neben anderen Dingen - zumindest einer Minimalbildung der hauchdünnen, administrativ kompetenten Schichten ermöglichte.

Und die „Latinitas", das Beherrschen des Lateinischen als Reichs- und Rechtssprache, wurde zu einer Grundbedingung der Möglichkeit, die so entstandenen Räume des Reiches, seine „Gaue" und Grafschaften, zu verwalten.

Es war aber, wie man sagt, „die Messe noch nicht gesungen". Die Völker waren noch lange nicht alle angekommen, das Land, wie wir es kennen, hatte sich noch nicht völlig entwickelt.

Denn besonders seit dem Jahr 526 - es gab wahre Kältewellen, und Sommer, die nur schlechtere Winter waren, Menschen die an rätselvollen Krankheiten wie die Fliegen starben, und in Kleinasien gab es riesige Erdbeben, die Hunderttausende von Toten an einem einzigen Tag forderten - hatten sich die Dinge mit einem Male geändert.

Kalte und feuchte Zeiten waren es nämlich nach diesem Jahr 526 geworden, in den letzten Jahrhunderten des ersten Jahrtausends unserer Zeitrechnung.

Und erst kurz vor dem Millenium, etwa zur Zeit der berühmten Schlacht auf dem Lechfeld gegen die ungarischen Reiterheere, veränderten sich die Wachstums- und Wetterbedingungen auf dem gesamten Kontinent:

Alles wurde wärmer, auch etwas trockener und angenehmer. Und es war dauerhaft und berechenbar mild.

Die Zahl der Menschen und Tieren explodierte, und man begann nun auch die bislang völlig wilden und unbetretbaren Wälder und Gebirge zu besiedeln und bewohnen.

Fast überall wuchs nun Wein, es gab ein riesiges Angebot an geschlagenem Holz, und am Niederrhein, und besonders in Köln, reiften die Feigen in den Gärten.

Städte wurden gegründet, nicht nur Hunderte, sondern im Laufe der Zeit Tausende. Wälder und Berge wurden von „Waldfreien" besiedelt. Und oft erhielten diese Kolonisten eine Art Rechtsstellung, wie sie Jahrhunderte zuvor ihre meist germanischen oder keltischen Vorfahren noch aus eigenem Stammesrecht gehabt hatten:

Selbstverwaltung in einfachen Dingen, Erbrecht und zum Teil auch die Möglichkeit, Handel zu treiben, Geld eigener Münze zu erstellen, Märkte zu betreiben ja sogar wochenlange „Messen" abzuhalten. Solche Freiheit war ein zentrales Thema.

Doch wenig einheitlich waren diese Entwicklungen, und während einige Gegenden wie im Frühling aufkeimten, blieb es in anderen einfach beim Alten.

Und natürlich vergrösserten die selbständig oder sogar reichsunmittelbar Gewordenen ihre Städte und Regionen. Sie warben Fremde an, die sie berieten, und streckten ihre Fühler über Länder und Meere aus. Und so erhielt man Kunde von Mongolen und Asiaten, von Indern und Orientalen, und sogar von arabischen Gebräuchen.

Spätestens in diesen Tage wurde auch das obere Wallis, mitsamt seinen wilden Alpen und einsamen, abgrundtiefen Tälern besiedelt. Über die zum Teil sehr hohen Pässe waren sie nach Süden gekommen, die neuen, „alten" Siedler aus dem Stamm der Alemannen, über den Grimselpass oder den Lötschberg und die Gemmi. Und noch heute kann man ihre altdeutsch-alemannischen Dialekte am oberen und unteren Teil des frühen Rhônelaufs danach unterscheiden, über welche Pässe sie damals gekommen sind.

Doch diese neuen Siedler des übermächtig grossen Tales sprachen noch nicht die heutige Sprache des Mittel- und Seenlandes, diesen weichen, verschliffenen, vielgestaltigen und fast verspielt-langsamen Dialekt, der zwischen der erst Ende des 12. Jahrhunderts entstandenen Stadt Bern und dem Thunersee gesprochen wird.

Die noch heute so besonders anmutende, archaische Sprache der oberen Walliser deutscher Zunge bewahrt bis in unsere Tage Reste einer späten germanischen Ausdrucksweise, die aber alle Kundigen als „alemannisch" und sogar allgemein als „deutsch" einstufen. Diese Sprache ist damit Zeugin, und nicht einfach Relikt, einer prägenden Zeit der alpinen Nationen.

Aus dieser Gruppe bäuerlicher, hoch kreativer und oft ein wenig unruhig wirkender Siedler stammt der junge Mann, der Mittelpunkt unserer Geschichte wird.

Er wird hineingeboren in eine Welt kargsten Lebens aber - in bescheidenem Rahmen - höchster persönlicher Freiheiten. Er wird hineingeboren in eine sich umwälzende Welt, und nur durch scheinbaren Zufall fällt seine Geburt in das selbe Jahr, in dem in Mittelitalien ein konvertierter Kaufmannssohn in aufsehenerregender Weise seinen Tod geradezu zelebriert, während er zuvor der gesamten Christenheit in Europa und im vorderen Orient - denn man hatte Jerusalem und die Levante aus europäischer Sicht noch nicht „aufgegeben" damals - einen ungeheuren Impuls zur Erneuerung ihres Lebens und Glaubens verschafft hatte.

Denn dieser Franziskus, wie er sich nannte, wird auch das Leben des jungen Mannes prägen, der 1226 A.D. als der Walliser Bergbauernsohn Marcus geboren wird und sich im Kloster von St. Maurice den Doppelnamen Carolus Paulus gibt.

Es ist seine Geschichte, die wir hier erzählen. Das Leben des Carolus Paulus, die Vita Caroli Pauli.

Praesagitiones

Zeit der Ahnungen

Wie alles begann

Als er am Weihnachtsmorgen des Jahres 1246 erwachte, war es noch sehr früh, und es war es noch finstere Nacht. Er entzündete die wuchtige Kerze auf dem kleinen Schreibpult seiner winzigen Zelle und atmete tief. Als er das milchig-glasige Fensterchen öffnete, die einzige Öffnung zur Aussenwelt in den gut zwei Ellen breiten Mauern, die seine Zellenraum umschlossen, strömte kühle, aber keineswegs winterliche Luft herein.

Er reckte sich, dehnte seine Arme über dem Kopf, wiegte sich zur Seite, beugte sich einige Male zu Boden und richtete sich wieder auf. Dann begann er leicht auf der Stelle zu gehen, so als liefe er weg, obwohl er doch am selben Fleck blieb. Solange bis sein Atem ein wenig tiefer wurde und er spürte, dass er lebte. Es war noch mitten in der Nacht.

Dann öffnete er das riesige Buch, das er sich eigens für diese Nacht aus der Bibliothek geholt hatte. Fast ehrfürchtig schlug er es auf, suchte eine bestimmte Stelle, atmete tief durch und las:

„Populus qui ambulabat in tenebris vidit lucem magnam habitantibus in regione umbrae mortis lux orta est eis"

Und er übersetzte, halblaut vor sich hin murmelnd:

„Das Volk, das im Finstern wandelte, sieht ein grosses Licht; und über denen, die da wohnen im finsteren Lande, ist ein Licht aufgegangen".

Tief inhalierte er diese Worte und ihre Botschaft. Immer wieder sog er sie – halblaut lesend – in sich ein. Seine Seele, sein ganzes Inneres war zu einem „Ja" erwacht.

Und während er sich zum Morgengebet, das er zusammen mit den andern Brüdern im Konvent des Klosters St. Maurice begehen würde, fertigmachte, an diesem 25. Tag des Dezember 1246 A.D., begann er, eine versonnene Melodie zu summen. Lauter, fast zu laut für die frühe Morgenstunde, fügte er einfache Worte hinzu.

„Mein Licht, mein Licht",

sang er in dem schweren Dialekt seiner Bergheimat. Und plötzlich begann er, sich im Kreise zu drehen, erst mit sanft erstrahlendem Gesicht, dann laut lachend, dann überschäumend vor Freude. Hüpfend drehte er sich im Kreise, soweit es der enge Raum seines Habitats erlaubte, und tanzte in den Weihnachtsmorgen.

Doch bald schon musste er aufhören damit, es hätte die anderen gestört.

Vor fünf Jahren war er hiergekommen, erinnerte er sich, und das keineswegs aus Zwang. Im Gegenteil: Seit seiner Kommunion im Jahre 1236, am Sonntag nach Ostern, wie das so Brauch war, wollte er seinem Gott dienen. Ganz besonders dienen. Nicht wie viele Menschen – mehr oder weniger – Gott zu dienen glauben, sondern in einer Art letzter Entschiedenheit und Hingabe. Richtig eben.

Schon als Junge hatte er von dem Italiener Franziskus gehört, der in ganz anderer Weise zu den Menschen sprechen konnte als die meisten anderen vor ihm und anders, als die Herrschenden im Lande das taten. Franziskus, der einen radikalen Weg gegangen war, und den es nicht um eigene Macht und eigene Ehre zu gehen schien. Der in die Wälder zog und Armut nicht nur predigte, sondern auch lebte.

Das Vorbild des Mannes aus Assisi war faszinierend gewesen für ihn: Was hatte er denn zu verlieren gehabt, er, der wirklich arme Bergbub, der Walliser mit der – ursprünglich schweren - altertümlich klingenden Sprache.

Und er fühlte, auf eine Weise könne er Franziskus richtiggehend verstehen, denken wie er – oder was von ihm, lückenhaft, überliefert war - , ja fühlen wie Franziskus, träumte er oft vor sich hin:

Leidenschaftlich, selbstvergessen, glühend vor Gefühlen, naturverbunden aus dem Innersten seiner Seele heraus, rückhaltlos. Und so emotional, dass er oft nichts zu erklären brauchte, weil man es ihm schon auf drei Ellen hin an der Nasenspitze ansah.

Nur eines wollte er, der damals noch milchgesichtige, gross gewachsene Walliser Bub mit den dunklen, fast arabisch tiefen Augen und den vollen, schwarzbraunen Haaren, die er immer etwas länger trug, als es Sitte schien, nur eines wollte er, und das unbändig und mit all seiner Kraft.

Er wollte: Lesen, Schreiben, Rechnen, Denken, Lernen, Lehren, Sprechen, Reden, Dichten können. Und in all dem Gott und den „Menschen seines Wohlgefallens", wie er weihnachtlich dachte, damit dienen.

Und das auch in Latein - das es überhaupt nur an den Schulen richtig zu lernen gab, und das hiess in aller Regel alleine schon, in einen Orden einzutreten oder überhaupt Priester zu werden, da Schulen eine interne Angelegenheit der Orden und der grossen Bistümer waren... wenn dein Vater nicht reicher Kaufmann in den grossen, neu aufkommenden Städten war - so dachte Carolus - und einen Lehrer für seine Kinder anstellen konnte.

Und auch in Französisch – was in der Umgebung von Brig und Naters, aus der er stammte, niemand richtig gut konnte.

Und schliesslich auch in Italienisch – was zwar durch die geradezu intime Beziehung seiner Heimatgemeinde Naters zu den oberitalienischen Siedlungen der Grafen von Biandrate in der Provinz von Novara fast jeder in seiner Heimat sprechen konnte. Aber sein eigenes , bisheriges Italienisch war – wenn nicht Latrinen- oder wenigstens Küchen-Italienisch - allerhöchstens ein besseres Alltags-Italienisch, das ordentlich für das „Sopravivere", für das Überleben reichte. Für mehr aber nicht.

Und dann das Deutsche!! – Er wusste schon früh, gerade durch den Kontakt zu den Fremden, die durch Naters hindurch und an Naters vorbeizogen, oder die über die Furka oder den Albrun über Ernen zu ihnen kamen, dass er ein wohlklingendes, aber altes, schweres und für andere immer unverständlich bleibendes Deutsch sprach. Ein Deutsch, von dem er schon früh der Meinung war, dass es sich vermutlich seit der Einwanderung seiner Familie in die Hänge vor dem riesigen Aletschgletscher vor rund 250 Jahren kaum verändert haben konnte.

Denn manchmal verwendeten sie Worte und Wendungen und Bezeichnungen von Dingen, die es in den Bergen gar nicht gab. Und wenn er sich dann - laut wie immer - nach solchen Ausdrücken erkundigte, dann sagte ihm jeder nur, er solle nicht so viel fragen, das hätten sie halt schon immer so gesagt.

Dabei hatten die Alten nur „früher" gemeint, und wohl allesamt vergessen, dass sie eigentlich von jenseits des Lötschenpasses, ja von jenseits der Aare, von jenseits vielleicht sogar des grossen Flusses Rhein gekommen waren.

Sie, die Heutigen, solche aus seiner Generation, die hatten es vergessen, dünkte ihn, und man müsse sich doch erinnern, wo man herkäme, dachte er dann, sonst wisse man nicht, wohin man wolle.

Die Alten, so schien es ihm damals, am Beginn seiner Pubertät, die Alten hätten das noch alles gewusst.

Die Alten

Und nur ein einziges Mal – es muss in seinem zwölften Lebensjahr gewesen sein - war da eine alte Frau. Eine, so schien es, von denen es in Naters, vor der Kirche auf dem kleinen Dorfplatz immer welche gab: Sinnierende, in Sprüchen reimende und bisweilen fürchterlich unheimliche Gestalten, die mit bleichen Knochen von Tieren oder Ähnlichem spielten, während sie in einem fremdartigen Singsang unsinnig klingende Reime schmiedeten. Seherinnen aus der vergangen scheinenden Welt der wandernden Vorfahren, die Verse wie diese verkündeten:

„Einst sassen die Idise,
setzten sich hierher und dorthin.
Einige hefteten Fesseln,
einige reizten die Heere auf.
Einige klaubten herum
an den Volkesfesseln.
Entspringe den Haftbanden,
entkomme den Feinden...

... eiris sazun Idisi,
sazun hera duoder.
suma hapt heptidun,
suma heri lezidun,
suma clubodun
umbi cuoniouuidi:
insprinc haptbandun,
inuar uigandun!"

Es waren alte Erzählungen, Sagen und Sprüche und Reime und eigentlich gut gemeinte „Wünschungen" - und nur selten „Ver-Wünschungen" - , die so manche Hochbetagten bewahrt hatten. Aus den Tiefen uralter Zeiten.

Doch auch von den martialischen Göttern der Vorfahren kündeten sie oft, von Donar und Wotan, von Freya und Frigga, der Mutter der Walküren, und von dem kriegerischen, einhändigen Ziu, dem auch heute noch ein Wochentag gilt, und der auch unter den Völkern des Nordens unter dem Namen „Tyr" verehrt wurde.

Und sie mahnten zudem auch die Hilfe unsichtbarer, doch stets präsent zu sein scheinender Naturkräfte und -Wesen an, von Nymphen und Kobolden, Zwergen und Drachen.

Und gerade da, wo er aufgewachsen war hielt sich – und hält sich bis in die jetzigen Tage – die Sage vom Drachen, der keltischen „Nadder", und dem Drachentöter, der das Wesen besiegte, die Sage von Blut und von Mut. Aber auch von Magie, und nicht nur von der weissen Art. Sondern auch der dunklen, obskuren.

Und so waren diese Alten, die sich bisweilen – nur scheinbar endlos zerstreut – auf dem Dorfplatz von Naters im Wallis fanden, von Einigen zwar gerufen, bei Vielen aber umso mehr verrufen. Und das auch, weil viele im Volk – und nicht nur die Herrschenden und die Oberen, wie es anfangs war – ihren Halt bei dem Einen und Erhabenen gefunden hatten, dem Schöpfer des Himmels und der Erde. Der, von dem es in einem ebenfalls aus uralten Zeiten stammenden Gebet hiess:

> *„Gott, Allmächtiger, der Du Himmel und Erde erschaffen hast und den Menschen so viele gute Gaben gegeben hast, gib mir in Deiner Gnade rechten Glauben und guten Willen, Weisheit und Klugheit und Kraft, dem Teufel zu widerstehen, und das Böse zu meiden und Deinen Willen zu verwirklichen...*
>
> *... Cot almahtico, du himil enti erda gauuorahtos enti du mannun so manac coot forgapi forgip mir in dina ganada rehta galaupa enti cotan uuilleon uuistom enti spahida enti craft tiuflun za uuidarstantanne enti arc za piuuisanne enti dinan uuilleon za gauurchanne."*

Und wie das noch heute so ist, versprachen sich nicht Wenige – im Untergrund einer verborgenen und nur den so genannten Eingeweihten zugänglichen Ordnung – mit der Rückkehr „alter Welten" auch die Rückkehr oder besser die Wiederkehr der alten Götter.

Und es war etwas Neues geschehen, als in den letzten drei oder vier Generationen vor dem jungen Marcus, der jetzt Carolus Paulus heisst, erstmals einfache Leute aufstanden und herumzogen, oft als Bettel- oder Wanderprediger, und aus ihrer eigenen Erfahrung „etwas Neues" verkündeten. Eine Nachricht, die sie als die einzig Gute darstellten, nämlich das Evangelium des Gottes, der sich als Einziger selbst das Herz zerrissen hat - wie sie sagten - und als Einziger auf alle Hoheit verzichtet hatte, um die Seinen zu retten.

Und er, der Erhabene hatte, als Einziger nicht – an irgendeinem von den Anderen meist verschwiegenen üblen Ende – den Seinen den eigenen Tod und den Untergang gebracht, sondern er hat ihnen das Leben, das er selbst ist gegeben. So glaubte auch der junge Marcus.

Doch es kam selten vor in diesen Tagen, dass ein Wanderprediger oder frommer Mann umherzog und zu ihnen gelangte, in das obere Tal der Rhône, wo man Deutsch sprach und nicht Romanisch.

Und es war zuvor ungesehen und auch nachgerade unglaublich, dass es einmal – ein einziges Mal – eine Frau war, die in solcher Absicht in ihrem Ort erschienen war. Und eben diese eine alte Frau hatte ihm – und das wiederum nur ein einziges Mal – mehr, nein, vor allem auch Anderes erzählt als alle anderen sonst.

Und Tiefes hatte sie zu sagen gehabt, und Ahnungsvolles hatte sie verkündet. Und Altes hatte sie neu verständlich gemacht, und sie hat sich der Auseinandersetzung mit den alten Zeiten und den damaligen Zuständen nicht entzogen, sondern sie hatte Neues zu verkündigen…, indem sie es am Alten förmlich rieb.

Und sie hatte schon lange eigens auf ihn gewartet, schien ihm.

Und während er so manchen Tag fast achtlos an ihr vorübergegangen war, auch weil er sie anfangs für eine der anderen alten Weiber hielt, die irgendwelche Sagen und Zaubereien zum Besten gaben, manche auch gegen Geld.

Doch dann blieb er eines Tages stehen, und sie sahen sich lange an.

Dann begann sie, und als sie schliesslich – in einem kaum auszuhaltenden, langdauernden, stechend-tiefen Blick – zu ihm sprach, schien die Luft zu knistern vor Spannung:

Sie habe ein Gesicht, sagte sie ihm, und ob er es hören wolle.

„Willst Du es hören, grosser Bub?",

hatte sie ihn gefragt.

„Sag an, willst du hören, was vor langer Zeit gewesen ist, …

… und willst Du Dich - erinnernd - dem nähern, was jetzt ist, und willst Du die Zukunft verstehen, die noch kommt, obwohl sie doch in einer grossen Hand schon offen liegt, und die Du nicht verstehen wirst, selbst wenn sie hinter Dir liegt?"

Sie pausierte und atmete tief durch.

„Willst Du hören…

… wer wir sind und woher wir kommen? …

… Willst Du Dich selbst verstehen?

Mehr noch:

Willst Du sehen und hören, wozu Dein Volk berufen ist?

Vom Allerhöchsten?"

Die Alte schien ihm damals zunächst recht wirr, und reichlich unheimlich, und er wusste eigentlich nicht, was sie genau von ihm wollte.

Doch er hatte sich ihr plötzlich – mannhaft - gestellt:

„Woher weiss ich, dass Du nicht lügst? Dass Du nicht nur in Trance redest, wie die anderen Weiber hier?

Und dass Du nicht Dinge verkündest, die mir, die uns allen mehr schaden, als dass sie je nützen könnten?

Woher weiss ich, dass Du etwas weisst, und nicht nur so tust?

Und woher weisst Du es, alte Frau? – Sag mir das zuerst, dann will Dir zuhören!!"

Er war damals vielleicht eben zwölf Jahre alt gewesen, und es hatte ihn unglaublich viel Mut gekostet, ihr derart entschlossen und mannhaft entgegenzutreten.

„Hm...", hatte die Alte gebrummt.

„Ein Schlau-Hans, ein Flinke-Wort, ein Aufbrausender und Hochflieger, und doch ein Hellsichtiger, ein Voraus-Seher, egal ...

... ein Kluger eben. Auch in seinem Herzen.

Aus Dir kann was werden, weisst Du!"

Und sie hatte plötzlich in sich hinein gehört, tief – so als wäre sie einem Anderen verpflichtet, den sie erst hinzubitten wollte – und dann ihn lange gemustert, scharf, unendlich tief ihr Blick, so als sähe sie durch ihn hindurch, fast stechend.

Dann schliesslich hatte sie ihm - mit altdeutschem Akzent - geradezu befohlen:

„Ich sage Dir, setze Dich hierhein! – Do hêra".

Und dann hatte sie begonnen, mit der Sage ihrer Herkunft, ihrer aller Herkunft, und endlich mit der Vorher-Sage ihrer Zukunft:

"Du kannst es – frühreifer Held – nicht wissen, ob ich Dir die Wahrheit sage!

Denn Du weisst nichts, ausser dem, was Dir direkt vor der Nasenspitze liegt. Aber woher solltest Du es auch wissen!

Aber ich sage Dir nun, was "eirisch", was einstmals also, war, das was vorzeiten war, und ich sage es Dir nur heute. Jetzt ist der Tag.

So höre mich nun… "

Und ihr Blick begann glasig zu werden, so als blickte sie in eine vernebelte Ferne über Hunderte von Meilen, und sie redete, leidend, doch mit Leichtigkeit, als wäre sie in einer anderen Welt.

Freilich: Er hörte sie genau, und auf seltsame Weise verstand er sie. Und er sollte diese Worte auf Jahre hinaus nicht vergessen:

"Von dem hohen Berge, aus dem grossen Weiten,
von dort, woher die Sonne ihren Aufgang nimmt,
sind wir gekommen,
auf Pferden und Schlitten, auf Wagen und Wogen,
und Meilen um Meilen sind wir gezogen,
um Heimat zu finden und Nahrung und Ruh'.

Dem Abend entgegen, sind wir gezogen,
Deine und meine Väter und Mütter,
mit ihren unzähligen Kindern,
die wiederum unsere Väter und Mütter wurden.

In Bünden gebunden, Sippe an Sippe,
gebunden an Genossen, die zu oft keine treuen Gefährten waren,
sondern Ruchlose und Verräter. Treulos.
Und in solchen Verrat hingegeben waren wir gar so oftmals,
dass wir hart und härter, wild und wilder im Herzen wurden.
Verwundete, die wieder Andern Wunden schlugen.

Und so wurd' aus unserem Weiterziehen
ein nie endender Raube-Zug, ein Beute-Gang,
und aus dem Land-Gewinnen wurde Welt-Erobern.
Und unserer Väter und Mütter Hunger und Verlangen,
es war so oft nach den Gütern der Anderen.

Die Anderen, das aber waren die der gleichen und verwandten Stämme,
die vor uns lagen, immer hinterm nächsten Berg,
im nächsten Tal, hinter der nächsten Biegung.
Und Habsucht wurde wahrlich unser Führer,
und Krieg ward unsere Religion,
und solchen unersättlich' Göttern haben wir gehuldigt.

Und von dem Einen, von dem Himmlischen,
den anfänglich wir all' verehrten,
der, dem nach den grossen Urzeit-Wassern
die Irdischen gar allesamt gehuldigt,

Uns von ihm entfernend, haben wir uns hingewandt
zu Göttern der Äcker und Flure,
der Haine und Auen,
ja, zu der Gewässer tiefer Ursprünge und den Quellen der Meere,
haben wir uns hingewandt.

Nur um uns dann noch anderen Kräften hinzugeben,
solchen, die vorgaben, Leben zu geben,
indem sie doch nur Leben frassen.
Mächten, die von uns das Blut der Andern und das Eigne wollten,
und Tod nur brachten, allen unter ihrer Macht.

In Opfern haben wir uns selbst, in Kriegen,
und in dem, was wir dann Frieden nannten – ja, oh Schande! –
und nicht nur unserer Pferde, nein,
auch unserer Kinder Blut geopfert.
Hingegossen einer Horde von grausamen Geistern,
und es schaudert mich, wenn ich es sehe....
...
Und so haben wir – in ach so flüchtigen Siegen -
Stamm um Stamm, der vor uns lag,
wenn nicht ermordet,
so doch ruiniert,
und willentlich erniedrigt.

Solange, tobten wir in Wut,
bis auch wir selbst ganz dezimiert und niedrig wurden,
bis wir uns selbst nur arm noch fühlten, und am falschen Fleck.
Und ohne Heimat, ohne Land und Bleibe.

Und so wanderten wir weiter...
... nur wohin?
Barg die Flur, die uns trug schon keine Ruhe für alle unsere Mannen,
so erst recht nicht die Fluren, die wir erst noch erobern mussten,
immer in der irren Hoffnung,
dass es besser würde, wenn es erst einmal anders wird.

Ja, wir haben gegen andere Stämme unserer Völker oft gekämpft – und meist gewonnen.
Ja, wir haben - lange Zeit ist's her - gegen die allmächt'gen Römer
Kampf um Kampf, und Meile auch um Meile, dann gewonnen,
mit unserer Söhne Blut und auch der Schande unserer Frauen
haben wir bezahlt, und dann die Macht der Mächtigen vertrieben,

... nur um am Ende selbst wieder Mächtigeren zu unterliegen,
solchen, die - wie wir -
einst aus den Weiten hinter dem grossen Strom Alba gekommen.
Und wir waren - kämpfend - blutig ihnen unterlegen,
und machtlos dann geworden, gegenüber denen,
die sich selbst, die „Dreisten", Mutigen, die „Franken" nannten... „

Sie seufzte, und schien die Last, die sich ihr aufdrängte, kaum zu verkraften. Und vielleicht auch, um sich Erleichterung zu verschaffen, wechselte sie den Ton ihrer Rede:

> *„So sind wir vor genau elf Generationen gekommen, junger Löwe…*
> *… ein zerzauster, verfrorener Haufen, mit abgemagertem Vieh und völlig mittellos, eine Familie nach der anderen, keine Heeresverbände, keine Stolzen, sondern Sippen mit wehrlosen Kindern und abgemagerten Frauen.*
>
> *Wohl glaubten wir, in den damals noch kalten Tagen vor langen Generationen, eine Bleibe gefunden zu haben. Und wir haben den Namen der Täler, die wir gefunden und von ihren Ureinwohnern übernommen hatten, die Landschaft „Suites" so gedeutet:*
>
> *Als Land, in dem wir nun bleiben konnten. Im Land des Lichts und der Heimat, wie die Alten damals sagten. Denn das, Licht und Heimat, muss der Name einmal bedeutet haben. Und bis auf den heutigen Tag nennt man eine der Gegenden nördlich unseres Tales die „Swits".*
>
> *Doch es waren kalte Zeiten damals, mit langen, eisigen Wintern und nassen Sommern, und das Land ernährte auch dort seine Bewohner nicht. Besonders, als immer mehr von uns nachkamen.*
>
> *Und dann sind viele gestorben, nicht nur auf den harten und beschwerlichen Wegen, denn viele kamen über den Lötschberg hierher. Manche aber – die im oberen Wallis leben – kamen über die Grimsel, und einige wenige benutzten den anfänglich trügerisch einfachen, aber am Ende halsbrecherischen Weg über die Gemmi.*
>
> *Nicht im Triumphzug sind wir gekommen, junger Mann, sondern in – nein – nicht nur Niedrigkeit, sondern in Dreck und Krankheit. Und wären nicht wenigstens dann warme Zeiten gekommen damals, vor elf Generationen, so als hätte sie der Himmel geschickt, wir hätten hier nichts anbauen können und kein Vieh weiden.*
>
> *Sondern wir wären in unserer neuen Heimat verendet.*

*Und so haben - auf den langen Wanderungen unseres Volkes - die
Alten den Geistern der Vergangenheit wieder gedient, den Fluss-
und Quellgeistern, den magischen Mächten und Zaubersprüchen,
und manche gar dem Tod selbst. Und ein Mann stand da gegen sein
Weib auf, mit wilden Verwünschungen und gräulichen Zaubern,
und ein Weib gegen ihren Gemahl, und die Kinder verhexten ihre
Erzeuger und Erhalter.*

*Und noch heute, gerade wieder in unseren Tagen, verscharren einige
erneut die Totgeborenen in den Gletschern der Berge, in der irren
Hoffnung, dass diese Nicht-Lebenden eines Tages erscheinen würden
und wie einst die burgundischen Nibelungen die Zukunft des Volkes
retten.*

Und auch wenn Dir jetzt schaudert, junger Berglöwe..."

... - und da war ihm erst aufgefallen, dass er Gänsehaut hatte und
ihm irgendwie die Haare abstanden, während sie so schauerlich redete -

*„... auch wenn Dich jetzt schaudert, es war dann doch ein guter
Rest in uns, es war noch ein Besinnen im Volk. Ein Wille zum Frie
den und zur Gemeinschaft. Ein Wille zur Treue und zum Leben.*

*Und so haben wir die christliche Botschaft uns immer mehr zu Eigen
gemacht. Sehr zu unserem Wohle. Und heute denken wir, wir seien
die besten der christlichen Völker, und wir hätten die Zugehörigkeit
zur Kirche geradezu geerbt und könnten sie – der Mann der Frau
und den Kindern – gewissermassen durch Zeugung und dem Blute
nach weitergeben.*

*Aber auch dem ist nicht so, und wieder irren wir von Generation zu
Generation. Und des Irrens ist kein Ende.*

*Denn der Höchste hat keine Enkel. Und wir sind nicht seine Kinder,
nur weil wir wir sind. Oder gar nur, weil wir hier sind.*

*Der Höchste hat entweder nur Freunde. Oder er hat Feinde. Und
wer nicht wirklich für ihn ist, der ist gegen ihn, wie er selbst gesagt*

hat. Doch in denen, die glauben, hat er Kinder. Kinder, die erwachsen werden sollen. Und so etwas wie Hausgenossen, hat er. Uns nämlich, wenn wir es denn zulassen.

Und wenn wir nicht – in Wort oder Tat oder beidem - zu seinen Feinden werden. Und wenn wir nicht wieder diesen hoffnungs- und aussichtslosen Kampf kämpfen, den unsere Väter und Mütter über Tausend Jahre lange gekämpft haben.

Denn wer alles bekämpft, wird nichts gewinnen. Und wer das Schwert ergreift, wird durch das Schwert umkommen.

Du aber, junger Löwe, kämpfe Du den Kampf, der dir einen guten Stand vor dem Schöpfer einbringt. Du kannst es erringen! Denn wenn ER Dich annimmt, dann bist Du wahrhaft Zuhause. Auch wenn Du noch weit gehen musst, bevor Du dort endlich ankommst.

Und Du wirst weit gehen, junger Löwe, ich sage es Dir.

Kämpfe den guten Kampf des Glaubens! Kämpfe nicht um des Kampfes willen. Kämpfe nicht um zu siegen. Denn die Schlacht, um die es wirklich geht, die ist schon längst geschlagen!

Ich sage Dir aber:

Mache Dich stattdessen mit dem Sieg dessen eins, der schon gesiegt hat. Und auch Du wirst dann eines fernen Tages ankommen, und viele nach Hause führen. Und gerade viele der Deinen.

…

Und höre noch eines, dann will ich schweigen:

Du wirst nicht zur Ruhe kommen, bist Du dort angekommen bist, wo Dein König schon auf Dich wartet.

Folge diesem König, dann wirst Du Deinen Sieg, ja Deine Krone erhalten.

Das walte Gott!"

Dann war die alte Frau aufgestanden, und - schlürfenden Schrittes - hatte sie sich nicht einmal mehr umgedreht, sondern war aus dem Dorf gegangen und über das Dorf hinaus, schleichend den grossen Berg hinan, und um die Biegung des Berges, zur Gletscherzunge hin.

Und - er war ihr aus der Ferne gefolgt, so aufgewühlt war er gewesen, und er wollte sie doch noch so Vieles fragen - sie war in Richtung des Aletschgletschers verschwunden, so als wollte sie noch in dem anbrechenden Abend den Gletscher besteigen...

Und sie ward nie wieder gesehen.

Verstört hatte sie ihn zurückgelassen, und noch Tage danach waren ihre Worte in ihm immer wieder aufgetaucht, und immer wieder hörte er in seinem Innern, was ihm da gesagt ward.

Und nach und nach, über Wochen hin, war schon damals in seinem noch jungen Herzen ein Wunsch gewachsen, ein unendlich grosser, alles dominierender Wunsch.

Das Schwierige war nur, er konnte es niemandem mitteilen, seine Worte konnten es nicht ausdrücken. Es war nicht richtig greifbar gewesen, damals.

Es war nur Eines stets gegenwärtig seit diesen Tagen:

Eine Sehnsucht danach, mehr zu wissen, mehr zu sehen, tiefer zu verstehen, und am Ende mehr sagen zu können, und das zu Sagende wegweisend für Viele sagen zu können. Er wollte prägen.

Die Sehnsucht

Es war in diesen Tagen immer häufiger vorgekommen, dass mehr und mehr Fremde im Tal der Rhône Halt machten. Über alle Pässe kamen sie. Und dann hörte der junge Marcus in den Gassen von Naters und Brig nicht nur den heimischen Dialekt, oder das recht vertraute Italienisch, sondern auch andere Dialekte von Menschen, die sich stets als „Deutsch" bezeichneten.

Und es war ihm sogleich ein grosses Rätsel, wieso er sie verstand, die Bayern, die Franken oder die Sachsen. Auch wenn es ihm oft schwer fiel, ihnen zu folgen. Und er ärgerlich wurde, wenn sie ihrerseits über ihn lachten, vor allem wegen seiner kehligen Sprache.

Und bei alledem überkam ihn eine grosse Sehnsucht.

Sehnsucht, das Land und die Regionen kennen zu lernen, aus denen diese Menschen kamen und von denen die Alte, die in Richtung Aletschgletscher entschwunden war, mehr geraunt als erzählt hatte.

Aber auch Sehnsucht danach, überhaupt mehr wissen und zu erfahren - von Land und Leuten, von Verhältnisse, Umständen und Gesetzen, von Menschen, Tieren und auch Pflanzen. ... Und - eines fernen Tages, dachte er - von dem König.

Nein, nicht nur von dem König der Deutschen, wollte er mehr wissen - und zu diesem Zeitpunkt war dem jungen Marcus noch nicht klar, dass der Kaiser des Reiches gerade die Deutsche Königswürde an seinen blutjungen Sohn Konrad abgegeben hatte. Vielleicht ja auch von den Königen anderer Länder, wollte er mehr erfahren - oder sie gar kennenlernen, träumte er. – Aber eben auch den „andern König", von dem die Alte in Naters geredet hatte, den wollte er sehen. Den ewigen, dessen Reich kein Ende hat. Irgendwann. Einst...

... und vor seinem inneren Auge tat sich dann eine grosse Ferne auf, so als sähe er vom Gipfel des höchsten Berges in eine unendliche

Weite. Eine Ferne aber, die - wenn er genau hinsah - ihm in flirrendem, gleissendem Licht auf fast unheimliche Weise nahe kam. Und immer näher.

Und dann brodelte heftig wallend eine glühende Sehnsucht in ihm auf, und er wollte aufstehen und hinrennen und eintauchen, und den sehen, der da stand. Es war kein Zweifel: Dort stand der König.

Und in einem grossen „Bald, bald wirst Du losgehen..." brach dann das Gesicht immer wieder ab. Doch von Mal zu Mal immer tiefer brannte damals die Sehnsucht in ihm.

Und in seinem Innern bildete sich eine Kette, wie eine Perlenschnur, und die musste er - das war ihm in seinem Innern klar - im Laufe seines Lebens entlanggehen. Dann würde er am Ende zu der grössten aller Perlen gelangen.

Und Länder und Berge und Meere und Menschen und Städte und Klöster waren auf dieser Perlenkette aufgereiht. Und er wäre am liebsten gleich zum Ende der Schnur gestürzt, dahin wo er die grösste aller Perlen mehr vermutete, als dass er sie sehen konnte.

Doch immer wieder wurde ihm dann neu klar: Er musste sie alle kennenlernen, alle die vorläufigen und kleinen, die wichtigen und die grösseren Perlen, alles war auf der Perlenschnur aufgereiht war. Und es würde die Zeit seines Lebens kosten, diesen Weg zu gehen.

Und plötzlich sah er die ersten Perlen näher zu sich heranrücken, und sein Herz sagte ja zu diesen ersten Anfängen: Es sagte ja zu den Dingen, die er wissen und ergründen konnte, und zu den Wegen, die er dafür gehen musste.

Und alles wollte er wissen! Überhaupt alles, was man irgend wissen konnte. Alles wollte er Kennenlernen, von allem noch mehr können und erkennen: Im Geiste umarmte Marcus die ganze Welt!

Und auf eine noch unbestimmte Weise wollte er auch alles weitergeben: Von Rechnen, von Rechtskunde, von ordentlicher Theologie wollte er hören und reden. Von Griechisch oder Hebräisch gar, von Medizin, oder Musik, oder noch anderen Wissenschaften und Künsten ganz zu schweigen. Kurz: Er musste in einen Orden oder in die Priesterausbildung eines Bischofs, so schien es ihm damals, damit all das wahr werden konnte. Auf anderen Wegen wäre ihm eine solche Ausbildung, meinte er - wie so viele seiner Zeit auch - nicht möglich gewesen.

Doch der Mann, der damals – vor 1240 – noch Bischof von Sion war, Boso de Granges, das die Alemannen Gradetsch nennen, war kein Mann, der ihm Vertrauen einflösste: Ihm hätte er sein Leben - und er hatte ja nur dieses eine - und seine Ausbildung nicht in die Hand gegeben. Ob es später unter Heinrich I. von Raron, der seit 1243 Bischof in Sion war, besser gewesen wäre, das wissen wir nicht. Aber der Bischofssitz von Sion schied für Marcus als Ort seiner Ausbildung zunächst einmal aus.

Und so erkundigte er sich vorsichtig bei einem der Priester in Brig, „wo es denn überall Klöster" gäbe.

Und dann tauchte er eines Tages – knapp fünfzehn Jahre alt – an der Pforte des Klosters St. Maurice auf. Und als man ihn fragte, was er wolle, brachte er mühsam heraus, dass er einfach mehr wissen wolle. Und man lachte ihn erst einmal aus, damals. Aber er blieb hartnäckig. Und schliesslich liess man ihn vor, zum Abt.

Er habe keine Zeit, aber er wolle ihn kurz hören, beschied ihm Nantelmus, der ehrwürdige Abt des Klosters St. Maurice an der Rhône, in einem der grossen Flure des weitläufigen Komplexes. Und als Marcus erneut mühsam sein Anliegen vorgebracht hatte, schloss der grosse Nantelmus kurz die Augen und hielt selbst mit dem Atmen inne.

Dann sah er ihn tief an, sah durch, den blutjungen Hirtenbuben Marcus und seinen glühend-bittenden Blick hindurch und verabschiedete ihn mit den Worten:

„Wenn Du mir eine Erlaubnis Deines Vaters bringst, und eine Empfehlung des Priesters an Deinem Ort, dass er Dich schon lange kennt und Du ein frommer Bursche bist, dann kannst Du hier eine Probezeit von einem halben Jahr absolvieren. Und wir werden Dich kennenlernen. – Jetzt aber gehe! Und wenn Du all das hast, komme wieder. Sage dann an der Pforte, ich hätte nach Dir geschickt. Und Du seist nun da. – Wie heisst Du überhaupt?"

„Ich bin Marcus, der Sohn eines Bauern aus Geimen ob Naters, nahe am grossen Aletschgletscher",

offenbarte er sich nicht ohne Stolz. Und Nantelmus lachte ein wenig, nickte wohlwollend und ging.

Nur zwei Monate später – denn seinen Vater hatte es sehr geschmerzt, aber er würde es schaffen ohne ihn, meinte der, und er könne gehen, und er hätte ja noch seinen jüngeren Bruder, hatte er ihm der Vater beschieden – stand Marcus dann erneut an der Klosterpforte. Und: Der Abt Nantelmus habe nach ihm geschickt, verkündete er dort stolz.

Und er wurde aufgenommen.

Zuvor hatte der damalige Priester der für seinen Heimatort zuständigen Mauritiuskirche in Naters ihm etwas mitgegeben, und das war kurz bevor dessen Nachfolger Ambrosius das Amt übernahm. Das war die „Empfehlung", die der Abt des Klosters St. Maurice verlangt hatte, für den jungen Mann, den er da aufnehmen sollte.

Und lange hatte der alte Gottesmann mit dieser Empfehlung gezögert, und auf mehrfaches Nachfragen hin immer etwas gemurmelt wie „Ja, ja, ich mach' das noch…".

Und dann kam er eines Tages mit einem Fetzen Pergament an, der alte Priester in Naters. Diesen Fetzen händigte er seiner Mutter nach einem Gottesdienst: Sie und der Vater sollten ihn lesen, und ihn dann „dem Bub" vorlesen, noch bevor dieser endgültig das Haus verlassen würde.

Sie hatten genickt, seine Eltern, und waren mit ihm heimgegangen, den rund einstündigen Aufstieg nach Geimen, in das dunkle, hölzerne Bauernhaus.

Doch sie konnten ja selbst nicht lesen, und so gaben sie ihm, Marcus, den sorgsam gehüteten Fetzen, und er las ihnen die Worte vor, die wie von weit her zu kommen schienen - vom Ende der grossen Perlenkette vielleicht, blitzte es in ihm freudig auf:

> „Ich will gedenken an meinen Bund, den ich mit Dir geschlossen habe zur Zeit Deiner Jugend, und ich will mit Dir einen ewigen Bund aufrichten"

stand dort, und dann noch etwas von „Hesekiel 16,60". Und die Eltern konnten sich keinen Reim machen auf den Spruch, und sie hielten ihn für „etwas daneben".

Doch in seinem Herzen bewahrte er, Marcus, der Bauernbub, die Worte.

Und sie wurden ihm im Laufe der Jahre wie der Faden, der alle Perlen seines Lebens zu einer Kette verband. Wie ein innerer Wegweiser, eine Richtungsweisung, ein Leitfaden.

Und dann, ein halbes Jahr später – er hatte mittlerweile passabel Latein und auch etwas besser Französisch gelernt, so dass er allem halbwegs folgen konnte – wurde er in das Noviziat des Klosters St. Maurice aufgenommen.

Er hatte dann, als es Zeit war, seine Profess abgelegt und war vor einem Jahr, 1245 A.D. also, zum Priester geweiht worden. Ein vor Gott und den Menschen niemals mehr umkehrbarer Akt:

Er gehörte nicht mehr sich selbst, sondern er war dem Herrn der Perlenschnur, der ihn so sehr gerufen hatte, aufs Engste und Dauerhafteste verbunden. Auf immer. Und alle Perlen seines Lebensweges hatte er in seinem Innern schon umarmt.

Und ganz am Ende aller Wege, ganz am Ende der Kette, würde er selbst, der ihn gerufen hatte, die wertvollste aller Perlen, auf ihn warten. Das wusste sein Herz.

Dass aber sein Bruder in der Zwischenzeit – es ist schon eine Weile her, und der „Kleine", wie er ihn nannte, war viel zu früh und nicht im Frieden von Zuhause weggegangen - in die Dienste des Kaisers Friedrich getreten war, und dem hohen, stolzen Mann aus dem Geschlecht der Sueven im fernen Italien diente, das hatte den Vater in tiefe Trauer gestürzt.

In eine Schwermut, aus der er bis heute nicht herausgekommen war. Denn jetzt waren – auf lange Sicht – Haus und Hof verloren, wenn man nicht für seine kleine Schwester Anna eines Tages einen geeigneten Schwiegersohn finden würde, der auch den Hof übernehmen konnte.

Und was Anna selbst wollte, das konnte sie ja noch nicht sagen.

Entfremdung

Doch er selbst, er konnte die Situation in dem mehrere Tagesmärsche entfernten Zuhause nicht irgendwie „retten", er konnte nicht mehr helfen. Er konnte und wollte gar nicht mehr zurück. Sein Herz war sich auch darin sicher.

Er hatte mittlerweile einen neuen Namen angenommen, er war in ein neues Leben getreten, und er wollte das entwickeln, was er geworden war. Und er wollte dieser Perlenschnur folgen, die er einstmals wie im Wachtraum gesehen hatte. Und die nun sein Leben geworden war. Bis ans Ende der Schnur, bis zur letzten, grössten Perle, bis zu dem, den er dort wähnte.

Er hatte das Verständnis, dass er jetzt in seiner Berufung stünde, auch wenn er nicht zu wissen schien, was das bedeutete. Und es gab für ihn – auch vor Gott – kein Zurück mehr. So hart das gegenüber Vater und Mutter erschien. Die Dinge hatten sich gewandelt.

Ganz anders seine Mutter: Sie hatte ihren Frieden gemacht mit den Verhältnissen, wie sie waren. Liebevoll konzentrierte sie nun all ihre Aufmerksamkeit auf die kleine Anna. Freilich auch um den bitteren Preis, dass die Vertrautheit zu ihrem Mann, seinem Vater, zu leiden begann. Und die von der schweren Arbeit gezeichnete Frau verlor beständig an Kraft.

So war die Gesundheit seiner Mutter mehr und mehr angegriffen, und der Vater hatte sich gerade in den vergangenen Monaten – so schien es ihm aus der Ferne – zunehmend in sich eingeschlossen.

All das hatte er nur noch aus grosser Distanz mitbekommen, und es waren die wenigen Briefe des Priesters aus der Mauritius-Kirche von Naters, die ihm noch Aufschluss über den Zustand seiner Familie gaben. Vater, Mutter und Schwester konnten selbst nicht schreiben. Und nur ein einziges Mal hatten sie ihn hier im Kloster besucht.

Marcus aber war in der Zwischenzeit ein Anderer geworden, und hier im Kloster hatte er sich den neuen Namen „Carolus" gegeben, und er gehörte nur noch halb zu ihnen. Wie eine immer mehr in die Ferne rückende Erinnerung, in täglicher Liebe und in Gebet glühend, ja. Den früheren familiären Pflichten aber war er entfremdet.

INITIA

Hier und jetzt aber, am Weihnachtsmorgen des Jahres 1246, stand er, der sich an seinen neuen Namen Carolus schon lange gewöhnt hatte, – ein wenig ausser Atem und mit strahlendem Antlitz und nur vom Flackern einer grossen Kerze beleuchtet - am winzigen Fensterchen einer ebenso winzigen Zelle in einem Nebentrakt des altehrwürdigen Klosters St. Maurice, unweit den Ufern des grossen Flusses Rhône, der sich hier auf wenig mehr als die Weite eines guten Steinwurfs verengte.

Es schien ihm mit einem Male, dass nun – und wenn nur in seinem Herzen, dort aber mit grosser Feierlichkeit - wirklich ein König angekommen sei. Und den wollte er willkommen heissen. Dem wollte er dienen. Auch wenn dies alles nur denen offenbar werden würde, die – wie er - mit dem Herzen sehen.

Und er begann in eben dieser - für immer denkwürdigen - Stunde das grosse Werk seines Lebens. Denn jetzt wusste er es, ohne jeden Zweifel: Er hatte die ersten Perlen der Perlenschnur seines Lebens umfasst und sie an sich gedrückt und in sein Herz gelassen.

Und dort, in seinem Herzen, waren sie soeben geboren worden, diese Anfänge aller Wege seines Lebens.

„Apparere incipiunt initia...

...die Anfänge beginnen zu erscheinen",

vergewisserte er sich nochmals laut, halb in Latein, halb auf Deutsch. Nun sollten sie zur Welt kommen, so wie und vor allem weil sein Heiland und König geboren ward.

In der weihevollen Nacht dieses Festes im Jahres 1246.

PARATIONES
ZEIT DER VORBEREITUNGEN

Holzkasten

Es hatte bereits am Vorabend des Weihnachtsfestes eine Messe in der schon uralten Klosterkirche mit den runden, tonnenartigen Gewölben über den Gräbern der Märtyrer von St. Maurice gegeben.

Mit dem Schlag der Glocken, genau zur Mitternacht, hatte sie begonnen und erst in den ersten Morgenstunden des Weihnachtstages war sie zu Ende gewesen:

In einer von Hunderten von Lichtern wunderbar erleuchteten, und von ebenso vielen Stimmen fröhlich erfüllten Kirche hatten sie alle zusammen, die Mönche des Klosters und die gesamte Bevölkerung des Ortes St. Maurice d'Agaune und der umliegenden Dörfer, die beginnende Weihnacht gefeiert. Fast alle in feierlichen Gewändern, die Mönche zudem mit weissen und gelben Umhängen geschmückt, hatten sie - selig vor Freude und eingehüllt in die schweren Düfte von Weihrauch und Kerzenwachs - meist singend und in feierlicher Andacht die Heilige Nacht verbracht.

Nun, nachdem er die Morgengebete und die Messe am Weihnachtsmorgen besucht hatte, war Carolus müde. Zu müde um am gemeinsamen Festessen teilzunehmen, und er war in seiner Zelle zunächst eingeschlafen. Dann - nach dem Aufwachen - setzte er sich an seinen Schreibtischlein.

Er hatte sich in den Tagen zuvor von einem Mitbruder des Klosters einen hölzernen Kasten bauen lassen. Den sah er sich nun lange an:

Der Kasten enthielt mehrere Schubladen, auf deren Vorderseite er kleine Lederflecke angebracht hatte. Sie trugen verschiedene Aufschriften, womit er die Dinge unterschied, die er in die Schubladen hineinlegen wollte. „Inscriptiones", hiess zum Beispiel eine.

Eine andere „Über das Kloster", eine dritte „Briefe". Und das Kästchen hatte noch ein paar nicht beschriftete Schubladen, die er für später reserviert hatte. Für weitere Einfälle und Gedanken anderer Art. Einfälle, nach denen ihn hungerte, und ein „Später", nach dem ihn so sehr verlangte wie nach einem frischen Trunk auf ausgedörrten Wegen.

Alles wollte er in dem Holzkasten sortieren, alles, was ihm einfallen würde. Alles wollte er - im dem noch ungewissen „Später" - nochmals nachlesen.

Und überhaupt wollte er zu schreiben beginnen. Regelmässig, denn zu Vieles, allzu Vieles staute sich laufend in seinem Inneren auf.

Und so hatte er sich in den Tagen vor dem Fest auch mit Blättern aus Pergament und mit ausreichend Tinte und Federn versorgt, und auch mit einer zusätzlichen Kerze. Denn die Tage waren ungeheuer kurz, um die Jahreswende herum.

Es war dunkle Zeit.

Inscriptiones

Und so schrieb er an diesem Weihnachtstag, ein wenig in Trance und immer noch übermüdet, nur vom gelblich-milchigen Schein der grossen Kerze ein wenig Licht erhaltend, und zunächst nur für sich selbst:

„... "Inscriptiones" nenne ich meine Einträge nicht, weil sie "in Stein gemeisselt" wären. „Inscriptiones" nenne ich meine Einträge auch nicht in dem Sinne, wie man seit langem Adressen in offiziellen Briefen verwendet. An wen sollte ich auch - und in welchem „Officium", welchem Amt, denn! - schreiben?

Ich nenne meine Einträge „Inscriptiones", weil ich kein anderes Wort dafür habe:

Mir immer und immer wieder selbst Rechenschaft über mein Befinden zu geben, das ist der eigentliche Grund für meine Inscriptiones. Aber das hat etwas Anekdotisches, etwas nur beiläufig Erzählendes. Und ich erinnere mich stattdessen an das Wort eines früheren Lehrers, der in etwa sagte:

> *"Inschriften sind die Fussnoten im Buch der Historia. Nur dass über weite Strecken der Haupttext fehlt."*

Dieser Haupttext im Buch meines Lebens, was wird er sein? Vielleicht werde ich es eines Tages ergründen.

Und bis dahin – bis zum Tag des tieferen Verstehens – sammle ich nicht nur meine Inscriptiones, sondern auch meine Epistulae und hin und wieder auch Aufzeichnungen über Eventus, also Ereignisse, über den Ausgang komplexer Ereignisse in der Welt, die uns betrifft.

Ich sammle meine Inscriptiones in hölzernen Schubladen, die ich in meiner Truhe aufbewahre, und die ich mir fast jeden Tag ansehe. Und ich schreibe weder in Latein – und schon gar nicht in Griechisch – und auch nicht in Französisch. Sondern ich schreibe in der Sprache meiner Kinder- und Jugendjahre: Deutsch."

RES · GESTAE · D

ARAVI PER QVEM REM PVBLICAM
NATVS DECRETIS HONORIFICIS
M LOCVM SENTENTIAE DICENDAE
ME PRO PRAETORE SIMVL CVM
   CONSVL VTERQVE IN BELLO
EM MEVM INTERFECERVNT EOS
ENTIS REI PVBLICAE VICI BIS ACIE
ICTORQVE OMNIBVS VENIAM
  POTVIT CONSERVARE QVAM
RVNT CIRCITER QVINGENTA
TIS MILLIA ALIQVANTO PLVRA
  PRO PRAEMIIS MILITIAE
REMES FVERVNT   BIS OVANS
EL IMPERATOR DECERNENTE
DE FASCIBVS DEPOSVI IN
A ME AVT PER LEGATOS
IQVIENS DECREVIT SENATVS
ONSVLTO SVPPLICATVM EST
M REGES AVT REGVM LIBERI
TIMVM ET TRIGENSIMVM
ET A POPVLO ET A SENATV
  SVMMA FRVMENTI PENVRIA
V ET PERICLO PRAESENTI
TVM ANNVVM ET PERPETVVM
 P LENTVLO ET CN LENTVLO
NO CONSENTIENTIBVS VT
NVLLVM CONTRA MOREM
RIBVNICIAM POTESTATEM

PERFECI CVIVS POTESTA
TRIVMVIRVM REI PVBLICA
AD EVM DIEM QVO SCRIP
SACRIS FACIVNDIS SEPTE
NVMERVM AVXI CONS
CENSVM POPVLI CO LEGA M
ROMANORVM CENSA SVNT C
LVSTRVM SOLVS FECI C CENSA
CENTVM MILLIA ET DVCENTA
FILIO MEO FECI SEX POM
QVADRAGIENS CENTVM
EXEMPLA MAIORVM EXO
IMITANDA POSTERIS TRA
QVOQVE ANNO SENATVS
QVATTVOR AMPLISSIMA C
VNANIMITER CONTINEN
MEVM SENATVS CONSV
ET QVOAD VIVEREM TRIBV
VIVI CONLEGAE LOCVM
QVOD SACERDOTIVM ALIC
EX ITALIA AD COMITIA
TEMPVS FVISSE RECEPI
HONORIS ET VIRTVTIS
ET VIRGINES VESTALES
ET M VINICIO IN VRBEM
EX SENATVS AVCTORIT
PRINCIPIBVS VIRIS OBV
ME EST DECRETVS

Inscriptio prima

Doch damit war noch nicht genug: Es floss ständig aus seinem Innern auf die gelblichen Blätter. Er nahm nun ein weiteres Stück Pergament von seinem Stapel, und er sammelte sich eingangs, bevor er – wie in einer heiligen Handlung – schrieb:

„Inscriptio Prima

Was ich als erstes schreiben möchte, handelt nicht von mir.

Obwohl es unmöglich sein wird, nicht in gewisser Weise über sich zu schreiben, wenn man überhaupt schreibt.

Und noch viel weniger, wenn man schreibt, um sich über sein Befinden Rechenschaft abzulegen, wie ich es machen möchte.

Und ich meine eingangs, so wie es der grosse Dichter schreibt, nämlich am Beginn seiner Chronik Roms,

„Über uns selbst schweigen wir...

... de nos ipsis silemur",

so wird es nicht gehen können. Denn eigentlich ist genau das Gegenteil der Fall: Über was könnten wir denn befugter schreiben als über uns selbst?!

Aber das Erste, was ich schreiben möchte – und das gerade heute, an diesem 25. Tag des Monats Dezember 1246 Anno Domini – ist das, was am Beginn der Berechnung unserer Zeit einfachen Hirten auf einem unbekannten Feld verkündet wurde.

Denn das habe ich heute gelesen, und das haben wir heute gehört, und nichts Anderes will ich heute in mir und von mir hören als genau das, was die Engel verkündet haben:

„Und es waren Hirten in derselben Gegend auf dem Felde bei den Hürden, die hüteten des Nachts ihre Herde. Und der Engel des Herrn trat zu ihnen, und die Klarheit des Herrn leuchtete um sie; und sie fürchteten sich sehr.

Und der Engel sprach zu ihnen:

> **Fürchtet euch nicht! Siehe, ich verkündige euch grosse Freude, die allem Volk widerfahren wird; denn euch ist heute der Heiland geboren, welcher ist Christus, der Herr, in der Stadt Davids.**

Und das habt zum Zeichen: Ihr werdet finden das Kind in Windeln gewickelt und in einer Krippe liegen. Und alsbald war da bei dem Engel die Menge der himmlischen Heerscharen, die lobten Gott und sprachen:

> **Ehre sei Gott in der Höhe und Friede auf Erden bei den Menschen seines Wohlgefallens...**

... et pastores erant in regione eadem vigilantes et custodientes vigilias noctis supra gregem suum; et ecce angelus Domini stetit iuxta illos et claritas Dei circumfulsit illos et timuerunt timore magno

et dixit illis angelus nolite timere ecce enim evangelizo vobis gaudium magnum quod erit omni populo quia natus est vobis hodie salvator qui est Christus Dominus in civitate David;

et hoc vobis signum invenietis infantem pannis involutum et positum in praesepio et subito facta est cum angelo multitudo militiae caelestis laudantium Deum et dicentium

gloria in altissimis Deo et in terra pax in hominibus bonae voluntatis"

"Hodie Christus natus est", heute ist Christus geboren!

Das ändert alles, wie mir scheint. Im Himmel und auf der Erde. Und auch in meinem bescheidenen Leben.

Und die Freude unter den Brüdern war gross, heute Nacht in der Mitternachtsmesse und beim morgendlichen Gottesdienst. Und die ganze Ge-

meinde wurde ebenso ergriffen, viele von ihnen ebenso einfache Hirten von Ziegen und Schafen und Kühen wie die Hirten in Bethlehem, im Orient vor 1246 Jahren.

Und viele knieten, auch neben den Kirchenbänken, vor innerer Ergriffenheit, und ich sah starke Männer weinen vor Rührung und Freude, besonders in dem nächtlichen Gottesdienst mit seinen warmen Lichtern und seinem inbrünstigen Gesang.

Es war ein Fest. Es ist ein Fest. Es wird immer eines bleiben. Dessen bin ich mir sicher. Denn es wird immer eine „Ecclesia", eine Kirche Gottes geben, die sich dieses Tages erinnern wird.

Und es gilt für diese Kirche, für die Gemeinde Gottes, was geschrieben steht:

> *„Ist Gott für uns, wer kann gegen uns sein!...*
>
> *... si Deus pro nobis quis contra nos"*

Und mir scheint heute, an diesem Festtage, das ist mein Befinden, dass ich genau das ungeheuer sicher weiss: Er ist nicht nur mit uns, er ist bei uns. Ja, er wohnt unter uns. In saecula saeculroum. Für immer und ewig."

Dann legte er seine erste „Inscriptio" in die Schublade. Und ein grosser Friede erfüllte ihn, als er sich schliesslich – nach langer Zeit versunkener Meditation – zur Vesper aufmachte.

Es war - über allem Schreiben - Abend geworden, am 25. Tag des Monats Dezember, 1246 A.D.

Brief an den Bruder

Es war dann noch am zweiten Tag des Weihnachtsfestes, dem 26. Tag des Monats Dezember 1246, dass er endlich ein Herzensanliegen abschliessen konnte, das er schon in den Tagen vor dem Fest vorbereitet und schliesslich in der Nacht des 25. Dezembers abgeschlossen hatte.

Und erneut schrieb er, nun gewissermassen an sich selbst, und so als würde er mit sich selbst reden:

> *„Meinem Bruder habe ich noch vor der Mitternacht am Weihnachtstage anlässlich des hohen Festes einen Brief geschrieben. Ihm konnte ich mein Herz ausschütten, und auch geheime Gedanken sollen ihm nicht verborgen bleiben.*
>
> *Den „Brief an den Bruder" habe ich versiegelt und die Brief-Schublade gelegt. Ich werde nun bald einen Boten suchen, der meine Nachricht verlässlich in die weit entfernten italienischen Berge bringen kann."*

Und das sind die Worte des ersten Briefes an seinen Bruder:

Dem Bruder zur Geburt des Herrn

Mein lieber Bruder,

am Beginn der Nacht dieses Weihnachtstages 1246 finde ich Zeit und Musse, Dir von der Freude und dem inneren Licht dieses Tages und der vergangenen Weihnachtsmesse in der letzten Nacht zu berichten. Der flackernde Schein der Kerze auf dem Tischchen meiner kleinen Zelle führt mir vor Augen, wie hell der Schein war, den ich mitten in der Christnacht in meinem Herzen gespürt habe.

So schreibe ich Dir, dem weit Entfernten, unwissend, wann meine Zeilen Dich erreichen werden, aber voller Zuversicht, dass Du meine Grüsse spätestens in einigen Wochen erhalten wirst. Der Herr wird seine Boten senden, dessen bin ich mir gewiss, und sie werden für mich und Dich wie Engel sein, auch wenn sie für alle als Menschen anzusehen sind.

Auch sind meine Gedanken bei Dir, lieber Bruder: Wie hast Du das vergangene Jahr verbracht? Ich habe fast nichts von Dir gehört, und wenn, dann nur über andere.

Dabei war ich sehr besorgt: Da Dein Herr, unser Kaiser, während des letzten Konzils, das in Lyon stattfand, vom Heiligen Vater abgesetzt und von diesem förmlich verflucht wurde, ist eine schreckliche Situation entstanden, die ja auch mein Herz zerreisst.

Und nun haben sie im Deutschen Reich sogar einen Gegenkönig gewählt, mit Billigung, nachgerade mit Förderung des Papstes, wie es scheint, nämlich Heinrich, den Landgrafen von Thüringen.

Und er gewann schon mehrere kriegerische Auseinandersetzungen mit den Anhängern Kaiser Friedrichs und dessen Sohn Konrad IV. – mitten im Reich, welch ein Unfug! – und es heisst, er habe sich erneut mit Rittern gen Süden gewandt und wolle im Winter eine militärische Lösung in den Kernlanden der Sueven zwischen Ulm und Reutlingen erzwingen.

Aber ist nicht, lieber Bruder, unser aller Konflikt ein viel tieferer? Denn: Wem schulden wir nun unsere ganze Loyalität? Der heiligen Mutter Kirche und ihren Vertretern, sicher und ganz gewiss. Aber doch auch dem Kaiser, dem Beschützer der Christenheit. Allemal: Wie muss das für Dich sein, welcher Zerriss?! Ist der Sueve doch Dein Herr, Dein König nicht nur, Dein Kaiser.

Und die Schrift sagt uns, wir sollen den König ehren und jedem unserer Herren dienen, auch den Wunderlichen". Und bisweilen mag er ja wunderlich erscheinen, der Kaiser, da bin ich mir sicher.

Und was heisst das für unsere Familie? Etwa, dass Du dem Kaiser dienst, und ich dem Papst? Sollte ich etwa Dein Feind werden und Du der Meine? Das sei ferne, lieber Bruder! Denn lehrt uns nicht der Apostel Petrus in der Schrift:

„Ehrt jedermann, habt die Brüder lieb, fürchtet Gott, ehrt den König! Ihr Sklaven, ordnet euch in aller Furcht den Herren unter, nicht allein den gütigen und freundlichen, sondern auch den wunderlichen" Das letzte, was ich hörte, war, man habe Dich in einem kleinen Ort in den Bergen hinter Ascoli Piceno in den Marken zurückgelassen, einer uralten, befestigten Stadt, Castel Trosino, die unmittelbar vor einer schauerlichen Totenstätte irgendwelcher Heiden liegt.

Stimmt das, lieber Bruder? Und franziskanische Brüder, die hier durchzogen, berichteten mir sogar, diese Heiden seien ihrerseits Sueven gewesen... Das aber wäre ein mit uns eng verwandtes Volk, wenn all das so zuträfe. Und ich war ein wenig erschüttert.

Wie kurz ist eines Menschen Lebensspanne! Und wie wenige Generationen mag es her sein, dass sich unsere Väter dem rechten Glauben zuwandten und den alten Göttern und Mächten abschworen! Und wie schauerlich, dass manche noch heute, auch in unseren Tälern, eher die Götzen – ja manche die Toten – beschwören, als ihre Hilfe bei dem einzigen und rechten Gott zu suchen.

Ich weiss, lieber Bruder, dass Du nicht so übel denkst, auch wenn Du eher im stillen über diese Dinge nachsinnst und nicht, wie ich es zu tun pflege, so offen darüber redest. Nun, ein jeder muss seinen Weg gehen, mein kleiner Bruder, und Du bist noch so jung, und – bitte sei mir nicht böse – gerade erst ein Mann geworden.

Mich bewegt, was der Kaiser nun machen wird? Wie wird er sich verhalten? Weisst Du mehr?

Und wie verbringst Du den Winter, und wie lebst Du und was tust Du?

Und wie kommst Du mit den Menschen dort zurecht? Sprechen sie nicht eine seltsame Sprache? Es scheint, was ich höre, jedenfalls nicht eine italische Sprache zu sein, wie die Menschen in der Lombardei sie haben. Das haben mir die Franziskaner erzählt. Was aber dann? – Ich bin, wie Du ja weisst, immer an solchen Dingen interessiert. Also schreib mir doch, Deinem ungestümen Bruder!

In meinem „Hier und Jetzt", in unserer schönen Heimat, mein Brüderchen, konnte ich in der grossen Geborgenheit der klösterlichen Gemeinschaft eine sehr festliche Mitternachtsmesse feiern.

Wie so oft habe ich nachgezählt, und wenn ich alle Berichte richtig deute, so ist es die 731. Mitternachtsmesse in diesem Kloster, gerechnet seit der Gründung durch König Sigismund, den Burgunderkönig.

Im Angesicht eines kleinen Kindes, so der Abt mit geradezu verklärtem Blick in der vergangenen Nacht, sei das Angesicht Gottes aufgeleuchtet, und das innere Licht leuchte uns noch jetzt. Ich habe Ähnliches schon in der Schrift gelesen, konnte es jedoch nicht auf Anhieb wiederfinden. Ich werde aber suchen.

Was für eine schöne Welt, eine Welt im Kleinen, in der wir in Musik und Meditation und in den geregelten Zeiten des klösterlichen Lebens ein Gott wohlgefälliges Leben führen dürfen! Und so ist die Kirche wie eine Mutter für uns, und ich bin voller Erwartung, was wir in ihrem Schosse noch alles erleben dürfen.

Und während ich Dir diese Zeilen, mein Bruder, am liebsten mit den schnellen Schwingen der Zugvögel, oder besser ja noch im Sturzflug der hurtigen Falken, durch alle Lüfte schiessend zusenden würde, damit Du sie noch im Morgengrauen lesen kannst, ist mir, als wolle mich meine eigene Feder fragen, etwas fast Unverschämtes und Törichtes will sie mich fragen:

Ist das Kind nicht im Schosse, damit es schliesslich nach den Monaten der Reife geboren wird? Und wenn es dann geboren wird, wird es dann nicht sein eigenes Leben führen, sich weniger von der Mutter vielleicht, aber sicher doch von ihrem Schosse entfernen?

Sicher aber wird der neugeborene Mensch eines Tages entwöhnt werden und, wie der Apostel sagt, feste Speise zu sich nehmen.

Das sind die göttlichen Worte, die wir nachlesen können. So sagt es ja nun wirklich die Schrift, und sie ermutigt uns, darin unsere Sinne zu üben, um Gutes und Böses unterscheiden zu können.

Aber kaum vorstellbar, dass wir dadurch auch der Geborgenheit des Mutterschosses, ich deute das auf die Mutter Kirche, entwachsen könnten. Oder doch? Wo liegen unsere Grenzen? Wer wird sie uns setzen?

Ich weiss es nicht genau, liebes Brüderlein, aber ich spüre, dass es mich bewegt und ich werde es finden müssen. – Das alles diktiert mir sozusagen meine Feder.

Ich schiebe es nun aber alles weit von mir, mein Bruder, und lege mich zur Nacht. Ich möchte die morgige Laudes in Frische und Fröhlichkeit erleben.

Die kommenden Zeiten, das bald anbrechende Jahr, werden mir – so Gott will – Aufschluss geben.

Gib meinem Herzen Ruhe und schreibe mir, dass ich im Sommer von Dir Nachricht habe. Der Friede unseres Gottes sei mit Dir!

Dein Bruder, der sich jetzt Carolus nennt."

Vita Caroli

Noch am Vormittag des 26. Dezembers hatte er dann den Brief an den Bruder nicht nur versiegelt, sondern auch so verpackt, dass man ihn für irgend ein x-beliebiges Päckchen halten konnte. Und er gab es, bevor er die Zelle verliess, in einem inbrünstigen Gebet in Gottes Hände.

Doch im Innern des Päckchens war ein zweiter Brief, in dem er in kurzer Form die Brüder in dem erst in neuerer Zeit gegründeten Kloster im italienischen Ascoli Piceno nach der Regel des Franziskus lebten, um den Gefallen bat, seinem Bruder - in dem nur eineinhalb Meilen ausserhalb von Ascoli gelegene Castel Trosino - die in dem Päckchen verpackte Nachricht zukommen zu lassen.

Er wollte einfach niemand in Gewissensnöte bringen: Wem sollte es schon schaden, so schien es ihm, wenn niemand wusste, dass sein Bruder – der unmittelbar dem Kaiser im fernen Italien diente – und er – dessen oberster Dienstherr, nämlich der Abt des Klosters von St. Maurice, unmittelbar dem Papst diente und diesem persönlich verantwortlich war – in einem naturgemäss sehr familiären Austausch standen.

Und so erkundigte er sich umgehend aber ohne lange Erklärungen beim Prior, ob es nicht verlässliche Boten gäbe, die ein Päckchen an ein befreundetes Kloster in Italien mitnehmen könnten. Dem neugierigen Nachfragen des Priors konnte er mit Fug und Recht entgegenhalten, es handele sich um ein neugegründetes Kloster der Franziskaner in den südlichen Marken, genauer in Ascoli Piceno. Und er hätte mit den Dortigen eine Korrespondenz begonnen.

Der Prior war damit zufrieden und meinte gar, es seien Franziskaner aus Mittelitalien beim Feste hier und sie wollten die gerade herrschende warme Witterung ausnützen, um über den Pass hinter Martigny sofort nach Italien aufzubrechen. Man wisse ja nicht, wann der „richtige" Winter einbreche. Denn dann seien sie hier erst einmal für einige Wochen nach Süden hin abgeschlossen. So waren denn alle, wie es schien, zufrieden.

Und erneut setzte er sich am frühen Nachmittag an seinen kleinen Schreibtisch – im Licht der grossen Kerzen, das ihm gerade so lieb geworden war – und schrieb:

„Es ist ein Tag voller Erwartungen, dieser 26. Tag im Dezember 1246 Anno Domini.

Und ich muss nun aber doch zuerst von mir schreiben, es ist unvermeidlich. Nicht weil ich es wollte, aber es wird der Tag kommen, wo man meine Erklärungen lesen wollen wird. Wer auch immer ein solcher Leser sein wird.

Und es kann sein, dass man eine Rechtfertigung darüber möchte, warum nicht andere über mich schreiben, sondern ich selbst.

Und so will ich es erklären.

Erklären heisst erhellen, Licht darauf fallen lassen, so dass man es besser sehen kann. Man muss aber, denke ich, nicht immer hinter die Dinge sehen, wenn man sie überhaupt erblicken will. Auch im alltäglichen Leben genügt es, wenn man die Dinge überhaupt besser sieht und nicht alles im Dunkeln bleibt.

Und so werden meine Erklärungen vor alle eines sein: Ein Erhellen des Anscheins der Dinge, den ich aber mit gebührender Sorgfalt offenlegen werde. Ich werde nicht bis in letzte Gründe bohren, wie einige in den Schulen es meinen machen zu müssen, um angeblich den Dingen auf den Grund aller Gründe zu gehen.

Denn, so sagt sowohl die Schrift als auch mein Herz, es ist der Grund aller Gründe schon offenbar: Es ist Gott, und wir können nicht über ihn verfügen: Offenbart er sich, so offenbart er sich.

Entzieht er sich, so entzieht er sich. Doch er schenkt uns den Augenschein und das alltägliche Erkennen – und auch unseren Verstand – dass mir mit den Dingen recht umgehen.

Es ist nämlich der Anschein der Dinge und Umstände das, womit wir umgehen und was wir verstehen. Und auch unser Herrgott wird uns nicht nach dem beurteilen, was wir hätten sehen können, wenn wir weiter hinter die Dinge geblickt hätten. Sondern ein jeder wird, wie uns er Herr sagte, nach seinen Taten und nach seinem Glauben beurteilt werden.

Und so forsche ich in allem nicht weiter als bis zu den Handlungs- und Auffassungsgründen. Denn nur das, was wir zu tun vermocht hätten, wenn wir es gekonnt hätten, wird uns zugerechnet. Nicht das Unmögliche.

Und so bleibe ich, was mich selbst betrifft, entweder bei den klar sichtbaren logischen Gründen, oder einfach beim Augenschein. Ich bin noch zu jung, aber mir scheint, eine andre Wahrheit als die beiden – Logik und Empfindung – kann ich selbst nicht produzieren.

So muss ich als erstes bekennen, dass es eben diese „Bekenntnisse" des grossen Kirchenvaters Augustinus waren, die mich auf die Strasse des Schreibens, und vor allem, des Schreibens über mich gebracht habe. Aber auch seine „Soliloquia", seine Gespräche mit sich selbst.

Und so darf, wer dies liest, richtigerweise schlussfolgern, dass auch ich – wenn ich über mich schreibe – auch für mich schreibe. Aber wie schon der Kirchenvater immer im Zwiegespräch mit unserem Gott geschrieben hat – und es dennoch danach viele lasen und sich daran ergötzten oder sich daran stiessen – so kann es auch hier sein: Der Herr sieht meine geheimsten Gedanken. Und bisweilen scheint es mir so zu sein, dass ich im Schreiben auch in seine Gedanken tiefer eindringe.

Wenn ich aber meinem Schreiben einen Titel geben müsste, dann einen andern als den des Kirchenvaters. So etwas tut man ja nicht, einfach einen Anderen kopieren.

Es hat mich nämlich eine andere Lebensbeschreibung als die des Augustinus, aber eines in anderer Weise mindestens ebenso grossen Mannes, und zwar die des Einhard über Kaiser Karl den Grossen, auf eine vielleicht ganz besondere Idee gebracht.

Im Prolog des Einhard zu der „Vita Caroli Magni" beschwört er intensiv die Gefahr des Vergessens. Nein eigentlich des Vergessen-Werdens. Und ich frage mich, ob es Einhard - um seiner selbst und Karls des Grossen willen - um den Ruhm in der Nachwelt ging.

Mir geht es aber hier nicht um Ruhm der Nachwelt, das sei – mit dem Apostel Paulus – ferne. Es wäre zudem lächerlich. Mir geht es um das Verstehen, das Erhellen, der jetzigen Welt, der Welt, in der wir alle leben. Und dazu will zunächst einmal mich selbst verstehen. Denn so wie Einhard befürchtete, dass ohne eine geeignete Niederschrift selbst das Gedenken des Kaisers Karl verblasst wäre, so befürchte ich - auf gewisse Weise- dass ohne Niederschrift auch meiner geheimsten Gedanken mein Erinnern an mich selbst vor den Augen meines Innern verblassen würde.

Und mir scheint, dazu braucht es schon Erinnern, „memoria", wie es Augustinus gesagt hat. Erinnern und Entwerfen braucht es, und die beiden Dinge hängen zusammen. Und auch das rührt an die „Confessiones" des Kirchenvaters: Denn im Erinnern festigt sich die Person zu dem, was sie ist. Das habe ich jedenfalls aus einigen der späteren Kapitel seines Buches herausgelesen.

Was aber - ich bin da jetzt sehr nüchtern - hat es Karl dem Grossen in seinem Herzen genützt, dass sich Einhard so hingebungsvoll an ihn erinnerte, als er selbst schon lange tot war? Wenn man es wenig nennen würde, wäre das beschönigend.

Was nun aber, und das mag neu sein, wenn dieses Erinnern schon sehr früh begänne? Was wäre gewesen, wenn sich der Kaiser Karl schon zu seinen Lebzeiten intensiver an sich selbst und das was er war und geworden ist, erinnert hätte? Hätte ihn das nicht etwa verändert? Hätte das uns Nachkömmlinge verändert, wenn es zuvor ihn verändert hätte?

Ich fühle in mir, dass es mich verändert, wenn ich mich erinnere. Und wenn ich schreibe. Und wenn ich plane und entwerfe.

Und in der Tiefe schreibe ich genau aus diesem Grunde. Der beste Beweis, dass mein Weg ein fruchtbarer sein könnte, ist schon dies: Ich wäre auf genau diese Gedanken, die ich gerade geschrieben habe, nicht gekommen, wenn ich es nicht wirklich niedergeschrieben hätte. Zumindest nicht in dieser „gesetzten" Form.

Das Denken ist so flüchtig. Tempus fugit, die Zeit flieht.

Aber ich will es zu Ende denken: Ich bin nicht Carolus Magnus. Mein Leben ist bislang zu kurz – ich bin gerade zwanzig – als dass es irgendeine Bedeutung haben könnte. Und es ist an so unbedeutender Stelle entstanden, auf einsamen Höhen und in den tief zerklüfteten Schluchten riesiger Berge, dass ich kaum je etwas von ihm erwarten könnte. Ausser ich hätte es selbst erarbeitet. Und ausser, mein Orden würde mich irgendwann einmal höherer Weihen für würdig und fähig erachten, wird dies auch so bleiben.

Der Gedanke bewegt mich daher schon lange: Ich will noch dazulernen, ich will wandern, ich will sehen, ich will erfahren. Ich will das Leben trinken und es auskaufen.

Aber – um mich von jeder Anmassung abzugrenzen – ich werde mir, da ich nun schon „Carolus" genannt werde seit ich im Kloster bin, von den Böswilligen keinen Spottnamen geben lassen. Nicht dass sie mich noch Carolus Parvulus, „Karl, den Winzling" nennen.

So werde ich mir einen viel ehrwürdigeren, aber dennoch ernsthaft demütigen zweiten Namen selbst zulegen: Den Geringen, den Kleinen, werde ich mich nennen, Carolus Paulus eben. Denn sich als „gering" zu erachten ist nicht das selbe, wie klein oder winzig zu sein.

Zudem: Auch selbst der Apostel, der sich selbst auch „Paulus", der Geringe, nannte, er schreibt mindestens ebenso inbrünstig, wie ich oft fühle, und seine Gedanken sind mir sehr nahe.

Und sollte es mir gelingen, dieses soeben begonnene Buch meiner Tage fortzusetzen, über weitere Tage, Wochen und Monate und vielleicht Jahre, so kann es ruhig „Vita Caroli Pauli" genannt werden.

Ich lege nun meine Feder nieder, denn ich werde erwartet: Der ehrenwerte Bruder Cyrille wird mich am Abend in die Geschichte unseres Klosters einweisen.

Mir scheint, ich kann die ersten Perlen der Perlenschnur meines Lebens schon berühren, und schon glühen meine neugierigen Sinne vor Erwartung des Kommenden."

Es waren seltsame Zeilen, die er da - in der Einsamkeit seines Herzens und ohne einen freundschaftlichen Ratgeber gehabt zu haben - niedergeschrieben hatte.

Und sie sollten noch grosse, ja sehr grosse Auswirkungen auf sein Leben und das Anderer - nah und fern - haben.

Doch der Reihe nach:

Denn für heute hatte er genug Schweres, Gewichtiges von seiner Seele genommen und auf ein Pergament gebannt. Und da es keine schulmässigen Vorbilder und auch keine ihm bekannten Poeten gab, von denen er jemals gehört hätte, dass sie eine Art Chronik ihrer eigenen Tage geschrieben hätten, sprach er – zunächst – mit keiner Menschenseele über seine häufigen Aufzeichnungen, die er von Anfang an, aber zunächst nur für sich selbst, das „Buch meiner Tage" nannte.

Doch fortan nannte er sich – auch unter den Brüdern hier, und später auch in der Fremde – Carolus Paulus. Und bisweilen gab er nur zu bereitwillig Auskunft über seine Namenswahl.

Was er damit wirklich getan hatte, wurde ihm – und auch Anderen – erst sehr viel später bewusst, und spätere Tage mögen darüber urteilen.

Gebete und Gebirge

Die Tage vergingen, für Carolus, der sich nun bisweilen auch einfach Paulus, der Geringe, nannte, und ebenso für die Anderen im Konvent von St. Maurice.

Und in der Zeit zwischen Weihnachten und der Jahreswende - man benannte diese Tage zu Carolus' Zeiten vorausschauend nach der Zeit, die noch bis zu den Kalenden des Januars verblieb - gab er sich, mit sich, dem Kloster und der Welt im Reinen, wie es schien, einer Zeit intensiver und in sich gekehrter Gebete hin. Und mit Ausnahme der gemeinsamen Gebete mit den Brüdern war er dabei mit sich selbst und Gott alleine.

Keineswegs bedeutete das, dass er sich in seiner Zelle vergrub: Er war ein Naturmensch und ihn zog es – auch zum Zwiegespräch mit dem Höchsten – in die Berge und Wälder. Und wenigstens kurze Spaziergänge, die er vom Kloster aus gut machen konnte, führten ihn in diesen Tagen, in denen im Rhônetal immer noch kein Schnee gefallen war, immer wieder in die umliegenden Wälder.

Die feuchten Wege und die beklemmend von Nässe triefende Luft forderten dabei seine Aufmerksamkeit, und er musste sich auf das Unmittelbare des vor ihm liegenden Weges konzentrieren. Glitschigen Steinen und rutschigen Felspassagen musste er Halt abgewinnen, um nicht – in der an sich ungefährlichen Umgebung – doch irgendwie den Halt zu verlieren und sich zu verletzen.

Doch dem stand ein tiefes inneres Beten gegenüber. Ein Rufen und Antworten und – zuerst stummes – Schreien. Und in so manchem Moment verschaffte sich der Druck, den er spürte, Luft. Und ein markerschütternder Schrei entwand sich seinem erhitzten, den einen oder anderen Berg hinan- und wieder hinabstürmenden Körper.

So bewegte er ein wahres Kaleidoskop von Dingen, Eindrücke und Ereignissen in seinem Innern und aus seinem Innern heraus zu seinem Gott hin – wie eine Welle, die lautstark dröhnend am Strand der Zeit auflief. Nein, wie Gezeiten immer wiederkehrender Wellen und neuer Eindrücke und Sorgen. Es war eine wahrhafte Flut, die da zum Himmel gespült wurden...

... so Vieles lag ja in dieser Welt im Argen. Und er hatte in den vergangenen Jahren – auch weil St. Maurice so ein Schnittpunkt von Wegen und ein Brennpunkt von Meinungen war – so Manches aufgesogen, das er in den täglichen Routinen des klösterlichen Lebens nicht oder kaum verarbeiten konnte.

Auch waren viele der „kanonisch korrekten" Antworten, die er in den gemeinsamen Andachten hörte, in seinen Augen keine wirkliche Lösung, so schien es ihm, auf die praktischen Probleme seiner Tage, auf die Probleme der seufzenden und in ihren Lasten oft erdrückt wirkenden Menschen in all den Ländern, von denen er gehört hatte: Wie konnte Gott all das zulassen? Armut, Hunger, Krankheit, sinnlose Kriege, früher, jäher Tod...

Wie Gebirge und Alpdrücke lasteten diese Wahrnehmungen der Welt draussen, die er freilich meist nur vom Hören-Sagen kannte, auf ihm.

Und wenn der meist winterlich trübe Himmel dann bisweilen den Blick freigab auf die in der Mittagssonne gleisend helle Spitze des Dents du Midi oberhalb von St. Maurice, die sich dort in kaum zu erfassende Höhen erhob, dann schöpfte er lachenden Herzens wieder Hoffnung, und er wähnte bisweilen, dies sei ein Zeichen: Der Himmel erbarme sich in überwältigender Schönheit.

Doch am meisten verunsicherte ihn, dass er selbst so wenig von dieser Welt kannte. Dass er selbst nur Traum- und Trugbilder von dem Leid und den Lasten der Menschen hatte. Er kannte ja auch nur die, die direkt am Ort, in St. Maurice, oder in den umliegenden Dörfern,

wie Evionnaz, Massongex oder Vérossaz, dem alten Verolsa, lebten. Berge von Gebeten drangen so auf seinen einsamen Spaziergänge in den letzten Tagen des Jahres 1246 A.D. in den Gebirgen des unteren Wallis durch den oft wolkenverhangenen Himmel „nach droben".

Und dann, wenn er einen der kleinen Gipfel oder eines der vielen hoch gelegenen Plateaus mit den herrlichen Aussichten über das gesamte Tal erklommen hatte – meist unter dem Zeitdruck zum nächsten gemeinsamen Gebet wieder zurück sein zu müssen und daher recht atemlos –, schien er durchzudringen zu dem „wirklichen Himmel", ganz nahe bei diesem Gott.

Und es war ihm, als ob ER seine Gebete zumindest zugelassen, ja geradezu angenommen hätte. Es war legitim, so zu fragen, so zu leiden, so Besserung zu ersehen für eine belastete Welt. Dessen war er sich gewiss.

Und leichten Schrittes sprang er dann nach unten, hinab über die glitschigen Wege und rutschigen Steine, erleichtert, leichtfüssig wie eine Gämse fast. Und oft gerade noch rechtzeitig, um dampfend in Glut und Schweiss dem sonoren Gebetsgesang der Brüder beim nächsten Stundengebet beizuwohnen. Denn näher und wieder näher war er diesem Gott gekommen.

Und aus dem allem erwuchs ihm eine Art Sehnsucht nach der Ferne, eher noch eine Sehnsucht, diese Ferne zu einer Nähe zu machen,

den Menschen, an die er gedacht und für die er gebetete hatte, kennen zu lernen. Zu sehen, wie sie lebten, was sie litten, was sie taten, und vor allem, wer sie waren.

Denn etwas Wichtiges war in diesen Tagen in den gebirgigen Wäldern rund um das ehrwürdige Kloster von St. Maurice geschehen.

Und aus diesen Eindrücken gespeist schrieb er dann, am 30. Tag des Monats Dezember und am vorletzten des Jahres 1246, erneut auf ein neues Pergament:

„*Täglich beten wir, vom frühen Morgen bis unmittelbar zur Zeit des Sich-Niederlegens, und wir tun das zu festen Zeiten, mehrmals am Tag. Doch murmeln wir nicht mystische oder gar wirre Dinge, sondern in ruhigen Folgen singen wir Lob- und Bittgesänge. Dem einzig wahren Gott. Vor fast 800 Jahren, so konnte ich von den älteren Brüdern lernen, hat unsere Gemeinschaft mit einem ständigen Lobpreis begonnen. Und in früheren Tagen war er noch viel intensiver, dieser Lobgesang:*

Denn einige Jahrhunderte lang haben unsere Vorgänger Tag und Nacht gebetet, in jeder Stunde, wie ein unablässiges Opfer, dessen Wohlgeruch zum Himmel aufsteigt.

„Laus perennis- Ewiges Lob" haben sie es genannt.

Und wie auch heute noch werden in diesen Lobgesang all diejenigen eingeschlossen, deren Leben und Umstände es nicht zulassen, dass sie sich selbst einem solchen intensiven Gebet hingeben können. Denn "Betet ohne Unterlass" ist ein Gebot an uns alle. Doch nicht alle haben Lebensumstände, die dies zulassen.

Und in den Lobgesängen scheint sich der Himmel aufzutun und bisweilen so etwas wie das Angesicht Gottes spürbar zu werden. Denn sagt das nicht auch der Psalmist zu seinem und zu unserem Gott:

„Du aber bist heilig, der Du thronst über den Lobgesängen Israels"

Ich will mehr darüber erfahren, will überhaupt mehr lernen. Ich will mehr erfahren von den Psalmen und den Gesängen, denn es sind meist die Texte des Psalmisten, die wir hingebungsvoll und mit grossem Ernst singen.

Ich will mehr erfahren von der Geschichte unserer Gemeinschaft, und mehr von den zwei Reichen, zu denen wir gehören: Von dem weltlichen, in dem wir leben und arbeiten, und von dem himmlischen, zu dem es uns hinzieht, und das wir oft sehnlichst erwarten.

Und mein Herz sagt mir: Bald. Bald werde ich mehr erfahren, bald mehr lernen können.

Von beidem."

Inscriptio Secunda

Es war der letzte Tag des Jahres 1246 angebrochen, und nicht nur sein Herz, auch sein Verstand versuchte nun in geradezu glühender Weise, die Dinge zusammenzufassen, die ihn rund um dieses Weihnachtsfest bewegt hatten.

Und unter Aufbietung all seiner Kenntnisse, all seiner bisherigen schulischen Ausbildung und all seiner verbalen Kraft schrieb er eine erneute, und dieses Mal sehr tiefschürfende Inschrift auf ein grosses, leeres Pergamentblatt:

„Es ist Zeit. Jedenfalls spüre ich grosse Dringlichkeit. Am Ende dieses Jahres 1246 stelle ich mir die Frage stellen: Wofür ist es Zeit? Und: Wovon reden wir eigentlich, wenn wir über „Zeit" reden? Und auch: Was erwarten die Leute, was erwarte ich, da nun das Jahr zu Ende geht?

Im Reich sind Könige hinzugekommen, jedenfalls wurde ein weiterer gewählt. Und es sind seltsame Zeiten: Zwei Könige haben wir, einen Kaiser, der keiner mehr sein darf. Viele Landesherren haben wir dazu in allen Teilen des Reiches, viele Bischöfe allenthalben und einen Papst. Und hier im traditionell nur dem Heiligen Stuhl unterstellten und recht weiten Bezirk des Klosters St. Maurice da herrscht unser Abt Nantelmus. Viele Herren!

Was ist das also für eine Zeit, in der wir leben? Und was erwarten wir von dem neuen Jahr? Was ist das überhaupt, in dem wir warten (Zeit) und das wir erwarten (neue Zeit)?

Zeit ist die Bestimmung im Hinblick auf das "Früher" oder "Später", hat man mir in der Schule beigebracht. Und in der Tat, so mancher hat sich – seit dem Griechen Aristoteles und den Kirchenvätern – so oder so ähnlich dazu geäussert.

Und wenn man die Zeit genau betrachte, dann sei sie ja schon in dem Moment vergangen, in dem man meinte, man hätte sie gegenwärtig, sagen die Scholaren. Und niemand könne sie festhalten.

Und es war Augustinus, der Wortgewaltige, der an einer berühmten Stelle seiner „Confessiones" schrieb, er wisse genau, was die Zeit sei. Aber wenn er es sagen wolle, könne er es nicht. – So muss ich mich ja nicht schämen, wenn ich es auch nicht kann.

Doch in der Tat: Zeit ist nicht, wie etwa die Erde ist, oder das Holz, oder das Wasser. Zeit ist auch nicht, wie die Zahlen sind oder die logischen Schlüsse. Zeit ist auch nicht einfach Erfahrung – und auch nicht der Umgang mit den Erfahrungen unseres Lebens.

Und doch ist Zeit. Und – so sprechen wir auch davon – es gibt die "Zeit etwas zu tun", oder wenn wir irgendwo zu lange geblieben sind, dann ist es "Zeit zu gehen". Und wenn wir alle Wege unseres Lebens gegangen sind, dann ist es "Zeit zu sterben".

Auch das Zeitalter, das Jahrhundert, das "saeculum", und das Jahr, das "annum": Sie "sind" alle. Aber eben nicht wie die üblichen Dinge.

Und auch die Zukunft kann nicht "sein", und sie "wird" auch nicht einfach. Sie kommt auf uns zu, sagt man leichthin. Aber was heisst das? Hat unser Planen und Wollen, unser Laufen und Machen, denn gar keinen Sinn? Wie also ist, was also ist die Zukunft?

Aber ganz sicher, sagen uns die Kirchenväter, "ist" die Ewigkeit. Die Zukunft aller Zukünfte. Le future de l'avenir, wie die Brüder hier vielleicht sagen würden. Und doch konnte bisher keiner solche einfachen Fragen einfach – und schon gar nicht leichthin – beantworten.

Eine einfache Frage etwa wie: Ist die Ewigkeit dann als eine Zeit ohne Zeit vorzustellen? "In" der Ewigkeit verfallen die Dinge ja nicht, und wenn sich nichts veränderte, dann würde man auch keine Zeit empfinden.

Was also und wie "ist" die Ewigkeit, die wir ja so sehnlichst erwarten? Und wann kommt sie? Und hat sie Anfang und Ende?

Ich frage mich aber, was das denn dann für eine Ewigkeit ist, in der ich nichts spüre, weil sich – wie man mir gesagt hat – nichts verändert. Oder nichts denke. Denn wenn ich denke und spüre, und erst recht, wenn ich handle, verändert sich etwas.

Das sei zu hoch für mich, sagte man mir, und ich würde es später verstehen. "Später" sagte ich dann, das könne man dann doch gar nicht mit Sicherheit sagen, dass es ein "Später" überhaupt gäbe. Auch, nein, gerade nicht in der Ewigkeit.
Und so wurde ich jüngst in der Schule ermahnt, ich solle keine Fragen stellen, die niemand beantworten könne. – Als ob man das den Fragen ansähe, ob sie ihre Antwort bereits beinhalten oder nicht! Weit gefehlt, und eher das Gegenteil: Die einfachen Fragen scheinen die schwierigsten zu sein.

Ich frage mich aber stattdessen, warum niemand die Schrift fragt?! Ich sage ja nicht, die Schrift sei per se eindeutig. Aber gilt das denn nicht mehr: Dass sie der "Kanon", das Bleilot also, allen Verständnisses ist?! Und nichts können wir ohne sie wissen, denn so sagt unser Herr:

> *„...ohne mich könnt ihr nichts tun!...*
>
> *...quia sine me nihil potestis facere !"*

Dann aber: Was sagt sie, die Schrift? Und was sagt uns der Herr? Nun bin ich wirklich zu jung, um alles umfassend zu wissen – wiewohl ich so gerne mehr wüsste. Aber das Wenige, das ich weiss, ist Folgendes:

Einige Worte Griechisch habe ich schon gelernt und es gab in der Bibliothek ein Fragment aus einer griechischen Bibel, die sie "Seputaginta" nennen. Dort steht:

> *„Τοῖς πᾶσιν χρόνος, καὶ καιρὸς τῷ παντὶ πράγματι ὑπὸ τὸν οὐρανόν. καιρὸς τοῦ τεκεῖν καὶ καιρὸς τοῦ ἀποθανεῖν, καιρὸς τοῦ φυτεῦσαι καὶ καιρὸς τοῦ ἐκτῖλαι πεφυτευμένον...*
>
> *... Ein jegliches hat seine Zeit, und alles Vorhaben unter dem Himmel hat seine Stunde: geboren werden hat seine Zeit, sterben hat seine Zeit; pflanzen hat seine Zeit, ausreissen, was gepflanzt ist, hat seine Zeit..."*

So scheint mir: An dieser Stelle ist "Chronos" die Zeit, die wir messen, das "Früher" und "Später". Und "Kairos" ist die "richtige", die gute Zeit, um etwas zu tun. – Damit kann ich mich versöhnen. Denn dann gibt es auch "erfüllte Zeit", sinnvolle Zeit. Und wir haben erst vor wenigen Tagen gehört: "Als die Zeit erfüllt war, sandte Gott seinen Sohn…"

Was aber ist wichtig an der Zeit, und in der Zeit? Ist es nicht heute am Ende des 1246zigsten Jahres nach der Geburt unseres Herr wichtig, dass wir die "guten Gelegenheiten" des kommenden Jahres nützen, als eine Arena des Gelingens oder Misslingens gewissermassen?

Und es scheint mir weniger wichtig, was vielen so wichtig ist, dass wir nämlich schon in wenigen Stunden ein "neues Jahr" schreiben, nämlich 1247 Anno Domini. Oder zu welcher Sekunde es genau beginnt. Denn nicht, was WIR messen, das Jahr, den Tag, die Stunde, ist das, woran wir gemessen werden. Sondern das, was ER, Gott im Himmel, misst, das wird entscheidend sein – am Jüngsten Tag, der in der Zukunft liegt. Und der auch unsere Zukunft sein wird.

Und daran wird er uns messen, ob wir die Gelegenheiten, die er uns in diesen, unseren Tagen vorgelegt hat, ob wir diese Gelegenheiten zum Guten oder zum Schlechten verwendet haben.

Ob wir geholfen haben, gegeben haben, ob wir geliebt haben, daran wird er uns messen. "Was Ihr dem Geringsten meiner Brüder getan habt, das habt ihr mir getan". Das waren seine Worte.

Und dies soll mein Vorsatz sein für das kommende Jahr 1247: Ich will die Grossen, aber vor allem auch die Geringsten unter "seinen Brüdern" kennenlernen. Und ich würde für meine Seele gerne herausfinden, was ihnen, den Geringsten wie den Grossen, fehlt. Also: Was kann ich für sie tun? Und ich möchte, was ich kann, dazu tun, dass sie das erhalten, was sie brauchen.
Und ich werde keine Ewigkeit auf die Antwort warten. Denn ich spüre: Es ist Zeit.

Ein Drängen liegt in diesen Tagen."

Der Entschluss

Und aus seinem tiefsten Innern erwuchs ihm in diesen Stunden und in den ersten Tagen des neuen Jahres 1247 ein grosses, unbändiges Drängen: Er wollte seiner Situation eine Wende geben.

Und sein Herz erinnerte ihn dann eines Nachts an ein Ereignis, das nun schon lange zurücklag, das ihn aber nie verlassen hatte:

Denn auch andere hatten damals, in seinem zwölften Lebensjahr, die alte Frau gesehen, die am Rande des Dorfplatzes in Naters gesessen hatte. Und ihr seltsames Verschwinden – nachdem sie ihm die lange Geschichte der Wanderungen seiner und ihrer Vorfahren singend und raunend vorgetragen hatte - , ihr Verschwinden hatte grosse Rätsel aufgegeben. Man hatte sogar einen Suchtrupp nach ihr geschickt, doch sie ward nicht mehr gefunden.

Lange hätte sie schon da gesessen, hatten ihm später die Alten des Ortes erzählt. Und anders als so manche Andere, die ab und an die spärliche Öffentlichkeit des kleinen Dorfplatzes gesucht hatten, um Ihre Ahnungen und inneren Wehen loszuwerden, anders als diese Anderen hatte diese Frau niemanden erzählt, was sie wolle.

Und auf Nachfragen nur geantwortet, sie warte auf einen jungen Burschen, und sie würde ihn schon finden. Sie wisse, hatte sie gesagt, dass er eines Tages kommen würde. Eher früher als später.

Und er war ja auch gekommen. Früh für sein damals noch sehr junges Leben hatte er sich dem Gewicht der Erzählung und damit dem Ernst dessen ausgesetzt, was er seither wie eine Berufung in seinem Herzen trug:

Es war ihm auch jetzt noch unklar, was es genau sei. Aber es schien ihm wie eine Last für sein Volk und die anderen Völker, die dem Seinen - sprachlich und der Herkunft nach - nahestanden. Solch eine Last lag auf seinem Herzen.

Eine schwere Last war es. Eine Unruhe allzumal. Doch er fand keine Worte dafür.

Und gerade in den letzten Wochen war das Sehnen und ein Drängen in ihm gewachsen, diese Menschen - an die er immer wieder denken musste, obwohl er sie ja gar nicht kannte - gerade jetzt, nein, sehr bald kennenzulernen.

Es war da vor allem der Wunsch in ihm, dass sie alle, oder möglichst viele von ihnen, ihrerseits die Geschichte ihrer aller Herkunft kennenlernen möchten. Dass sie darüber vernünftig und wohlwollend miteinander reden könnten. Dass sie auch lernen könnten, ihr Recht selbst zu bestimmen, so wie das im Grunde bei ihnen Zuhause immer der Brauch gewesen war.

Nur dass in den letzten Generationen vor ihm irgendwann einmal die Erinnerung daran verloren gegangen schien. Und so Viele schienen nun mit Leib und Leben von wenigen Anderen, von den „Oberen" in irgendeiner Form, abhängig zu sein.

Kennten sie ihre Herkunft, kennten sie ihre Bräuche - und könnten sie auch, ein umwerfender und im Grunde irrwitziger Gedanke, lesen und schreiben, so dass die Erinnerung daran in zukünftigen Generationen nicht mehr verblasste - , dann gewännen sie ihrem Leben und der Zeit auf Erden wieder mehr ab.

Denn die ersten - so hatte er gehört - hätten besonders im oberen Bereich des Wallis, wo er herkam, das Tal schon wieder verlassen und waren „irgendwohin" gezogen. Bisweilen nur eine Handvoll Familien, waren sie alleine aufgebrochen und hatten im Osten und Süden und Westen eine Freiheit und ein Auskommen gesucht, das sie zuhause nicht mehr hatten.

Aber auch die Anderen, von denen er aus deren eigenem Munde, da sie als Pilger St. Maurice besucht hatten, - in Deutscher Sprache - Wunderliches über ihre jeweilige Heimat gehört hatte. Auch sie wollte er dort, in ihrer Heimat, auffinden.

Er wollte – so schrie sein Herz – sie alle suchen. Sie finden. Sie kennenlernen. Und sie verstehen. Und so war es für ihn – den jungen Ungestümen, den wilden, grossen Jungen – in diesem Tagen auch die Frage nach sich selbst gewesen, die ihn umtrieb: Wie wollte, wie sollte er denn sein Leben gestalten? Wodurch sollte diese Zeit seines Lebens bestimmt sein? Aber war ihm, als Mönch denn überhaupt noch ein Selbst-Gestalten möglich? Würde es je möglich sein?

Und mit einem Male fiel ihm auf, dass die Fragen in seinem Herzen ein Eigenleben entwickelt hatten. Ein Eigenleben, das zu dem eigenen Leben, das er da im Konvent des Klosters führte, nicht passen wollte.

Da war ein Schmerz in ihm, dessen er sich jetzt erst bewusst wurde. Und es war ein Leid zudem, denn er brachte in seinen Gedanken das alles nicht in einem inneren Bild von sich und seinem Leben zusammen. Ein Bild, das ihm Frieden verschafft hätte, das konnte nicht mehr entstehen.

Und so schien es ihm fast, er könne gar nicht sein ganzes Leben hier im Kloster sitzen und beten und singen und warten. Gott immer ergeben, ja! Aber einfach warten?

Ein Zerriss. Ein katastrophaler Gedanke. Und doch: Seine eigentliche Hoffnung, wenn er ganz ehrlich war.

Und als an einem der nun doch immer winterlicher werdenden Abende wieder einmal alles viel zu früh dunkel wurde, schweiften seine Gedanken ab, und sie liefen den Weg zurück, das Tal hinauf, zu Mutter und Vater und der Schwester. Und er wollte in diesen Stunden nur bei ihnen sein.

Und so fasste er – endlich – einen Entschluss. Einen kleinen Entschluss, so schien es anfänglich.

Briefe an Anna und die Mutter

Denn er hatte schon vorher – an so manchen langen Abenden, an denen er oft lange nicht schlafen konnte - immer wieder kleine Bilder auf Pergamentfetzen gezeichnet und diese Bildchen dann gesammelt.

Sie waren bestimmt für Anna, seine kleine Schwester, und dann hatte er sich ein Herz gefasst, und das war dabei herausgekommen:

> *„Ich bin erleichtert: Viel zu spät eigentlich ist es mir gelungen, meiner Schwester Anna und vor allem auch meiner Mutter einen Brief zu schreiben:*
>
> *Sie sollten doch das neue Jahr nicht ohne Nachricht von mir beginnen.*
>
> *Und für Anna habe ich mir etwas Besonderes einfallen lassen: Ich will ihr helfen, dass sie lesen lernt.*
>
> *Wie genau, das steht im ersten Brief an Anna, den ich hier, in einer eigenen, neuen Schublade abgelegt habe.*
>
> *Und auch ich habe die ersten, einfachen Skizzen gemacht. Viel Ruhe bekomme ich davon. Einige habe ich Anna geschickt."*

Ein veritables Tagebuch hatte Carolus da begonnen, nicht nur der Form nach, sondern vor allem dem Inhalt nach. Und mehr als alles andere war seine Zugangsweise neu: Ab und zu schrieb er einfach etwas auf, was an dem betreffenden Tag passiert war, so als wollte er jemand, den er den gesamten Tag nicht gesehen hatte, kurz einen Bericht abgeben, wie es in seinem Herzen aussähe.

Wenn er schrieb, war er sich selbst näher. Und er entwickelte das Zwiegespräch mit dem Pergament - dem leider sehr raren und teuren Material - und, scherzhaft gesagt, der kahlen Wand hinter seinem Pult immer mehr.

Dies um so mehr, als er durch die wenige Arbeit, die an diesen kürzesten aller Wintertage in den Klostermauern überhaupt noch möglich schien, überhaupt nicht gefordert war. Von geistiger Auslastung oder gar körperlicher Ermüdung ganz zu schweigen.

Und seine zeitweilige seelische Erschöpfung, in der er des Öfteren Wachträume oder gar Gesichte hatte, nahm in einzelnen Schüben und schrittweise zu.

Was sollte er auch tun? Die Gärten des Klosters lagen brach, und als der erste Schnee fiel - und das, obwohl er in den Tallagen an der Rhône immer wieder schnell abtaute - wurden von Seiten des Abtes alle Tätigkeiten im Freien eingestellt.

Dummerweise war die einzige Ausnahme hiervon, die Holzarbeiten in den zum Kloster ebenfalls gehörenden Wäldern, an die Männer der Ortschaft St. Maurice abgegeben worden, die dafür ihren Lohn in Form eines Anteiles am geschlagenen Holz erhielten. Und es war Sitte, das diese einzigen Aussenarbeiten von wesentlich älteren Brüdern beaufsichtigt wurden, denn sie hatten darin grosse Erfahrungen. Und es sollte sie bei guter Gesundheit halten.

Einige gelegentliche Aushilfsarbeiten in der Klosterküche endeten meist damit, dass Carolus zwar alle zum Lachen gebracht hatte, aber dem Prior hatte das missfallen, und Carolus war in die Schreinerei verwiesen worden.

Zwischen den Stundengebeten waren die Arbeitszeiten jedoch nur kurz, und das Licht war auch so schlecht im Winter, dass das Begonnene meist sofort wieder wegen der nächsten Unterbrechung zur Seite gelegt werden musste. Carolus kannte von Zuhause eine andere Art des Arbeitens, die wesentlich ausdauernder und zielgerichteter war.

Und auch der Pilgerverkehr war durch die Unbegehbarkeit der grossen Pässe fast zum Erliegen gekommen. Und einige Pilger hatten ihr Winterquartier in einem Nebenbau des umfangreichen Klosterkomplexes bezogen.

„Wofür ist die Zeit denn nun da?",

fragte sich Carolus oft, an diesen dahinsiechenden Tagen. Wäre das doch nur ein Nichts-Tun nach getaner Arbeit! Aber es war ein Nicht-Arbeiten nach einem Mangel an Tun.

All das schien ihm zu nichts zu taugen, und - anders als in den Jahren zuvor - war er seit den Weihnachtstagen, in denen er sich so sehr zum Aufbruch gerufen gefühlt hatte, nicht mehr zur Ruhe gekommen.

Was er nicht merkte, was sich dem jungen, ungestümen Kerl Carolus einfach zunächst einmal entzog, war dass er in der Zeit des winterlichen Schlafes, wie man es nennen könnte, nicht nur körperlich Kraft tankte, sondern auch eine hohe seelisch Bereitschaft in ihm wuchs, wirklich aufzubrechen, wenn es denn Zeit war!

Es war eine Art Sabbat des ganzen Menschen Carolus: Die Ruhe Gottes, zwischen Vorbereitung und Aufbruch.

An die Mutter

Seiner Mutter hatte er einen Brief geschrieben, und er konnte diese Nachricht samt den kleinen Zeichnungen dem örtlichen Priester in Naters schicken, denn er kannte ihn ja schon lange und vertraute ihm: Er würde das kleine Päckchen, in dem sich der Brief befand, ganz sicher an die ihm so Nahestehenden überbringen.

Für seiner Mutter, an der er so unendlich hing, hatte er die folgenden Zeilen verfasst:

„Liebe Mutter,

das neue Jahr hat schon einige Tage begonnen, und da ich weiss, dass Du Dir meine Zeilen wirst vorlesen lassen und vielleicht auch selbst ein wenig lesen kannst, schreibe ich nun Dir und nicht Vater oder meiner kleinen Schwester. Sie beide sind des Lesens ja unkundig, und Vater würde sich ja auch nicht helfen lassen.

Also: Euch allen wünsche ich ein tief gesegnetes und überreiches Jahr 1247! – Ich weiss, dass Du viel Last trägst, liebe Mutter.

Und dass mein Bruder auch nicht da ist, und ich schon lange nicht mehr, das grämt Dein Herz.

Vielleicht tröstet es Dich, dass unser Herr im Himmel auf den einen Lausbub aufpasst (den Kleinen) und den grossen Lausbub (der hier Dir gerade schreibt) wenigstens ordentlich erzieht und auch schon hin und wieder für seine Zwecke einsetzt. Glaube ich jedenfalls ...

Damit auch unsere Schwester, die kleine Anna, ein klein wenig von der Erziehung, die ich geniesse, mitkriegt, habe ich begonnen, für Anna hin und wieder kleine Skizzen zu sammeln oder ihr sogar eigene anzufertigen, die ich versucht habe, einfach zu beschriften.

Auch kann ich eventuell das eine oder andere aus einem der vielen Bücher hier kopieren.

Und die ersten dieser Kopien sende ich Dir mit: Kannst Du sie ihr vorlesen? Oder den Pfarrer in Naters bitten, dass er das tut? – Ich würde mich nämlich freuen, wenn Anna lesen lernen würde.

Am liebsten wäre mir ja sogar, sie ginge an eine richtige Schule. Doch das müsste dann ja eine öffentliche Schule sein. Und ich habe erst kürzlich gehört, dass es so etwas Ähnliches vielleicht schon geben soll:

In Augsburg, so erzählte mir vor einiger Zeit ein Durchreisender, von denen wir ja viele hier haben, und wenn sie hier sind, dann erzählen sie viel, weil Gott ihnen das Herz auftut, und dann geht ja bekanntlich der Mund über… also, der Mann erzählte mir, dort in Augsburg gäbe es seit geraumer Zeit eine öffentliche Schule!

Und darüber wüsste ich gerne mehr, ich vermute aber, sie ist nur für Jungen. Doch ich würde so gerne mehr darüber erfahren. Und das ist das, was mich gerade im Innern so umtreibt: Ich möchte mehr sehen, mehr lernen, mehr wissen.

Aber nun sieh Dir doch bitte die in dem beigelegten Umschlag eingewickelten kleinen Skizzen für Anna an. Und lies ihr doch bitte vor, was ich dazu geschrieben habe!

Liebe Mutter, ich danke Dir dafür. Bitte grüsse auch meinen treuen, aber oft mürrischen Vater! Mutter, bitte erheitere sein Gemüt, wenn es geht. Er macht mir Sorgen.

Ich habe dafür gesorgt, dass ein Bruder auf dem Weg nach Ernen bei Euch vorbeikommt, und meine Nachricht bei Euch abgibt. In einer guten Woche wirst Du meine Zeilen daher in den Händen halten.

Gott, der Herr segne Dich zutiefst!

Dein Sohn"

Zeit der Zubereitung

Zwischenzeitlich hatte man Carolus Paulus in die Schreibstube versetzt: Denn er war jung und ausgeruht, und schon sehr klug und belesen für sein Alter. Auch konnte er bereits einige Sprachen, schon von Zuhause aus die ersten, den Rest aus dem Kloster.

Nur mit der Schrift haperte es noch hie und da, und so erhielt er so etwas wie Privatunterricht im Erstellen sauberer Handschriften, und bisweilen durfte er sogar schon Initialen verzieren oder Zeichnungen anfertigen. Sein wacher Geist dachte - zwischen langen Phasen, in denen er auch diese langwierige Arbeit ermüdend fand - nebenbei laufend über Dinge nach, die man anders machen könnte in der Schreibstube, oder in der Bibliothek.

Für viele Dinge, so meinte er, können man zum Beispiel Schablonen anlegen, und so könnte man viele Formen, die er jetzt einzeln zeichnete, einfach durch Anlegen und Nachzeichnen der Schablone übertragen.

Ein weiterer Vorschlag von ihm war ein wenig innovativer: Die Idee, dass ein Siegelring oder ein Siegelstempel immer die selbe Figur hervorbrachte, liess in ihm die Idee wachsen, solche Stempel auch für Initialen anzufertigen und einzusetzen. Schliesslich müssten ja nicht alle Initiale unterschiedlich aussehen, einige seien einfach nur bildlicher Schmuck, und sie könnten sich ja in identischer Form wiederholen.

Doch zu seiner Enttäuschung lösten seine Vorschläge keineswegs helle Begeisterung aus, wie er es eigentlich erwartet hätte. Stattdessen wurde er wiederholt gerügt, er hätte Flausen im Kopf. Und am Ende wurde er buchstäblich zum Studium der Schriften verdonnert. Und zwar sowohl der biblischen Schriften, wie auch der naturwissenschaftlichen sowie einiger antiken.

Dass das keine Strafe für ihn war, sondern eher eine Wohltat, wurde allen schnell klar. Und so waren alle zufrieden.

Da er seinen Leseplan weitestgehend selbst zusammenstellen konnte, begann er bald, sich der regelmässigen Lektüre von Einhards Biografie des grossen Kaisers Karl zu widmen. Und nach dem Prolog, der ihn schon in den Weihnachtstagen dazu angestachelt hatte, seine eigenen Tagebuchaufzeichnungen zu machen, stiess er dabei sehr schnell auf Einhards Bericht über das Ende des Geschlechtes der Merowinger, deren erster König ja der Frankenkönig Chlodwig vor vielen Hundert Jahren gewesen war. Dabei fiel ihm etwas merkwürdiges auf:

> *„Das Geschlecht der Merowinger, aus dem die Franken ihre Könige zu wählen pflegten, herrschte nach allgemeiner Ansicht bis zur Zeit Hilderichs. Hilderich wurde auf Befehl des römischen Papstes Stephan abgesetzt, geschoren und ins Kloster geschickt...*
>
> *...Gens Meroingorum, de qua Franci reges sibi creare soliti erant, usque in Hildricum regem, qui issu Stephani Romani pontificis depositus ac detonsus atque in monasterium trusus est...“*

Merkwürdig war die Parallele zu den Ereignissen der jüngeren Vergangenheit: Vor gerade zwei Jahren hatte Papst Innozenz IV. sogar Kaiser Friedrich II. abgesetzt und öffentlich verflucht! - Carolus musste, obwohl ihm die Konsequenz dieser Gedanken sofort klar war, er musste wenigstens sich selbst - und Gott, denn der sieht ja sowieso ins Verborgene - diese Frage stellen:

Durfte der Papst einen König, ja einen Kaiser einfach absetzen? Galt denn die Wahl eines Volkes, früher die der Franken, heute die der Deutschen, nichts? Ja noch mehr: War es denn nicht Gottes Wille, dass sich die Völker selbst regierten? Er konnte diese Frage nicht beantworten, aber sie war nun einmal gestellt, sie war einfach da, und konnte nun nicht wieder ausgelöscht oder wegradiert werden:

Kann ein Volk seinen König selbst wählen? ... oder ausrufen? Oder durch Akklamation bestimmen? Und wenn nein? Wo steht geschrieben, dass Gott möchte, dass der Papst die Könige einsetzt? Hat denn Petrus Könige eingesetzt? Der Petrus, als dessen Nachfolger die Päpste sich verstehen. Er konnte für diese ausgesprochen heiklen Fragen keine Antwort finden. Doch sie brannten in ihm, schon wegen des Zwiespalts in seiner eigenen Familie, schon wegen seinem Bruder.

Aber er suchte nun selbst in der Heiligen Schrift, und er las erstmals grosse zusammenhängende Stücke in dem heiligen Buch. Zuerst alle vier Evangelien, dann zum wiederholten Male die Briefe des Paulus. Dann die meisten der Propheten... in denen wohl stand, dass Gott Könige einsetzt... Und eine Wahl durch das Volk alleine?

Es war eine seltsame Entdeckung, als er schliesslich - er hatte schon einige Tage geforscht und gelesen und sich auch Notizen gemacht deswegen - im alten Testament vom Volk Israel las, dass es wohl ursprünglich nicht Gottes Wille war, dass das Volk überhaupt einen König haben sollte:

Denn vor Saul, dem ersten König, hatte es Richter und Propheten in Israel gegeben. Und es war wohl das allgemeine Verständnis, dass diese Männer - denn meist waren es Männer, aber nicht ausschliesslich - dem Volk Israel den Willen Gottes kundtaten: Zuallererst in dauernd wirksamen Gesetzen von langer oder gar ewiger Gültigkeit. Dann aber auch in konkreten Anweisungen, die manches Mal nur für eine bestimmte Situation galten.

Es scheint aber über lange Zeit keinen Herrscher gegeben zu haben in Israel. Sondern - vermittelt durch die Propheten und Richter - war lange zeit Gott ihr König. Gott ist der König Israels, so die Schrift.

Dann aber wollte Israel einen König „wie die Heiden einen haben". Und Gott ist betrübt, wie das Buch Samuel sagt, gibt dem Volk aber nach: „Gehorche des Volkes Stimme", sagt er zu Samuel.

Doch dann stellt er auch klar, dass jeder König herrschen wird über das Volk. Sie werden nicht mehr in allem selbstbestimmt sein, sondern ihrem König, den sie erbeten hatten, dienen. Dienen müssen.

Denn er wird Gewalt über sie ausüben: Er wird ihre Kinder „nehmen", und sie werden ihm mit Arbeit, Geld, Kraft und Leben dienen müssen. - Und Samuel muss das Gesetz der Könige Israels in ein Buch schreiben. Und es gilt hinfort.

Aber gewählt hat das Volk damals, in Israels uralten Zeiten, nur das Königtum, nicht den König selbst. Der wurde nach wie vor von Gott bestimmt, und im Falle des ersten Königs, im Falle Sauls, ist dies ein langwieriges Verfahren in vielen Schritten, die ausnahmslos alle eintreffen mussten, um sicherzustellen, dass Saul der Mann Gottes für das Amt des Königs sei.

Carolus konnte sich aber in diesen Tagen kein komplettes Bild der Königswahl machen, eine Antwort auf diese schwierigen Dinge zu finden war nicht in so kurzer Zeit möglich.

Und zunächst musste er seine Studien und Bemühungen unterbrechen, so sehr war er beeindruckt, und gleichzeitig auch beschwert, von der Erkenntnis, dass zumindest in Israel im Grunde alle Könige nur in einer Art Duldung durch Gott regierten.

Oder anders: Das Königtum eines einzelnen - ausser das Königtum Gottes selbst - schien nicht die ideale Lösung.

Was aber dann?

Die Last der Frage erdrückte Carolus, und dennoch offenbarte er sich niemandem. Auch fragte er seine Oberen nicht um Rat. Eine Ahnung trug er in sich, dass sie seine Fragen entweder mit kurzen, schulmässigen Antworten abtun oder ihn gar verdächtigen würden, er sei eventuell auf dem falschen Weg.

Denn seine Frage, was denn der Weg Gottes sei für das Königtum auf Erden, die war einerseits sehr gewichtig, und andererseits war sein Vorgehen - nämlich die vielen Hinweise und Aussagen der Schriften zu studieren, und sich erst dann später um die noch komplizierteren Meinungen der Menschen und die gesamten Traditionen zu kümmern - sein Vorgehen könnte auch als naiv und ungebildet eingestuft werden. Schlimmstenfalls sogar als Rebellion oder gar Ungehorsam.

Als dann Carolus bei Nantelmus, dem Abt, vorstellig wurde und ihn bat, er möge ihm drei Tag Dispens gewähren, da er zum Lac Leman gehen wolle, auch um sich in diesen trüben Wintertagen zu bewegen, und dies täte sicher seiner Gesundheit gut, gewährte ihm das Nantelmus gerne.

Von seinem Ausflug zurückgekehrt, fühlte sich Carolus trotz der Strapazen des Weges erfrischt und hatte neuen Mut gefasst.

Und als er seine Studien mit neuer Kraft wieder aufnahm, sprang ihm der häufige „Abfall" ins Auge: Meist Männer, die das Königtum oder die faktische Herrschaft einfach an sich gerissen haben. Ohne Gottes Erwählung oder gar Salbung.

Und er kam zu Absalom.

Auch hier genügte es nicht, ursprünglich einmal gerechte Absichten verfolgt zu haben: Denn Absalom wollte ja die Vergewaltigung von Tamar, seiner Halbschwester, rächen und empfand David als zu schwach und zu wenig konsequent. Darum rebellierte er.

Und es genügte auch nicht, sich ein Heer zu verschaffen, die Frauen des Herrschers zu beanspruchen und sich der Akklamation eines gewissen Bevölkerungsteiles zu versichern, wie Absalom das getan hatte. All das legitimierte im Israel des Alten Testaments noch kein

Königtum. Aufstand und Abfall legitimierten kein Königtum. Es war immer Gott, der den König einsetzte oder es doch zumindest wollte.

Was dann aber kam, wollte Carolus eigentlich um jeden Preis vermeiden. Doch er konnte seinen Gedanken nicht befehlen, andere Wege zu gehen: Nun fiel ihm nämlich auf, dass der Papst bei der Absetzung des Kaisers vor rund zwei Jahren in Lyon genauso argumentiert hatte: Er hatte im Grunde gesagt, der Kaiser habe sich gegen die Kirche gewandt und er - der Papst - setzt ihn nun kraft seiner apostolischen Gewalt, als Stellvertreter Christi, ab.

Doch Carolus konnte nun gar nicht mehr anders, als den Gedanken zu Ende zu denken: Eine Handlung von solcher Tragweite für die Geschichte aller Länder des Abendlandes - Friedrich II. ist schliesslich einer der mächtigsten Herrscher überhaupt - eine solche Handlung setzt voraus, dass man sich ganz sicher ist, den Willen Gottes auch wirklich zu vollziehen. Oder sich selbst an Gottes Stelle setzt.

Völlig naiv zog Carolus, tief in seinem Innern den Schluss, entweder hat der Papst furchtbar Angst vor dem Staufer und seiner Familie oder er hält sich wirklich für unfehlbar. Vielleicht sogar beides.

Und weder die Kirchengeschichte noch die Schrift legt dem Bischof von Rom eine Handlung solcher Tragweite nahe. In jedem Fall hätte das Konzil von Lyon über die Idee einer Absetzung beraten müssen. Innozenz war nicht Christus. Carolus schien, er getraute sich das ja kaum auch nur leise zu denken und doch schien es unausweichlich, das Vorgehen des Heiligen Vaters beim letzten Konzil in Lyon im Jahre 1245 A.D. war irgendwie .... an den Haaren herbeigezogen. Der Gedanke, die Fragen, die damit zusammenhingen, all das konnte Carolus nun doch nicht zu Ende bringen. Er war schockiert, auch von sich selbst, und er wagte nicht, auch noch einen Schritt weiter zu gehen in dieser Sache.

So blieb die Frage in diesem Winter offen: Wer kann rechtmässig einen König einsetzen? Und nur der, der ihn einsetzt, der kann ihn auch absetzen. Oder wer hat die Macht über die Investitur der Mächtigen, wer bestimmte Anfang und Ende von Herrschaften?

Was Carolus Paulus nicht bemerkt hatte war, dass ein Anderer seine anfänglich sinnlos erscheinende Winterzeit begonnen hatte auszufüllen:

Es waren nämlich die Worte, die er gelesen hatte in den Schriften, die in ihm nach und nach ein immer konkreter werdendes Bild der für ihn so wichtigen Fragen schufen. Und nach und nach spürte Carolus, was ihn wirklich bewegte, und er spürte auch, wer er wirklich war.

So war die winterliche Zeit auch eine Zeit des Aufnehmens, des inneren Zuhörens - und mehr als alles war sie eine Zeit, in der Carolus eine eigene Position gewinnen konnte. Wenn auch in Form grosser Fragen.

Und schliesslich: Er würde immer auf der Suche nach dem wahren König sein, hatte ihm die Alte in Naters einst gesagt. Bis an sein Lebensende. Aber er würde ihn finden, diesen König. Den wahren König.

Mysterium

Als der Januar sich nun weiter entfaltete – und er auch seine winterlichen Seiten zeigte – waren Carolus seine zuvor noch heftigen Ausflüge in die Gebirgswelt, diese regelrechten Ausbrüche aus der routinierten Innenschau, die das Klosterleben naturgemäss mit sich brachte, schliesslich unmöglich geworden. Verwehrt geradezu waren sie, wie von höherer Hand.

Und wieder war er auf das Studieren zurückgeworfen. Doch nun - anscheinend das Schwierigste und Gefährlichste vermeidend - fragte er nicht mehr, wer rechtmässig König sei. Stattdessen fragte Carolus Pauls: Wer gehört zum Volk Gottes? Und wie kommet es zustande, dieses Volk? Wie wird man „Bürger" des Himmelreichs?

Und so widmete er sich in den freien Stunden immer mehr einem intensiven Studium der Heiligen Schrift, und vor allem des Neuen Testamentes. Er war dabei in den vergangenen Wochen oft den Schriften des Paulus gefolgt, und so gelangte er auch zu dem Brief an die Kolosser.

Und er begann – dem Duktus des Textes gemessenen Schrittes folgend – mit einer Kontemplation über Gottes Wirken an seinem Volk, und an allen Völkern, ER, so sann er dem Text nach, der uns „würdig gemacht hat zum Erbteil der Heiligen, im Licht".

Und es begann ein Verlangen in ihm zu wachsen, dass nicht nur er selbst ein solches Erbe antreten könne - Gott für immer so nahe sein und unter seiner ungebrochenen Herrschaft leben zu können - , sondern auch sein Volk, die Menschen seiner Heimat, die Familien, die mit ihm einen gemeinsamen Ursprung hatten, und alle anderen, die seiner Sprache waren.

Und nicht nur die Freiheit des Lebens, Arbeitens und sich selbst Regierens - da hatte Carolus sich im Grunde bereits entschieden -

wünschte er seinem Volk, sondern eben das, was er gelesen hatte:

Nämlich Gott für immer so nahe sein zu können, für immer in diesem Recht, in seinem Licht zu leben, für immer aus der hingebungsvoll tätigen Liebe Gottes, der „Caritas Dei", zu leben.

Doch dazu müssten sie alle glauben, sie müssten alle das Opfer des Erlösers annehmen, sie müssten umkehren und – noch mehr – von ihren Werken der Finsternis ablassen, und auch hörbar untereinander bekennen, dass sie diesem Christus nachfolgten. Denn nur – das wusste er – „wer mit dem Herzen glaubt, und mit dem Munde bekennt", der wird gerecht vor Gott.

Und dann las er – ein wenig weiter unten in dem Text – von dem Geheimnis, dem Mysterium. Von dem Geheimnis nämlich, ...

> „... *das verborgen war seit ewigen Zeiten und Geschlechtern, nun aber ist es offenbart seinen Heiligen, denen Gott kundtun wollte, was der herrliche Reichtum dieses Geheimnisses unter den Heiden ist, nämlich Christus in euch, die Hoffnung der Herrlichkeit.*
>
> *...mysterium quod absconditum fuit a saeculis et generationibus nunc autem manifestatum est sanctis eius quibus voluit Deus notas facere divitias gloriae sacramenti huius in gentibus quod est Christus in vobis spes gloriae "*

Christus in euch. Hier liegt die Hoffnung darauf, dass sich die Herrlichkeit Gottes in uns zeigt.

Doch wer kann das verstehen? Wem ist das Geheimnis offenbart? – Denn man kann es nicht einfach „nehmen", dieses Geheimnis. Man kann nicht einfach eindringen. Man kann es nicht durch eigenes Wollen ergründen:

Es muss von Gott in uns gewirkt werden, es zu verstehen. Und er erinnerte sich an die Worte Jesu an seine Jünger:

„Euch ist es gegeben, die Geheimnisse des Himmelreiches zu verstehen...

... vobis datum est nosse mysteria regni caelorum"

Die Geheimnisse des Königreiches der Himmel. Und sogar weiter steht dort:

„ jenen ist es aber nicht gegeben...

... illis autem non est datum"

Denn, so wurde ihm nun erneut klar: Es dreht sich alles und seit aller Zeit um „ diesen Christus ": In ihm ist alles geschaffen, durch ihn sind auch wir erwählt.

Ohne diesen Christus sind wir nichts.

Weder er selbst, noch sein Volk, noch andere Völker. Gott hat das so gewirkt. Gott hat das so beschlossen.

Und wir können und müssen uns entscheiden: Den einen oder den anderen Weg müssen wir gehen. Es gibt kein Drittes. „Tertium non datur", wie er es auch selbst in der Schule gelernt hatte.

Und weiter: „Wer nicht für mich ist, ist gegen mich", hatte er, der Christus, selbst ja gesagt.

„Wollte Gott, dass alle für ihn sind",

dachte Carolus bei sich.

Und vor seinem inneren Auge ging er zuerst durch den Konvent, und er sah jeden einzelnen seiner Brüder vor sich, auch den ehrwürdigen Nantelmus, den Abt. Und

„Lass sie alle für Dich sein, Herr!",

betete er. Und als er innerlich durch den Ort St. Maurice ging und im Herzen die Menschen vor sich sah, fast einzeln, auf jeden Fall einen nach dem andern, schloss er sie in sein inbrünstiges Gebet ein.

Und dann wanderte er in einer inneren Schau weiter, das Tal hinauf. Er ging im Geist durch jeden Ort, den er kannte, und segnete mit einer kurzen Geste die Menschen in seinem Gesicht, und erneut kam es über seine Lippen:

„Lass sie alle für Dich sein, Herr!",

Und dann gelangte er nach Naters und Brig, ging visionierend durch alle Familien und Häuser, die er kannte. Und erneut schloss er alle in sein Gebet ein.

Und dann geschah es, dass er mit einem Male sich selbst wie von aussen sah:

Er verliess das Wallis an seinem oberen Ende über die Furka, zog segnend und betend über weitere Pässe an den oberen Rhein. Und obwohl er noch nie in seinem Leben dort gewesen war, sah er alles klar vor sich. Aber wie von aussen.

Und weiter zog er da in dem Gesicht – und immer in diesem

„Lass sie alle für Dich sein, Herr!",

zog er dahin, den starken Rhein hinab, kurz den Bodensee berührend, den er auch noch nie gesehen hatte. Und durch die Hügel und Berge des bayerischen Alpenvorlandes zog er, und er sah im Geist nicht alleine die Leute, die er immer wieder neu segnete, immer mit dem selben Gebet.

Es ward ihm in dem Gesicht nämlich auch gegeben, die Geschichte und Herkunft der Menschen zu sehen, die er segnete: Ihre Vorväter, ihre Mütter, ihren Eifer, ihre Errungenschaften, ihre Kriege und Verbrechen – und am Ende auch die Hingabe der meisten an diesen Gott. Und immer betete er, dass sich ihre Herzen dem Erlöser neu zuwenden mögen.

Und so sah er klar die Hauptstadt der ehemaligen rätischen Provinz, Augsburg, und es sah gar nicht die heutige Stadt.

Und er sah ein Gewirr aus keltischen und germanischen Siedlungen, als sein inneres Auge weiterzog nach Norden und Osten, und sie waren vermischt mit ersten Siedlungen eines für ihn noch seltsamen Volkes, der Sorben und Wenden nämlich, die eine ganz andere, für ihn unverständliche Sprache sprachen.

Und er sah dann rund um den grossen Gebirgszug des Harzes die Ursprünge des deutschen Kaisertums, und sogar eine griechische Kaiserin sah er dort würdevoll thronen. Und dann gelangte sein Auge zu den wilden Sachsen im Norden, zu den flämischen und westfälischen Siedlern, die sich erst in neuerer Zeit dort Land gerodet hatten.

Er sah all ihre Kämpfe, Kämpfe bisweilen um das nackte Überleben, und er sah auch, dass ihnen oft grosses Unrecht widerfahren war, auch im Namen des Kreuzes, für das er selbst ja lebte. Und er weinte in seinem Gesicht, und er betete, dass sie sich trotz allem Leid doch neu diesem Gott hingeben würden. Vergebung!

Und er sah Schlachten und Leiber, und Geister in der Luft, und heidnische Altäre, und Runen und Raunen, und Aufbegehren und Töten.

Und für einen kurzen Moment sah er sogar das Meer.

Und grosse Flüsse sah er, mit all den Menschen, die an ihnen wohnten, die Elbe und ein wenig später den Rhein erneut...

... und dann wusste er, dass er nun wieder umkehren müsse. Doch er betete weiter, dass sich all diese Menschen erneut in ihren Herzen zu Gott kehren würden.

Und eine Hast, wie ein grosser Wind, kam über ihn. Und er rannte und hetzte in dem Gesicht. Und er erst, als er - wie in einer Rückkehr - erneut den Rhein nach Süden überschritten und der Aare nachgegangen war, kam er auf eine seltsame Weise zur Ruhe.

Und als alles wie in milchigem Nebel vor seinem inneren Auge verschwamm, sah er sich auf eine merkwürdige Weise, so als ob er in einem engen, kalten Tal in Schnee gefangen sei. Und etwas oder jemand dort auf ihn zukäme…

Sein eigener Schrei riss ihn dann aus der sehenden Versenkung:

„Warum antwortest Du mir nicht…",

hatte er sich schreien gehört.

Und es war ihm ein grosses Rätsel, was es alles damit auf sich haben sollte.

Und nachdem das Gesicht verklungen war, sass er noch lange in seiner Zelle, völlig ermattet.

So war ihm, als sei er an einem einzigen Tag Tausende von Meilen gelaufen und in grosser Hast zurückgekehrt. Und restlos bis ins tiefste Mark erschöpft sass er nur einfach da.

Und an diesem Tag verpasste er alle weiteren Gebete, und auch alle Mahlzeiten. Denn das Geheimnis, das Mysterium, in das er hineingenommen worden war, es hatte ihn noch nicht entlassen.

Die Abschrift

Erneut fand sich in den folgenden Tagen Carolus wieder in der Bibliothek des Klosters, und ein Teil der umfangreichen Sammlungen und Folianten war weit oben in den Gebäuden, fast unter dem Dach untergebracht.

Dort sass Carolus oft so versunken, dass er fast die täglichen Gebete vergessen hätte. Und mehr als einmal musste ihn einer der Brüder eigens von dort oben abholen, weil Carolus sonst gar nicht bei den Andern im Konvent aufgetaucht wäre.

Und das Gesicht, in dem er ein Mysterium gesehen hatte, das lies ihn nicht los: Es hatte von ihm Besitz ergriffen.

Und der grosse Freiraum dieser Tage, die wirklich nur anscheinenden Leere und bodenlos furchterregenden Ziellosigkeit der winterlichen Stille, bewirkten, dass Carolus auf die nur vordergründig abwegige Idee kam, sich - in der kleinsten ihm möglichen Schrift - Abschriften der wichtigsten Stellen der heiligen Schrift zu machen:

Einige Psalmen kopierte er, vorneweg alle, die dann in den kommenden Wochen in der Fastenzeit zitiert würden. Auch fertigte er Abschriften des Römerbriefes an, ebenso des Kolosserbriefes, der Offenbarung und der Propheten Jesaja und Daniel.

Besonders die letzteren, die Propheten hingen ihm schwer nach.

Und seine Nächte waren gefüllt mit Ahnungen und halbwachen Phasen, in denen er die Verse des Jesaja und die Tiere aus dem Propheten Daniel förmlich hörte.

Und eine der Abschriften nahm einen besonderen Platz ein: Die des Briefes an die Kolosser: Sie schien ihm das Zentrum dessen darzustellen, was er fühlte.

Und eines nachmittags ging er in die Schreinerei und fertigte sich eine Platte aus dünnen Brettern, die er im rechten Winkel übereinander leimte.

Als die Platte mit den quer laufenden Hölzern getrocknet war und sich nicht mehr verziehen konnte, spannte er das zuvor beschriftete Pergament mit dem von ihm selbst abgeschriebenen Brief des Paulus an die Kolosser darauf, verleimte das Ganze an den Rändern und nahm es mit in seine Zelle.

Dort hängte er es an zwei eisernen Nägeln an einer weichen Stelle der gemauerten Zellwand auf und stellte eine Kerze davor.

Und des nachts, wenn Carolus erwachte, entzündete er oft die Kerze stellte sich vor das aufgespannte Pergament und las - sich selbst - laut vor:

Der Ursprung aller Geheimnisse

Epistula ad Colossenses

„*Paulus, ein Apostel Christi Jesu durch den Willen Gottes, und Bruder Timotheus an die Heiligen in Kolossä, die gläubigen Brüder in Christus:*

Gnade sei mit euch und Friede von Gott, unserm Vater!

Wir danken Gott, dem Vater unseres Herrn Jesus Christus, allezeit, wenn wir für euch beten,

da wir gehört haben von eurem Glauben an Christus Jesus und von der Liebe, die ihr zu allen Heiligen habt,

um der Hoffnung willen, die für euch bereit ist im Himmel.

Von ihr habt ihr schon zuvor gehört durch das Wort der Wahrheit, das Evangelium, das zu euch gekommen ist, wie es auch in aller Welt Frucht bringt und auch bei euch wächst von dem Tag an, da ihr's gehört und die Gnade Gottes erkannt habt in der Wahrheit.

So habt ihr's gelernt von Epaphras, unserm lieben Mitknecht, der ein treuer Diener Christi für euch ist, der uns auch berichtet hat von eurer Liebe im Geist.

Darum lassen wir auch von dem Tag an, an dem wir's gehört haben, nicht ab, für euch zu beten und zu bitten, dass ihr erfüllt werdet mit der Erkenntnis seines Willens in aller geistlichen Weisheit und Einsicht, dass ihr des Herrn würdig lebt, ihm in allen Stücken gefallt und Frucht bringt in jedem guten Werk und wachst in der Erkenntnis Gottes und gestärkt werdet mit aller Kraft durch seine herrliche Macht zu aller Geduld und Langmut.

Mit Freuden sagt Dank dem Vater, der euch tüchtig gemacht hat zu dem Erbteil der Heiligen im Licht...

… Er hat uns errettet von der Macht der Finsternis und hat uns versetzt in das Reich seines lieben Sohnes, in dem wir die Erlösung haben, nämlich die Vergebung der Sünden.

Er ist das Ebenbild des unsichtbaren Gottes,
der Erstgeborene vor aller Schöpfung.
Denn **in ihm ist alles geschaffen,
was im Himmel und auf Erden ist,
das Sichtbare und das Unsichtbare,**
es seien Throne oder Herrschaften
oder Mächte oder Gewalten;
es ist alles durch ihn und zu ihm geschaffen.

Und er ist vor allem,
und es besteht alles in ihm.

Und er ist das Haupt des Leibes,
nämlich der Gemeinde.
Er ist der Anfang,
der Erstgeborene von den Toten,
damit er in allem der Erste sei.

Denn es hat Gott wohl gefallen,
dass in ihm alle Fülle wohnen sollte und er durch ihn alles mit sich versöhnte, es sei auf Erden oder im Himmel,
indem er Frieden machte durch sein Blut am Kreuz.

Auch euch, die ihr einst fremd und feindlich gesinnt wart in bösen Werken, hat er nun versöhnt durch den Tod seines sterblichen Leibes, damit er euch heilig und untadelig und makellos vor sein Angesicht stelle;

wenn ihr nur bleibt im Glauben, gegründet und fest, und nicht weicht von der Hoffnung des Evangeliums, das ihr gehört habt und das gepredigt ist allen Geschöpfen unter dem Himmel. Sein Diener bin ich, Paulus, geworden.

Nun freue ich mich in den Leiden, die ich für euch leide, und erstatte an meinem Fleisch, was an den Leiden Christi noch fehlt, für seinen Leib, das ist die Gemeinde.

Ihr Diener bin ich geworden durch das Amt, das Gott mir gegeben hat, dass ich euch sein Wort reichlich predigen soll,
nämlich **das Geheimnis, das verborgen war seit ewigen Zeiten und Geschlechtern,** *nun aber ist es offenbart seinen Heiligen, denen Gott kundtun wollte, was der herrliche Reichtum dieses Geheimnisses unter den Heiden ist,* **nämlich Christus in euch, die Hoffnung der Herrlichkeit.**

Den verkündigen wir und ermahnen alle Menschen und lehren alle Menschen in aller Weisheit, damit wir einen jeden Menschen in Christus vollkommen machen.
Dafür mühe ich mich auch ab und ringe in der Kraft dessen, der in mir kräftig wirkt....

... Paulus apostolus Christi Iesu per voluntatem Dei et Timotheus frater his qui sunt Colossis sanctis et fidelibus fratribus in Christo Iesu gratia vobis et pax a Deo Patre nostro
gratias agimus Deo et Patri Domini nostri Iesu Christi semper pro vobis orantes
audientes fidem vestram in Christo Iesu et dilectionem quam habetis in sanctos omnes

propter spem quae reposita est vobis in caelis quam audistis in verbo veritatis evangelii
quod pervenit ad vos sicut et in universo mundo est et fructificat et crescit sicut in vobis ex ea die qua audistis et cognovistis gratiam Dei in veritate

sicut didicistis ab Epaphra carissimo conservo nostro qui est fidelis pro vobis minister Christi Iesu
qui etiam manifestavit nobis dilectionem vestram in Spiritu

ideo et nos ex qua die audivimus non cessamus pro vobis orantes et postulantes ut impleamini agnitione voluntatis eius in omni sapientia et intellectu spiritali
ut ambuletis digne Deo per omnia placentes in omni opere bono fructificantes et crescentes in scientia Dei in omni virtute confortati secundum potentiam claritatis eius in omni patientia et longanimitate cum gaudio

gratias agentes Patri qui dignos nos fecit in partem sortis sanctorum in lumine
qui eripuit nos de potestate tenebrarum et transtulit in regnum Filii dilectionis suae

in quo habemus redemptionem remissionem peccatorum
qui est imago Dei invisibilis primogenitus omnis creaturae
quia in ipso condita sunt universa in caelis et in terra visibilia et invisibilia sive throni sive dominationes sive principatus sive potestates omnia per ipsum et in ipso creata sunt

et ipse est ante omnes et omnia in ipso constant
et ipse est caput corporis ecclesiae qui est principium primogenitus ex mortuis ut sit in omnibus ipse primatum tenens
quia in ipso conplacuit omnem plenitudinem habitare
et per eum reconciliare omnia in ipsum pacificans per sanguinem crucis eius sive quae in terris sive quae in caelis sunt

et vos cum essetis aliquando alienati et inimici sensu in operibus malis nunc autem reconciliavit in corpore carnis eius per mortem exhibere vos sanctos et inmaculatos et inreprehensibiles coram ipso

si tamen permanetis in fide fundati et stabiles et inmobiles ab spe evangelii quod audistis quod praedicatum est in universa creatura quae sub caelo est cuius factus sum ego Paulus minister
qui nunc gaudeo in passionibus pro vobis et adimpleo ea quae desunt passionum Christi in carne mea pro corpore eius quod est ecclesia

cuius factus sum ego minister secundum dispensationem Dei quae data est mihi in vos ut impleam verbum Dei
mysterium quod absconditum fuit a saeculis et generationibus nunc autem manifestatum est sanctis eius

*quibus voluit Deus notas facere divitias gloriae sacramenti huius in gentibus **quod est Christus in vobis spes gloriae***

quem nos adnuntiamus corripientes omnem hominem et docentes omnem hominem in omni sapientia ut exhibeamus omnem hominem perfectum in Christo Iesu

in quo et laboro certando secundum operationem eius quam operatur in me in virtute".

Das Eigentliche

Lange hatten ihn die Bilder und geistigen, „inneren" Reisen aus seinem Gesicht nicht losgelassen. Doch er sprach mit keiner Menschenseele darüber. Wie hätte er es auch erklären sollen. Hätte er sagen sollen: „Ich war im Geist am Meer"?

Sie hätten ihn für verrückt erklärt.

Doch in ihm war seither etwas angezündet, ein Verlangen, das bei weitem nicht nur darin bestand, etwas Neues zu sehen oder etwas Neues zu lernen.

Es war weit mehr: Es war ein Verlangen, in die Geschichte seines Volkes und all der Völker einzudringen, die er in dem Gesicht gesehen hatte. Ihre Geschichte, so schien ihm, war einer der Schlüssel zu ihren Herzen. Und es waren diese, ihre Herzen, die in ihm solch ein Feuer entfachten.

Er wollte schlicht zu ihnen allen hin, die er ständig vor seinem inneren Auge sah. Er wollte sie aufsuchen, in Ihren Häusern, Höfen, Klöstern und Burgen, mit ihnen reden, ihnen zuhören.

Und er wünschte sich in grosser Tiefe, dass sie alle mit hineingenommen würden in das Geheimnis, das seinem eigenen Herzen schon offenbar gemacht worden war, das Geheimnis des Himmelreiches, wie er es nach dem Wort Jesu nannte: Dass ER nämlich in uns wohnen will, und er selbst unser Erbteil sein möchte,

„*Christus in euch, die Hoffnung der Herrlichkeit*".

Das ist das Eigentliche, das ist das, was er all den Menschen in ihren Ländern geben wollte. Und wieder ging er zurück zu diesem Zentrum, diesem Gott, der sich auf geheimnisvolle Weise selbst offenbart:

Eines Tages, dachte er bei sich, werden wir ihn sehen, wie er ist.

Innocenti. iiij. m[?]al'. lugdun.

Innocentius ep[iscopu]s
seruus seruor[um] d[e]i
dilectis filiis uni-
uersitati magistrorum et
scolarium bonon. com-
morantib[us] salute[m] [et] ap[osto]lici
b[e]n[e]dictionem. Cum nup[er]

Macht und Herrlichkeit

Es hätte nur eine Woche allerdings strammen Fussmarsches bedeutet, von St. Maurice an den Ort zu kommen, an dem - zur gleichen Zeit - ein ganz Anderer, Mächtiger recht vergleichbare Gedanken bewegte, wie sie sich dem jungen Mönch Carolus Paulus in der winterlichen Abgeschlossenheit des Klosters von St. Maurice d'Agaune aufgedrängt hatten.

Nur rund 65 Meilen - jedoch mehrere Kirchenprovinzen und Landesherrschaften - trennten Carolus von einem Mann, der nicht nur Gegenstand seiner zuletzt so schweren und unlösbar erscheinenden Gedanken gewesen war.

Und der Weg ins weiter westlich gelegene Lyon hätte ihn - wäre Carolus ihn gegangen - entlang des im winterlichen Nebel so unendlich gross erscheinenden Lac Leman nicht über die am Himmel kratzenden Höhenzüge der zentralen Alpen, sondern nur über einige Hügel geführt.

Das Reich hätte Carolus dabei freilich nicht verlassen, doch lag Lyon derart an dessen Grenze, dass es faktisch unter dem Einfluss des französischen Königs Ludwig IX. stand. Eines Mannes, der in dem Ruf stand, eine geradezu abgrundtiefe Frömmigkeit zu pflegen und der auch militärisch stark genug war - obwohl Kaiser Friedrich sehr vertraut - einem politischen Flüchtling in Lyon verlässlich Schutz zu bieten.

Doch Ludwig IX., der dann auch „der Heilige" genannt wurde, war stets um Frieden und Ausgleich bemüht, mit der Ausnahme, dass er der festen Überzeugung war, Ungläubige müsse man mit Gewalt zum Christentum führen, wenn Überzeugung nichts nütze. Und fast wäre es Ludwig geglückt, den Mann von einem friedlicheren Weg zu überzeugen, für dessen Schutz in Lyon er garantiert hatte:

Doch niemand ausserhalb des engsten Kreises um Sinibaldo de Fieschi selbst, einem berühmten Genueser Rechtsgelehrten Anfang der Fünfzig, der im Sommer 1244 - vor 3 Jahren also - von Rom heimlich fliehend, auch weil er den Zorn der römischen Bevölkerung fürchtete, über Genua nach Lyon gekommen war, kannte dessen Pläne.

Bis vor vier Jahren war er, der Neffe des früheren Bischofs von Parma, noch ein veritabler Freund des Kaisers gewesen, doch nach einem denkwürdigen Tag im Juni des Jahres 1243 was diese Freundschaft in gegenseitiges, abgründiges Misstrauen und eine persönliche Feindschaft umgeschlagen. Dabei ging es um weit mehr als um das Vertrauen zweier der mächtigsten Männer ihrer Zeit, zweier der mächtigsten Männer des gesamten Erdkreises:

Es ging auch nicht einfach darum, wem Rom gehörte und wer gegebenenfalls wessen Beschützer - vor welchen äusseren Gefahren auch, wenn nicht den Mongolen, von denen man seit Jahren nichts mehr gehört hatte, oder dem herannahenden Islam, den man noch im Griff zu haben glaubte - wer also wessen „Beschützer" sein würde. Es ging um Macht, und zwar um Macht schlechthin. Es ging um die Weltmacht.

Sinibaldo de Fieschi war Papst Innozenz IV.

Und er, der nunmehr das höchste Amt der Christenheit bekleidete, hatte am 17. Juli 1245 A.D., hier in Lyon, diesen Friedrich, Kaiser der Römer und König der Deutschen, König von Sizilien und Jerusalem, und noch weiterer Länder, nur in Anwesenheit eines auch noch unvollständigen Konzils und in völlig alleiniger Entscheidung für abgesetzt erklärt und jeden Gehorsam zu ihm unter Strafe gestellt.

Er, Sinibaldo, der langjährige frühere Leiter der päpstlichen Kanzlei in Rom, hatte soeben eigenhändig einen Brief an seinen Nachfolger und seine früheren engsten Mitarbeiter in der Kanzlei geschrieben. Er habe soeben erfahren, und wolle das auch nicht missbilligen, dass im vergangenen Jahr 1246 der Generalkonvent des Ordens der Dominikaner in Paris beschlossen habe, ein „Studium Generale" in den folgenden Ordensprovinzen einzuführen:

„*der Provence, der Lombardei, Deutschland und England...*

...provinicia, lombardia, theotonia et anglia."

Und man müsse diese Entwicklung nutzen, aber so, dass man sie unter die volle Kontrolle des Heiligen Stuhls bringe. Hierzu sei in diesen vier Provinzen zunächst eine auch gegenüber den Dominikanern streng geheim zu haltende Mission durchzuführen, in deren Rahmen jeweils nur ein einziges Mitglied verschiedener anderer Orden, insgesamt zwölf an der Zahl, sowohl die allgemeinen Zustände im Schulwesen dieser Ordensprovinzen ausführlich untersuchen solle und sich dann für mindestens zwei bis drei Jahre in einer der dominikanischen Schulen einschreiben und dort ein Studium absolvieren solle.

Über diese „Investigationes" sei ihm, dem rechtmässigen Nachfolger Petri, ein höchst vertraulicher Bericht abzufassen. Und in ca. fünf Jahren, wenn die Untersuchungen abgeschlossen seien, könne darüber beschlossen werden, ob und wie die selbigen Dominikaner geeignet seien, sowohl papsttreue Kirchenmänner auszubilden als insbesondere auch gegen die allenthalben auftauchenden Häretiker vorzugehen.

Denn erst dann, wenn es klare Normen des Heiligen Stuhles über den „rechten Glauben" gäbe und diese auch verbindlich unterrichtet würden, könne man den Abweichlern in den eigenen Reihen, und dem Wildwuchs der Schwärmer unter den Laien wirksam begegnen.

Und nach Abschluss dieser Untersuchung über eine verbindlichen Verbreitung der Orthodoxie durch kirchlich geformte Schulen denke er, Seine Heiligkeit, Papst Innozenz IV. daran, seinerseits verbindliche Regeln über den Umgang - und gegebenenfalls den Untergang, fügte Sinibaldo hinzu - der Häretiker zu erlassen.

Denn nur, wenn die Lehre unzweideutig sei, könne auch eine rationale Grenze zwischen Glaube und Irrlehre gezogen werden. Nur wenn das Gesetz klar sei, dann könne auch dessen Übertretung geahndet werden. Sinibaldo de Freschi war Jurist.

Er, Papst Innozenz IV., habe jedenfalls bereits jetzt das Konzept einer Ausführungsbestimmung verfasst, die er dann - in einigen Jahren - zunächst für die lombardischen Städte und dann für alle „christlichen Nationen" verbindlich machen wolle. Zur Not auch mit den Mitteln physischen Zwanges, aber unter Schonung von Leib und Leben etwaiger Delinquenten.

Dazu wolle er dann auch die weltlichen Gewalten verpflichten, denn die Ergebnisse der von ihm geplanten „Inquisitiones", die Strafen an Leib und Leben vor allem, sollten und könnten ja nicht glaubwürdig von der Kirche selbst vollstreckt werden:

Dazu benötige man der militärischen Kraft der weltlichen Mächte.

Es müsse dann auch allen klar werden, dass sein Ziel nicht eigentlich die Bekehrung der Häretiker sei, sondern - und dies gelte zumindest für die Unbussfertigen - ihre Vernichtung.

Denn die Gewalt auf Erden gehe vom Stellvertreter Christi auf Erden solange aus, bis er - dieser Christus - ein weiteres Mal erscheine. Und solange wolle er, der Papst, Vorsorge treffe.

Er wolle also, so sein Plan, die Ketzer ausrotten, oder - wie sich Sinibaldo dann ausdrückte - er wolle dies alles tun,

> „um die Häretiker aus der Mitte des Christenvolkes auszurotten…
>
> … ad extirpanda de medio Populi Christiani haereticae …"

Innozenz IV. war damit noch radikaler, als es sein Schutzherr, Ludwig IX., je gewesen sein wollte. Und er fuhr in seinem Schreiben

fort, hierzu - zur Verwirklichung seines Planes - sei zunächst einmal die Lehre zu systematisieren.

Und nun solle man in allen vier Kirchenprovinzen geeignete und treue Klöster heraussuchen, wie gesagt maximal ein Dutzend, die ihrerseits kluge und treue Männer ernennten und sie auf diese im Kern geheimen Missionen schickten.

Auch weil diese Aufträge sehr langfristiger Natur seien, müsse man sofort damit beginnen.

Und nochmals betonte der sich in seinem Lyoner Versteck - denn immer noch war er eigentlich Bischof der Stadt Rom, hatte jedoch vor den Römern selbst und den dortigen Intrigen schlicht Angst - als Weltlenker verstehende Sinibaldo, die Mission sei höchst geheim und die diesbezüglichen Boten hätten jede erforderliche Vollmacht.

Als Siegel benutzte Sinibaldo nicht das Siegel des Heiligen Stuhles, sondern das seiner Familie, der genuesischen Familie de Fieschi.

Denn eine zu dem Amt des Papstes führende Spur wollte er nicht hinterlassen, und eine Kopie der Anweisung in der päpstlichen Kanzlei wurde zunächst auch nicht erstellt.

Inscriptio Tertia

Für Carolus - ohne Kenntnis der grossen Weltläufe, gärend, gewissermassen, im Sud einer Maische aus eigenen Gedanken, den Worten der Schrift und einer Menge Tag- und Nachtträumen - verging in dem von Lyon nur rund 65 Meilen entfernten St. Maurice - zunächst einmal erneut einfach die Zeit.

Und weiter und weiter vergingen Zeiten, Augenblicke, Stunden und Tage, ohne dass etwas Erkennbares zu geschehen schien.

Wie hinter winterlichen Nebeln verborgen war er, Carolus, nun auch für die Anderen um ihn herum kaum ansprechbar.

Und er begann erneut zu reflektieren, nachzusinnen, und vorausschauend in eine weite Zukunft zu sehen.

Und er sann genau über dieses für ihn geradezu körperlich spürbare Vergehen und An-uns-vorbei-Ziehen der Zeiten:

„Es sind nur noch wenige Wochen, bevor in diesem Jahr die Fastenzeit beginnt. An dem Tag beginnt sie, an dem man üblicherweise den Gläubigen Asche auf das Haupt streut. Oder wie jemand geschrieben hat:

„Die qua cinis super capita fidelium poni solet".

Ich habe damit begonnen - ab dem ersten Januartag dieses Jahres 1247 - Einträge, also Kerben, in ein längeres Stück hartes Holz zu machen. Darauf kann ich rückblickend ablesen, welcher Tag welche Natur hatte: Ob es etwa ein Sonntag oder ein wichtiger Feiertag war. Oder einer der Tage der Woche.

Zeiten sind entscheidend.

Ich kann damit auch sofort sehen, welchen Tag wir heute haben, und so konnte ich mir an den Fingern abzählen, dass die Fastenzeit in unserem jetzigen Jahr 1247 am 13. Tag des Februar beginnt.

ZEIT UND ZULASSEN

In meiner Lateinschule habe ich gelernt, dass man schon früher – bei den Grossen des Altertums – die Zeiten in Abschnitte eingeteilt hat. So schreibt der wortgewaltige Ovid am Beginn seiner "Fasti":

> „Tempora cum causis Latium digesta per annum lapsaque sub terras ortaque signa canam... Über die Einteilung der Zeiten des römischen Jahres, über die aufgehenden und unter der Erde untergehenden Sternzeichen werde ich singen".

Etwas fundamental Anderes ist jedoch mittlerweile geschehen, und wir haben es vor kurzem am Fest der Geburt Christi gefeiert:

Der "König aller Könige" ist geboren.

Und das, was wir heute – in der Zeit, die wir schon seit langem als "modernus" bezeichnen – als "Fasti" begehen, sind immer Zeiten der Vorbereitung:

Sie haben damit zu tun, dass wir uns dadurch vorbereiten, auf das grösste aller Feste, das wir haben, auf Ostern nämlich, dass wir es also zulassen, vorbereitet zu werden.

Es ist das Allerschwerste: Im tiefen Vertrauen etwas zuzulassen, was wir immer gewohnt sind selbst zu tun. – Und letztlich wissen wir wirklich nicht, was durch diesen Eingriff geschehen wird.

Und was wie ein Paradoxon klingt, ist in Wahrheit die Grundfeste unseres Glaubens und Lebens:

Dass wir nämlich vom allmächtigen Gott selbst vorbereitet werden, ihn in dieser unserer Zeit zu empfangen, mit ihm eins zu werden. Und von ihm verwandelt zu werden. Nur so werden wir am Ende für die Ewigkeit taugen.

Wir haben deshalb eine Einteilung des Kirchenjahres als Gewohnheit, die in den grossen Themen der Fastensonntage ihren Sinn hat. Sie heissen zum Beispiel Invocabit oder Reminiscere oder Oculi.

Und ich will – so mein Vorsatz – diese Sonntage und die gesamte Fastenzeit in diesem Jahr ganz besonders innig begehen, das habe ich mir vorgenommen.

DE NOS IPSIS

Über sich selbst zu schreiben, war lange verpönt: Und vor allem die ernsthafteren Dichter des Altertums haben dies weit von sich gewiesen: Über sich selbst wolle er schweigen, sagte einer ihrer berühmtesten. „De nos ipsis silemur".

Dennoch habe ich immer wieder Gefallen auch an den Schriften der "Alten", der Antiqui: Sie sind voll von Anregungen, und oft verstehe ich besser, was wir heute tun, wenn ich es an die Texte der Alten halte. Wie an eine Messlatte.

Auch ist er, der die "Fasti" geschrieben hat, Ovid, einer der ersten, der über sich selbst und sein Leben schreibt. Und ich muss das in aller Bescheidenheit sagen: So wie ich es hier auch tue, und ich habe es ja nicht eigentlich er-, sondern eher ge-funden. So ist denn auch mein Versuch, über mich selbst zu schreiben, wie mir scheint, nicht gar so ungewöhnlich, wie es auf den ersten Blick scheint. Die „Vita Caroli Pauli" zu schreiben, das ist nur ein Versuch, und das nicht um des zeitlichen Ruhmes willen, denn wer sollte meine Zeilen schon lesen. - Ausser Gott.

Pläne

Und auch wenn die vergangenen Wochen meines Lebens eher von Ruhe und Einkehr geprägt schienen, so ist in mir doch etwas wie ein Entschluss gereift: Ich werde den Abt bitten, mir eine längere Zeit des Wanderns und Lernens zu erlauben.

Das mag ungewöhnlich erscheinen, aber ich habe gerade nach der Jahreswende den vielen Pilgern zugehört, deren Wege sich in unserem Kloster kreuzen. Und so habe ich vieles gehört, von dem ich glaube, dass es wert ist gesehen, betrachtet, gekostet zu werden.

Ich meine dabei vor allem die Schulen: Überall, in mancherlei Ländern sind nämlich Schulen und Kollegien entstanden. Und mich dünkt, sie sind von sehr unterschiedlicher Art. Welche aber wäre die Beste? An welcher wäre das Wissen und das Können am nützlichsten? – Und manchmal träume ich ja schon – ganz im Geheimen – davon, dass auch meine kleine Schwester Anna eine wie auch immer geartete Schule besuchen kann.

Aber welche Schule für mich die geeignete wäre: Ich weiss es nicht. Nur: Es weiss hier auch sonst niemand. Man hat mir sogar versucht einzureden, die Frage sei überflüssig. Gott wisse schon, wie er uns lehren wolle. Nur während das sicher stimmt, frage ich mich, ob wir nicht auch unseren Teil dazutun sollten: Ich meine damit, dass ich hingehen will, Schulen ansehen, dort mitarbeiten, dort lernen, dort für eine Zeit leben. Auch um vielleicht eines Tages selbst lehren zu können.

Das wäre mein Ziel. Und ich werde den Abt um Erlaubnis dafür bitten. Schon bald.

Vertrauen

> *„Fiduciam autem talem habemus per Christum ad Deum non quod sufficientes simus cogitare aliquid a nobis quasi ex nobis sed sufficientia nostra ex Deo est qui et idoneos nos fecit ministros novi testamenti"*

> *"Solches Vertrauen aber haben wir durch Christus zu Gott: Nicht dass wir von uns aus tüchtig wären, etwas zu erdenken als aus uns selbst, sondern unsere Tüchtigkeit ist von Gott, der uns auch tüchtig gemacht hat zu Dienern des neuen Bundes"*

Ohne solches Vertrauen in den Allerhöchsten ist es unmöglich, Gott zu gefallen. Dies hat der Apostel der Römer, so trefflich formuliert. Und solches Vertrauen habe ich. Und auch darum habe ich mir den Beinamen zugelegt, der sein Name ist: Paulus. Der Geringe.

Denn ein Weiteres ist mir tief in mein Sein geprägt: Wenn der Glaube keine Werke hat, ist er tot. Und so will ich handeln. Und Wandern. Und Sehen. Und Lernen. Und dann Weitergeben und Neues prägen.

So wie uns vor kurzem im Konvent von einem bekannten Bischof berichtet wurde, dass er zu Anfang einer grossen Predigt zuerst gesagt habe: Wenn der Glaube nichts anderes ist als eine menschliche Gewohnheit, dann akzeptiert er schon seine Niederlage:

„Si fides non esset nisi consuetudo cultus humani, cladem acciperet." - Ich aber will meinen Kampf gewinnen. Und Laufen, bis zum Siegespreis."

Schön schienen ihm diese Gedanken zu sein, und auch gross. Sie gaben seinem Inneren Ausdruck und Weite und Format.

Doch sie gaben ihm keine Ruhe. Er wollte und konnte in seinem Innern in all dem keinen Frieden finden. Nicht in der Betrachtung, der contemplatio, alleine.

Er musste handeln.

Marginalien

M argo. Der Rand. Der Rand von Büchern hatte ihn lange fasziniert: Der freie Raum des Auges, der schon beim Lesen so etwas wie Visionen hervorrufen konnte.

Und vor allem die Ereignislosigkeit der sich dahinziehenden Winterwochen des Jahres 1247 liessen ihn - mit sich selbst redend, in einem Soliloquium, wie der heilige Augustinus das einmal genannt hatte – selbst die Marginalien der Bücher, die er ab und an las, zu Ereignissen werden:

„Marginalien sind heute zwar nur Randnotizen, doch in ihnen ist oft die Zukunft verborgen. Im Jahre AD 1247 hat sich - nun seit fast 250 Jahren, seit dem Millennium des Jahres 1000 - bei Vielen die Überzeugung gehalten, dieses Zeitalter ginge schon sehr bald zu Ende.

Und so Vieles wird gedeutet als Vorzeichen eines unmittelbaren Unterganges. Und man versucht aus irgendwelchen Zeichen eine „Deutung", eine „Entschleierung", oder, wie es im Griechischen wörtlich heisst: Eine ἀποκάλυψις, eine Apokalypse, darzustellen.

Erst vor kurzem - vor allem im Jahr 1241 - waren es die Hunneneinfälle, die mit schier unwiderstehlicher Macht den Kern unserer Länder zu vernichten drohten. Doch aus nicht zu erklärenden Gründen, so habe ich es von den hiesigen Scholaren gelernt, sind diese mörderischen Reiter zurück in die asiatischen Steppen und bislang nicht wieder aufgetaucht.

Und seit langem quält mich geradezu die Frage, wie diese Menschen - sind es denn richtige Menschen, die so grausam sein können? - untereinander leben. Man sagt, sie würden sogar über unermessliche Reiche im Orient herrschen.

Aber wenn sie doch dort alles haben, warum sind sie dann bei uns eingefallen? So wie in diesem Kloster schon vor langer Zeit ihre Vorväter.

Oder waren es die Ungarn? Oder noch andere? Noch weiss ich das alles nicht. Noch nicht.

Doch wenn ein Volk alles hat, Macht, Reichtum, Ansehen, und sich die ganze Welt vor ihm fürchtet, warum hat es dann nicht genug? Warum töten wir? Warum rauben wir? Warum tun wir anderer Männer Frauen Gewalt an? Was bewegt die Völker? Warum hassen wir so viel und lieben so wenig? Warum überrennen wir "andere Gärten", statt den eigenen zu pflegen?

Ich will - und dies ist vermutlich keine Marginalie, die man wieder vergessen sollte - ich will diese Dinge erkunden: Das Böse und das Gute, das Helle und das Dunkle, die Lügen und die Wahrheiten... und immer neu die Wahrheit selbst.

In den Randnotizen unseres Seins schlägt die geheime Stunde unserer Zukunft. "Verachtet nicht die kleinen Anfänge", heisst es dazu in der Schrift. "

So war denn eine Ahnung in ihm, dass in seinem Leben schon bald alles anders werden würde.

Aber es war nicht mehr als eine solche Ahnung. Und die Ahnungslosigkeit selbst über die unmittelbar vor ihm liegenden Wochen und Tage überwog dann immer wieder, wenn er – „nüchtern", wie er es nannte, über alles nachdachte.

Er fühlte sich nicht eigentlich eingesperrt. Es war viel schlimmer: Er meinte sich in eine Art zeitlosen Raum, in eine bedeutungslose Zeit, versetzt zu sehen.

Er war, so wähnte er, selbst eine Marginalie geworden, eine Randnotiz. Bestenfalls schien er eine bedeutungslose Bemerkung zu sein, dazu in einem Buch, das niemand lesen würde. Wie in einen Nebel des Ereignislosen fühlte er sich versetzt. So, als sei er zurückgelassen worden und alle seien weitergezogen. Er war - inmitten von Menschen und Brüdern und Besuchern - verloren.

Vergessen. Un-Erinnert. Und „Erinnere Dich meiner wieder, Herr", begann er zu beten.

König von Jerusalem

Ganz im Zentrum der Fährnisse dieser Tage aber stand ein Anderer. Weit im Norden des Rhônetals, ein gutes Stück nördlich des Rheines, da wo die Donau die Schwäbische Alb verlässt, zog ein junger Herzog von Burg zu Burg und von einer Stadt zur anderen.

Konrad, Herzog von Schwaben, organisierte den Widerstand. Er war entschlossen, seine Herrschaft zu verteidigen. Dafür schien er geboren, dafür wollte er leben. Konrad war umkämpft und selbst ein Kämpfer, und ein junger, ja ein schöner dazu. Mit Absalom verglich man ihn oft.

Der Herzog von Schwaben, ja König von Jerusalem aus dem Erbe seiner bei seiner Geburt verstorbenen Mutter, und vor allem gewählter König der Römer, „"in romanorum regem electus", und damit auch König der Deutschen, hatte er erst vor wenigen Monaten im Alter von 18 Jahren in Vohburg an der Donau die Wittelsbacherin Elisabeth von Bayern geheiratet.

Aufgewachsen in Italien, lebte er seit 1235 in Deutschland. Und bereits im Alter von acht Jahren wurde er in Wien zum Deutschen König, ja sogar zum römischen Kaiser in der Nachfolge seines Vaters Friedrich II. gewählt, ohne jedoch je die Krone empfangen zu haben. Bereits mit zwölf Jahren war es eben dieser Konrad IV., der die erste kaiserliche Urkunde in deutscher Sprache herausgab.

Unter dem Schutz von Reichsprokuratoren, Generalverwaltern des Reiches gewissermassen, nahm Konrad schon in sehr frühen Jugendjahren seine Aufgabe sehr ernst, dies umso mehr, als die verschiedenen Reichsprokuratoren nach und nach immer wieder von ihm abfielen:

Während der böhmische König Wenzel I. Konrad zwar treu blieb, sich aber zunehmend mehr der Jagd und den Festen zuwandte, fiel zuerst 1241 der Erzbischof von Mainz von Konrad ab, und dann 1246 der Thüringer Landgraf Heinrich Raspe. Auslöser für den letzteren war dessen eigene Wahl zum Gegenkönig, die auf Betrieben der päpstlichen Partei am 22. Maitag im Jahre 1246 A.D. stattfand. Sei Zieh-Herr war sein Feind geworden.

Und dies wirkte sich in den Tagen unserer Erzählung unmittelbar aus, als eben dieser Heinrich Raspe - der sich nun seinerseits „König" nennen durfte - gegen den noch jugendlichen Konrad ein um das andere Mal in den Krieg zog.

Kleinere regionale Auseinandersetzungen waren das, aber alles begann zunächst einmal damit, dass Konrad eine der ersten dieser Auseinandersetzungen am 5. Augusttag des Jahres 1246 an dem Fluss Nidda bei Frankfurt durch Verrat des Grafen von Württemberg und anderer Adliger verloren hatte.

Andere, vor allem die reichsunmittelbaren Städte und sogar Bischöfe, wie der Churer Bischof, hielten Konrad die Treue, und so scheint er seine Hochzeit mit Elisabeth recht frohgemut gefeiert zu haben.

Mit gerade achtzehn Jahren stand Konrad vor ungeheuren Herausforderungen., die er besonders im harten Winter seiner schwäbischen Wahlheimat an der Donau und in Oberschwaben zu spüren bekam.

Und er hatte einen grossen Gegner, der alle anderen seiner vielen Gegner aus dem Hintergrund steuerte: Papst Innozenz IV.

Auf nachweisliches Betrieben eben dieses sich immer noch in Lyon befindlichen Papstes war Heinrich Raspe zum Gegenkönig gewählt worden und versuchte nun, Konrad in Schwaben selbst militärisch zu besiegen.

Noch im Dezember 1246 A.D. war Raspe von Thüringen aus zu einem Feldzug in den Süden aufgebrochen, und es gelang ihm tat sächlich eine Reihe von staufertreuen Städten zu belagern, unter anderem Ulm und Reutlingen, im Herzen der staufischen Erblande.

Doch der Januar war kalt geworden in diesem Winter 1247. Und Landgraf Heinrich Raspe lag mit seinen Truppen auf den weiten und hochgelegenen Feldern vor Ulm, der Konrad IV. treu ergebenen Stadt. Daneben belagerte er fast gleichzeitig das unterländische Reutlingen. Was dort genau geschah, ist nicht klar. Aber Raspe hatte wohl die Kargheit der Gegend, die ihm kaum Nachschub für seine Truppen einbrachte, vor allem aber den in plötzlicher Kälte hereinbrechenden Winter unterschätzt.

Konrad gelang es nun seinerseits immer wieder Nachschub und Moral seiner Truppen sicherzustellen, so dass sie wohl mehr durchhielten, als dass sie hätten gewinnen können.

Als Ende des Monats Landgraf Heinrich jedoch vor Reutlingen verwundet wurde, sich daraufhin von Ulm und den anderen staufischen Städten zurückzog und zu allem Überfluss bei diesem Rückzug auch noch vom Pferd stürzte und schwer verletzte, hatte der mutige, junge Konrad zumindest diese Partie für sich entschieden.

Doch war das nicht das Ende des Liedes. Denn Konrad hatte nicht einfach nur den Papst und einen nun sehr kranken und - wie man munkelte verarmten - Gegenkönig zu fürchten, sondern ihn erwartete ein Krieg an mehreren Fronten:

In Deutschland standen ihm besonders die Erzbischöfe von Köln und Mainz samt ihren Getreuen gegenüber und in Italien schien sein Vater, Kaiser Friedrich II., in seinem von ihm wütend geführten Kampf gegen die oberitalienischen Städte und den Papst zunehmend wütender und unberechenbarer zu werden. Friedrich hatte gerade noch Sizilien und viele seiner anderen Untertanen mit immer weiteren Steuern förmlich ausgepresst, und man erzählte sich hinter der hohlen Hand, er habe in einem Falles sogar Leder mit seinem prägen lassen und es als Geld ausgegeben, damit seine militärischen Schachzüge weitergehen konnten. Zudem paktierte Friedrich hin und wieder mit Konrads Halbbruder Manfred, den er gerne als „rechte Hand" in Sizilien einsetzen wollte.

Als besonders schwierig erwies sich in dieser Lage, dass das Königreich Sizilien ein Lehen des Heiligen Stuhles war, und dass die Päpstlichen nun alles versuchten, dieses Lehen den Staufern zu entreissen. Doch dieses Lehen war in den vergangenen Jahrzehnten das zweite Stammland der Staufer geworden, und sein Vater Friedrich hatte dort Wesentliches geleistet.

Worauf sollte sich Konrad IV. nun konzentrieren? Sein Rock schien ihm auf allen Seiten zu kurz. Und sein rechtmässiges Reichsgut in der Levante hatte er bis dahin noch nie gesehen.

Abgeschirmt und allem Anschein nach völlig unberührt von all diesen das Reich fast zerreissenden Entwicklungen verlor sich der - gegenüber Konrad - nur um zwei Jahre ältere Mönch Carolus Paulus im Nebel tiefsinnigster Kontemplationen über Zeit und Raum und Ewigkeit.

Denn seine, des Carolus, Existenz hatte mit ganz anderen Störungen zu kämpfen.

Perturbatio

Es waren ihre Augen, die er zuerst sah. - Er war am vergangenen Sonntag - es war noch einige Zeit hin bis zu den Wochen der Fastenzeit und ihm schienen es irgendwie „leere" Wochen zu sein - als Helfer im Gottesdienst durch den Mittelgang in einen der Seitengänge der Basilika gegangen, einfach um etwas wegzuräumen.

Und es war dieses Ziellose, was seinen Blick auch von der beständigen Konzentration und vor allem der Selbstkontrolle löste, die sonst sein Denken und Handeln bestimmte, seitdem er sich zum Leben als Mönch entschlossen hatte.

Und es war auf der anderen Seite das von aller Zeit und Dringlichkeit befreite, ungute Gefühl, von Gott und den Menschen zurückgelassen, ja geradezu verlassen worden zu sein, was ihn in gewisser Weise innerlich unbestimmt und schwebend machte.

Und in dieser Absichtslosigkeit seines Wahrnehmens glitt er für die eine Sekunde, in der er um die Ecke des Hauptganges zur Seite der Basilika hin abbog, hinüber in eine Art hellsichtigen Wahrnehmens und völlig absichtsfreien Beobachtens. Von allem und jedem.

Und da sah er sie.

Es waren zuerst die Augen, die ihn – den gerade in seiner Ziellosigkeit Schutzlosen – an einer der hungrigsten und sehnsuchtsvollsten Stellen seiner Seele trafen. Noch nie war er einer Frau zu nahe gekommen, noch nie hatte er eine körperliche Begegnung, geschwiege denn eine Vereinigung erlebt. Er war gänzlich unberührt. Innen wie aussen.

Bis zu diesem Moment.

Seine Augen treffen die ihren, und ihre Augen weichen nicht von den seinen. Und in diesem Moment lässt er es zu, dass – obwohl sie sich bis dahin völlig fremd waren – das Mädchen, nein die junge Frau, seine Seele berührt, und er die ihre.

Und für den Bruchteil einer Sekunde geht er noch einen Schritt weiter, nein, er geht zu weit, und er lässt ein Verlangen in sich aufsteigen, in diesen Augen dieses Mädchen selbst zu berühren: Im tiefsten Grund ihrer Seele will er Gemeinschaft mit ihr haben... Und er geht dabei so weit, dass sie errötet.

Als sie den Kopf senkt, weil sie - dem Verlangen seines Blickes ebenso ungeschützt ausgesetzt - der Situation nicht mehr standhält, bleibt er mit seinem Fuss an einem Stein des Kirchenbodens hängen und strauchelt. Er fängt sich und geht weiter.

Die Szene war aufgefallen. Er überspielte die leichte Verstörung der das Mädchen unmittelbar Umgebenden und ging einfach weiter.

Als er seinen kleinen Ordnungsdienst erledigt hatte, musste er innehalten. Nun war auch er errötet. Für einen Moment zog er sich in eine Ecke hinter eine grosse Truhe zurück und sah einfach ins Leere: Er war erregt, auch an seinem Körper. Er war verwirrt. Er war hilflos.

Aus Angst, entdeckt zu werden, entzog er sich dem weiteren Gottesdienst – er wurde auch nicht mehr gebraucht an diesem Tag - und entschuldigte sich später beim Prior, ihm sei unwohl gewesen. Auch den restlichen Gebeten dieses Tages und selbst den Mahlzeiten blieb er fern.

Nur Wasser trank er, kaltes, klares Wasser, das das Kloster aus einer grossen, eigenen Quelle bezieht, bis auf diesen heutigen Tag.

Er trank das Wasser begierig, als wolle er sich von innen reinigen.

Verfehlung

Langsam kam er zur Ruhe. - Und als er sich - noch in Kleidern, denn er wollte sich selbst nicht nackt wissen, so als würde das etwas nützen - auf sein Bett legte, schloss er sofort die Augen.

Es waren wenig Worte, die sich ihm entrangen:

> *„Ich habe gesündigt, aber wo und wie genau? Mir ist das alles entglitten, aber warum? ... Erinnere Dich an mich, nahe Du Dich mir, hilf mir, mein Gott!"*

Doch es schien lange nichts zu geschehen. Lange lag er nur da, mit geschlossenen Augen geradezu ins Leere starrend. Und alles in ihm begann taub zu werden, und wieder war er im Nebel des Zurückgelassen-Seins, hinweggedriftet wie verlorener Sand. Alleine, so schien es.

Als er dann – in der beinahe körperlich fühlbaren Leere – schon fast eingeschlafen und seine Augen wirklich fest geschlossen waren, sah er dennoch ein Bild aus seinem Inneren hervorkommen: Aus einem fernen Horizont erhob sich ein Ball aus Licht, hell, klar und makellos. Es war nicht die Sonne oder ein Stern. Es war seine Seele, das wusste er unmittelbar, unausweichlich, klar. Und lange stand seine Seele da vor ihm, sichtbar, scheinend, unberührt, makellos.

Doch dann wurde die Szene des Vormittags erneut in ihm lebendig. Und als ob er sie nochmals erleben würde, begann sie von neuem: Doch sah er sie, die junge Frau, nun in einer Art Kostümierung, er war eine völlig andere Figur, ein hoher Herr, eine Art Fürst, der – mitten unter anderen Fürsten, als die er die Teilnehmer des Gottesdienstes wahrnahm – einherschritt, um eine grosse und wichtige Aufgabe zu erledigen.

Der Altar, der in diesem Moment hinter ihm lag, schien in dieser Situation – obwohl die Hauptsache des Gottesdienstes – völlig unwichtig, sondern alleine die vor ihm liegende Aufgabe schien ihm wichtig zu sein. Sehr wichtig. Und er spürte den berechtigten Stolz in seinem Innern, diese – noch unbenannte - Aufgabe ausführen zu dürfen. Es war alles ein wenig rätselhaft.

Und auf dem Weg vom Altar weg in das Seitenschiff des Kirchenraumes sah er sich Worte aussenden, irgendwie in die Luft sandte er sie. Und kaum hatte er sie ausgesprochen, wurden sie zu hellen Wesen, ja, Wesen mit Flügeln, die mit grosser Gewalt durch die Lüfte schossen. Und nun ihrerseits irgendwelche Aufgaben erfüllten, jedes nach dem Wort, mit dem er es gesandt hatte.

Und sie kämpften gegen eine Horde von anderen Wesen, dunklen, hässlichen, warzengesichtigen, mit gefährlichen Krallen, die die Menschen im Seitenschiff gefangen hielten. Jedenfalls hatten sie ihre Arme fest im Griff, und manche hielten den Leuten auch noch die Ohren zu, und einige verdeckten ihnen gar die Augen. Doch seine hellen Wort-Wesen, die er immer wieder aussandte, vertrieben die dunklen Kobolde und jagten sie von der Gemeinde weg.

Und dann – als er sich gerade wieder um die Ecke ins Seitenschiff abbiegen sah, wie es am Morgen geschehen war – spürte er erneut dieses neblige Vergessen-Sein.

Nur dieses Mal hatte es eine ungeheure Macht: Es entkleidete ihn in aller Öffentlichkeit, riss ihm die herrschaftlichen Gewänder vom Leib, packte seine Zunge, so dass er keine Wort-Wesen mehr aussenden konnte, und seine Zunge in seinem Mund wie gelähmt war.

In wenigen Augenblicken war auch sein Verstand vernebelt, und er hatte vergessen. Alles vergessen. Alles.

Er hatte – in seinem Gesicht – vergessen, wer er war. Er hatte vergessen, was sein Auftrag war. Er hatte vergessen, wer er wirklich war. Er konnte sich an nichts mehr erinnern. Es war leer in ihm. Er war ein orientierungsloser, irrlichtender Wanderer geworden.

Und dann sah er sich, wie er sich – mitten im Gottesdienst - in seiner Nacktheit einfache Hirtenkleider angelegt hatte, und wie er barfuss und selbstvergessen um die Ecke in das Seitenschiff der Kirche schlich. Nach nur zwei bis drei Schritten hatte der junge Hirte – das war er nun selbst – in der Kirchenbank eine junge Dame aus gutem Hause und in edlen Kleidern entdeckt, und die Sekunde, in der der Hirtenbub ihre Augen sah, sprang er in die Bank vor ihm und riss das feine Mädchen heraus. Heraus aus der Bank, und heraus aus der Umgebung der anderen jungen Frauen, die um das Mädchen herum gesessen waren.

Er schnappte sie, nun auch im offensichtlichen Vollbesitz seiner männlichen Kräfte, und wollte sie – coram publico – zur Frau nehmen. Ohne zu fragen, ohne an irgendeinen Auftrag zu denken, ohne sich irgendjemand verantwortlich zu fühlen. Einfach, weil er losgelöst war von allem, was er bislang gewesen war, hingezogen zu dieser unschuldigen Schönheit, fortgerissen war von seinem eigenen Wollen und Verlangen.

Schlagartig verblasste nun die Szene. Alles war wie weggewischt.

Und erneut kam in dem Gesicht vom Horizont ein heller Ball herauf. Und „Meine Seele...", dachte er. Doch der helle Ball hatte einen dunklen Schatten, und er wurde deswegen sehr betrübt.

„Was ist das für ein Schatten?",

rief er in das Dunkle seiner Kammer, und er rief es mit immer noch geschlossenen Augen. Doch es war in ihm und um ihn herum zunächst einfach still.

Dann spürte er mehr, als dass jemand oder etwas zu ihm geredet hätte, was gemeint war, mit dem Schatten: Er hatte sich schlicht an dem Mädchen vergangen. Nur dass er es nicht vollendet hatte, wie der Hirte in dem Gesicht. Er hatte aber auch etwas Intimes von sich preisgegeben in der seltsamen Verstörung dieses Morgens, an einem völlig ungeeigneten Ort und in völlig ungeeigneter Weise.

Er hatte sich selbst vergessen. Er war dem Mädchen zu nahe getreten. Er hatte irgendwie auch die Beteiligten getäuscht.

Und langsam dämmerte ihm, dass das alles kein Problem der körperlichen Wollust war, wie er so oft gehört hatte. Er hatte vielmehr vergessen, wer er eigentlich war, und was seine Aufgabe war, auch wenn er das mit den mächtigen Wort-Wesen, die er in dem Gesicht ausgesandt hatte und den fürstlichen Kleidern, noch lange nicht verstand. Doch ohne das Erinnern gibt es keine Identität.

Er kam sich vor wie einer, der – mit einem wunderschönen, starken Bogen ausgerüstet – einfach am Ziel vorbei ins Leere schiesst. Verfehlt. Er hatte sich selbst verfehlt.

Es war ein einfaches Gebet, das er nun – auf der Bettkante sitzend, und bei vollem Bewusstsein – sprach. Er suchte noch eine ganze Weile, aber in grosser Stille und Ernsthaftigkeit, Vergebung bei seinem Gott.

Und schon bald erhielt er sie, und ein tiefer, entspannender Schlaf kam über ihn.

Und als sich in den frühen Morgenstunden in grosser Lust des Traumes – und wie von selbst und auf einen natürlichen Impuls hin – ein ungemein wohliger, warmer Strom aus seinem Inneren in sein Schlafgewand ergoss, musste er zwar am Morgen sein Kleid wechseln und zum Waschen zur Seite legen. Aber seine Seele war dadurch ganz sicher nicht befleckt.

Sie hat geantwortet

Weitere Tage folgten, in denen er sich erneut in diesem nebligen Vergessen-Sein wähnte. Er studierte, arbeitete, betete und sang. Wieder und wieder und wieder tat er das selbe. Aber alles war eigenartig ziellos und ohne Inhalt. Carolus ging es nicht gut.

Doch dann kam der Brief seiner Mutter, und der änderte für eine kurze Zeit alles. Der Prior hatte ihn gerufen und ihm den Brief übergeben mit der etwas spöttischen Bemerkung, es scheine, als käme dieser Brief von seiner Mutter. Doch er möge lieber Trost bei der Mutter Kirche und der Mutter Gottes suchen als – wie ein Mama-Söhnchen – bei seiner leiblichen Mutter Hilfe zu suchen.

Der Gute wusste ja nichts von dem Inhalt des Briefes, und er wusste nichts von dem Vorhaben, um das es in dieser Korrespondenz ging.

Nach dem Erhalt der mütterlichen Nachricht hastete Carolus in seine Kammer, riss den Brief auf und las ihn , nein, er frass den Brief förmlich in sich hinein. Nach der überhasteten Lektüre hüpfte er von seinem Stuhl auf und jauchzte in seiner Zelle, dass man es in den Gängen hörte. Und nun musste es hinaus, er musste es mitteilen. Aber da war niemand... Er war einsam.

Und so nahm er zum wiederholten Male ein frisches Pergament und schrieb:

„Heute habe ich einen Brief erhalten: Meine Mutter und meine kleine Schwester Anna hatten einen der Pfarrer aus dem Oberwallis gebeten, mir in einigen Zeilen eine Nachricht zukommen zu lassen. Ich habe sie in der Schublade abgelegt, die ich schon früher mit "Annas Briefe" beschriftet hatte.

Und wie ich mich gefreut habe: Sie will tatsächlich lesen lernen, und alle – selbst mein Vater – können sich mit der Idee arrangieren! Hei, wie mich das freut!

Und so werde ich mich sehr bald an einen ersten Lehrbrief an die kleine Anna machen...

Aber das Ganze rührt mich in tiefer Weise an: Mich bewegt es von Herzensgrund, Dinge und Welten und Menschen zu erklären, und andere Menschen und deren Welten damit zu prägen. Erst gestern habe ich von einem Pater Johannes in einem der Augsburger Klöster gehört, der sich nicht nur im Orden als Lehrer engagiert, sondern sogar – wie man mir, dem ungläubig Staunenden, sagte – an einer öffentlichen Schule unterrichten würde. Eine öffentliche Schule! Das ist eine echte Neuigkeit, ein ganz neuer Schritt. Doch vermutlich wird man viel Geld für den Unterricht zahlen müssen...

Und ob sie dort auch Mädchen und Frauen unterrichten wollen? ... Mir kommt ein kühner Gedanke... Und mein Entschluss, eine Art Ausbildungs-Pilgerreise zu unternehmen, wird immer klarer. Und ich werde das bald konkreter planen müssen, und dann den Abt um Erlaubnis bitten.

Zuvor werde ich aber deswegen auch meinen Vater in Kenntnis setzen. Zudem will ich Anna schreiben, und ich würde gerne auch wissen, ob man etwas von meinem Bruder in italischen Landen (oder wo immer er sein mag) gehört hat.

Und ich werde es sehr konkret machen. Ich brauche einen Reiseplan, ein Itinerarium. So kommt es mir gelegen, dass seit einiger Zeit ein Mitbruder aus Bayern bei uns fremde Sprachen unterrichtet. Er heisst Thomasius, jedenfalls ist das sein Ordensname, und ich möchte auch keinen anderen kennen.

Thomasius ist ein feinsinniger und kluger Mann. Und in vielen Ländern ist er erfahren, besonders lange war er in Italien. Und manchmal reden wir Italienisch, das ich schon als Bub in der Gegend um Brig und Naters insbesondere, aber auch von italienischen Verwandten gelernt habe. Am witzigsten ist der Bruder Thomasius, wenn er in seiner Heimatsprache – in „dialetto bavarese" – zum Scherzen aufgelegt ist.

Dann lache ich meist viel zu laut und bekomme einen strengen Blick des Abtes, ich möge doch mein etwas überschäumendes Gemüt mässigen.

Doch zu meinem Vorhaben: Neben all unseren klösterlichen Pflichten wird es wohl – spätestens am Beginn der Fastenzeit, die in Kürze beginnt – ein wenig Zeit geben, dass ich Thomasius einmal ausgiebig befrage: Er kennt schliesslich die Wege in seine alte Heimat sehr gut, und er kennt vor allem die Leute dort, und ich kann ihn nach einer Menge Details fragen.

Auch könnte er – in meinem Namen quasi, da er ja schon viel länger bei dem Orden und viel erfahrener ist – den Abt um ein geeignetes Empfehlungsschreiben bitte, mit Siegel und Beglaubigung, wenn das geht. Dies könnte mir da die Türen öffnen, wo man misstrauischer ist als hier.

Denn in St. Maurice, da sind wir an eine grosse Menge Pilger gewöhnt. Sie kommen seit rund 750 Jahren, und alles ist darauf eingerichtet. Und vielleicht finde ich bald etwas Musse, um auch einmal vertieft etwas über das Kloster zu schreiben. Schliesslich bin ja seit langem ein Teil dieser Gemeinschaft."

Maleficium

Es war wenige Tage vor Beginn der Fastenzeit, als einer der ältesten Brüder, die nur noch selten an gemeinsamen Essen teilnahmen, Carolus an einem Nachmittag zur Seite nahm. Ob er ihm ein wenig zuhören würde?, fragte er. Er habe ihm etwas Wichtiges zu sagen. Und er bat Carolus am Nachmittag in seine Zelle, ein sehr ungewöhnlicher Schritt.

Und als Carolus sich dann in dem engen Raum gesetzt hatte, begann der hochbetagte Diener Gottes, recht unvermittelt:

"Sie haben sich zusammengetan, und das ist im Grunde seltsam. Denn man hätte vermuten sollen, dass sie es nur im Geheimen tun. Und sie brüsten sich auch immer wieder damit. Und auch das ist seltsam.

Alleine oder in Gruppen treffen sie sich, und keineswegs nur in den Wäldern oder in einsamen Hütten. Sie benützen auch Höfe und Häuser ihrer Anhänger. Und man hat sie auch schon in den Ruinen verfallener Kirchen entdeckt.

Doch oft sind es die Seitentäler des Wallis, des Berner Oberlandes oder des Gruyère, in denen sie sich unbeobachtet und vergleichsweise sicher fühlen. Und es mag sie an allen Orten geben...

Doch es ist seltsam, dass sie im Grunde entdeckt werden wollen. Sie wollen in dieser Welt, von der sie sich immer wieder absondern, auch etwas bewirken: Es ist, als ob sie ein Reich des Schädigens und des üblen Wirkens errichten wollten, oder dessen Errichtung zumindest zu begünstigen im Sinn hätten.

Schadenshandlungen, oder ein „Maleficium", wie der Jurist sagen würde, führt man auf sie zurück: Fehlwuchs, Verstümmelungen,

Unfruchtbarkeit bei Mensch und Tier, Brände, Vergiftungen und allerelei rätselvolle Krankheiten. Und Tod. „Natürlich".

Sie nennen sich selbst kaum je öffentlich Zauberer oder Hexen, und bisweilen halten sie sich auch schlicht für Heilkundige, für Seher oder einfach für Sonderlinge. Doch was man von ihnen berichtet, das ist beunruhigend. Und das Wallis, und besonders seine südlichen Täler scheint voll von ihnen zu sein.

Den Berichten über sie ist jedoch nicht deshalb mit Vorsicht zu begegnen, weil sie vielleicht nicht alle der Wahrheit entsprächen. Sondern sie sind deshalb mit Vorsicht zu bewerten, weil den so Tätigen ihre Untaten oft dazu dienen, sich zu brüsten, sich aufzublasen und mehr zu scheinen, als sie in Wirklichkeit sind.

Zu diesem Brüsten und Provozieren gehören viele Arten des Schabernack, des Foppens und der öffentlichen Zur-Schau-Stellung der von dem sinnlosen Treiben Geschädigter.

Und gerade in den Zeiten des ausgehenden Winters zeigen sich die einen oder anderen gerne maskiert, und sie geben vor, die zu vertreiben, die sie zuvor allererst angelockt haben.

Dass man ihnen okkulte Sabbate nachsagt, mit all ihren Unaussprechlichkeiten, das mag man sehen, wie man will.

Dass aber Kinder und auch Alte verschwunden sind, und dass man später in einzelnen Fällen deren Knochen gefunden hat, das ist eine Tatsache.

Und dass die, die solchen Spuk und solche Unflat betreiben sich in einzelnen Fällen damit gebrüstet haben, und in anderen Fällen bis in unsere Tage auch offen mit solchen Malefizien drohen, das ist einen ebensolche Tatsache. Und dass sie alle nur denkbaren Repressalien einsetzen, auch das ist eine Tatsache.

Entkleidet man sie aber ihrer Verhüllungen, dann kommt es ans Licht:

Sie spotten wissentlich dem Erlöser, sie verleugnen das blutige Opfer am Kreuz des Heilandes. Nur um in sprichwörtlich heilloser Einfallslosigkeit die Verkehrung des blutigen Opfers durch eigenes Blutvergiessen zu ihrer abgründigen Religion zu machen.

Possenreisser des Grauens!"

Der alte Mann hielt inne und rang sichtlich nach Luft. Dann fuhr er fort:

„Ich will Dich warnen, Carolus Paulus: Wenn Du eines Tages grosse Aufgaben übernehmen wirst, dann werden sie sich Dir entgegenstellen. Und hinterhältig werden sie sein, unglaublich hinterhältig.

Und auch offen werden sie Dich bedrohen. Sogar Dein Leben werden sie fordern, nur weil Du selbst für das Evangelium stehst.

Und ich will Dir sagen, was Du tun kannst, nein, was Du tun sollst:

Nimm die Kommunion täglich! Denn das Blut, das für Dich vergossen wurde ist - wie die Schrift sagt – der perfekte Preis für dein Leben. Und nicht nur das diesseitige, auch und vor allem das jenseitige.

Und hüte den Schatz Deines Herzens. Verkaufe Dich nicht, für welche scheinbaren Vorteile auch immer. Und sehne Dich nie nach Amt und Rang und äusserer Würde. Es verdirbt das Herz.

Denke immer an die Versuchung unseres Herrn in der Wüste: Gottes Wille steht an erster Stelle! Und widerstehe dem Widersacher, so flieht er von Dir!

Du aber, Du wirst den Bösen in den Widerwärtigen spüren. Dein

Herz wird Dir den Weg weisen. Und wenn Du einmal Dein Herz nicht mehr hörst, dann kehre innerlich zurück an den Punkt, an dem Du dich zum letzten Mal sicher gefühlt hast."

Carolus war beeindruckt und gleichzeitig ein wenig verschreckt. Tief bewegt und fast ehrfürchtig verabschiedete er sich von dem greisen Bruder, und er ging in die grosse Kirche, kniete vor dem Altar und versank ins Gebet.

Voll neuer Zuversicht stand er aber bald auf: Sicher wird es so sein, dachte Carolus bei sich, wenn es Gedanken des Friedens sind, dann spürt man das. Und wenn die geheimen Gedanken Unheil ausbrüten, Seltsamkeiten frönen, oder gar Mord im Sinn haben, dann spürt man das auch.

Allemal schien er sich immer wieder damit zu trösten, dass - für ihn - die üble Macht solcher Machenschaften gebrochen war. Das „Es ist vollbracht" seines Gottes stand immer vor ihm. Und es würde offenbar werden, dessen war er gewiss.

Und so waren auch jetzt wieder die meist abendlichen oder nächtlichen Spiele der Possenreisser in den Gassen und Gärten und nahen Wäldern, die er selbst in St. Maurice erlebte, in den Zeiten des ausgehenden Winters, auch eine wirklich nur vorübergehende Erscheinung.

Eines Tages, eines guten Tages, würde all das ein Ende haben. Doch sein innerer Aufruhr deswegen, auch sein Ärger über solches Treiben war gross.

ZAUBEREI

Es waren in diesen Tagen erneut die frühen Morgenstunden, in denen er von hellsichtigen Momenten geradezu verfolgt wurde. Überraschend kamen sie, und ungerufen, wie sie gekommen waren, so verschwanden sie auch erneut ansatzlos und waren nicht oder kaum wieder zurückzuholen.

Und so war es auch an dem Tag, an dem er frühmorgens in den Anfängen des zweiten Buches Mose, dem Buch „Exodus", las. Mose hatte vor dem eigenartigen brennenden Busch gestanden und ihm war klar geworden, dass er wahrhaftig Gott gegenüber stand. Und dann sprach dieser Gott zu ihm und begann sich zu offenbaren.

Und dann war es ein einziger Vers, der den Tag des Mönches Carolus, ja mehr, der die gesamte Phase, in der er sich befand und die darin verborgene Anschauung der Dinge veränderte. Denn er las:

„... Und er sprach weiter: Ich bin der Gott deines Vaters, der Gott Abrahams, der Gott Isaaks und der Gott Jakobs. Und Mose verhüllte sein Angesicht; denn er fürchtete sich, Gott anzuschauen...

... et ait ego sum Deus patris tui Deus Abraham Deus Isaac Deus Iacob abscondit Moses faciem suam non enim audebat aspicere contra Deum ... "

Und in einem dieser hellsichtigen Momente ging sein innerer Blick zurück zu der alten Frau in Naters, die ihm vor Jahren von seinen Vätern erzählt hatte.

Seine Väter – und sein Blick ging dabei weit über seinen direkten Vater hinaus – , auch seine Väter, hatten sich zu diesem Gott bekehrt.

Und sie haben sich ihm als Gott hingegeben und unterworfen. Und abgekehrt hatten sie sich von den alten Göttern ihrer Väter, und so hatte es – irgendwann einmal vor vielen Generationen, er schätzte vor fünfzehn oder zwanzig Generationen – einen wahrhaften Bruch gegeben in ihrer aller Leben. Denn alles hatte sich mit der Hinwendung zu diesem einen Gott verändert: Der gesamte Alltag, das Aufwachen und das Niederlegen, der Umgang miteinander, und langsam auch die Sicht auf Herrschaften und Gewalten, und vor allem der Blick auf die Natur.

Doch einige – und manchmal dachte er, es seien wohl gar nicht so wenige – hatten diese Kehrtwende all ihrer Anschauungen halbherzig oder – viel schlimmer – nicht nur halb, sondern nur zum Schein vollzogen. Und tief innen, und fast immer insgeheim, blieben sie den alten Göttern und ihren Zaubereien wie in einem längst vergessenen, aber immer noch wirksamen Bund hingegeben. Da war viel Trotz dabei, aber auch viel Angst, und bisweilen eine sehr seltsame Verliebtheit in eine vage Vorstellung eigener „Grösse", wenn man mit Kräften umging, die die Anderen nicht zu haben schienen.

Und so hatte es weiterhin Zauberer gegeben, Männer und Frauen, die mit ihren „guten und schlechten" Sprüchen gedachten, den Lauf der Dinge aus dem Geheimen, dem Okkulten, heraus lenken zu können. Männer und Frauen, die mit besprochenen Kräutern und geheimen Zeichen, mit Steinen und anderen Kräften der Natur, angeblich Gutes und ganz sicher auch manches Schlechte bewirken wollten. Und es hatte viele gegeben, die solche Leistungen von denen, die sie taten, abnahmen und oft gegen Geld. Und sie lebten alle bisweilen ein Doppelleben, mitten in den bisweilen nur vordergründig katholischen Gemeinden.

Zu wenig war ihnen bewusst, wer dieser Gott denn war, dem sie sich – oft unter dem Einfluss weit gereister Missionare, von denen man sich noch heute erzählt – zugewandt hatten?

Wer war und ist der Gott, dem sich seine Väter zugewandt hatten? Und wer war und ist dieser Gott, der – in dem Wort, das er an diesem frühen Morgen gelesen hatte – von sich selbst sagte, er sei der

Gott Abrahams? Und wenig später – er hatte sich wieder der Lektüre des Wortes zugewandt – schien er eine erste Antwort gefunden zu haben. Denn Mose hatte Gott das selbe gefragt: Was soll ich dem Volk sagen? Wer ist es, der mich gesandt hat?

Die Auskunft, die Mose dann erhielt, musste ihm seltsam erscheinen:
„Ich werde sein, der ich sein werde…
… ego sum qui sum"

Solch ein rätselhafter Satz. Was – und noch wichtiger: wer - war gemeint? Er bemühte die Grammatik, doch dann schien der ganze Satz ein wenig unsinnig. Er betete, doch dann kam zunächst keine Antwort oder Erkenntnis. Ratlos legte er die Hände in den Schoss.

Dann aber stellte er sich die Situation einmal ganz leibhaftig vor: Mose, schon lange kein Jüngling mehr, sondern verheiratet und wegen eines früheren Verbrechens bereits ein Flüchtling, stand auf einer einsamen Wanderung plötzlich einem Feuer gegenüber, das sein eigenes Brennholz nicht verzehrte.

Und dann sprach der Busch zu ihm. Und wie die Stimme da zu Moses sprach, das schien dem Erzvater vertraut aber dennoch derart furchterregend - oder besser ehrfurchtgebietend - dass Mose seine Schuhe auszog und sein Gesicht verbarg:

Das war kein fremder Gott! Das WAR der Gott seiner Väter. Und sein Erscheinen war so gewaltig, das Gewicht seiner Gegenwart war so überwältigend, dass eigentlich zwei kleine Sätze reichten, um Mose die Naivität seiner Frage vor Augen zu führen:

Wenn jemand IST, dann bin ich es, schien die Stimme zu sagen. Aber der Kern war dann der: Und so, wie ich jetzt bin, werde ich immer sein! Das sage dem Volk Israel. Ich war und bin ein treuer Gott, der seinen Bund hält und Euch hilft. Und so werde ich immer sein. Das schien die Stimme zu sagen.

Und wieder ging er zurück zu seinen eigenen Vätern, den alemannischen, und vielleicht hatte es auch keltische Väter darunter gegeben, aber auch zu deren Kindern aus seinem Volk, das hier und an anderen Orten überall in den Tälern der Berge lebte:

Wie sehr wollte er, dass sie diesen Gewaltigen, diesen All-Gewaltigen, diesen – in all seiner Macht – auch höchst verlässlichen Gott besser und tiefer kennenlernen würden.

Dass sie aufhören würden, Doppelspiele zu treiben, und Possen, wie das jetzt bald wieder in ihren Frühlingszaubern – wie unnötig, der Frühling kommt von selbst – aufbrechen würde, den Zeiten, die manche Karneval nennen.

Und er ergrimmte. Erneut.

Inscriptio Quarta

Und in seiner Enttäuschung über das Doppelspiel und die unverhohlen zur Schau gestellte Lust an Macht und Bedeutung und Wollust vieler seiner Mitmenschen schrieb er:

„In der Zeit vor der Fastenzeit haben sich uralte Bräuche erhalten, oder sind auch erst in unseren Tagen an einigen Orten neu aufgebrochen, die seltsam sind: Mit Masken, gespenstischen Gewändern, Schellen, Stöcken und Feuern werden Geister vertrieben, von deren Existenz ich ansonsten kaum etwas gespürt habe. Auch verkleiden sich manche, treiben Narrenspiele, machen Kinder zeitweilig und zum Spass zum König, und mancherorts übernehmen Weiber die Rathäuser.

Und so scheint mir vielmehr, dass diese alten Geister, wenn es sie denn bisher bei uns gegeben hat, durch solche Umtriebe viel eher wieder herbeigerufen als vertrieben werden. So gruselig und hemmungslos entfesselt wirken diese Auftritte auf mich. Bisweilen auch einfach nur geistlos und dumm und weit entfernt von der oft einfachen, aber tiefen, wachsamen und gütigen Erkenntnis meiner Vorfahren.

Und insgeheim, wenn diese Leute unter sich sind, und wenn sie sich unbeobachtet wähnen, gibt es solche, die allen nur denkbaren Zügellosigkeiten und sogar offenen Bosheiten und Gewaltakten ungehemmten Lauf lassen. In Raserei verfallen sie bisweilen, auch unterstützt durch irgendwelches Gebräu, das sie sich von „Eingeweihten" haben herstellen lassen. Im Dunkel der winterlichen Nacht, im Dunkel ihrer winterlichen Umnachtung, möchte ich fast sagen.

Was soll ich dazu sagen? Mir fallen da nur die Worte des Apostels Paulus ein:

> *„Was sollen wir also hierzu sagen? Sollen wir in Sünde verharren, damit die Gnade umso mehr über Hand nehme? Das sei ferne! Wir sind nämlich der Sünde gestorben, wie sollten wir also weiter in ihr leben?!"*

"quid ergo dicemus permanebimus in peccato ut gratia abundet. absit qui enim mortui sumus peccato quomodo adhuc vivemus in illo"

Doch offensichtlich sind zumindest einige der Maskenträger und die so oft dahinter stehenden Beschwörerinnen, denn viele von ihnen sind Frauen, die an dem Treiben – und zu ihrer Schande auch in dem Treiben – ihre Lust haben, der *"Sünde doch nicht gestorben"*. Sie leben sie vielmehr und geben sich ihr hin, an Leib und Seele.

Noch mehr: Sie erneuern durch das okkulte Treiben ihren lustvollen Bund mit dem Untergang. Denn wenn man nicht dem wirklichen Leben lebt, sondern des Todes Freund wird, dann wird man mit ihm – gemäss der Schrift, und so hart es klingt – untergehen.

Und ich bin davon zutiefst abgeschreckt. Denn im Ernst: Was mich im Grunde anekelt, sind nicht nur die furchterregenden Auftritte und die äusseren Erscheinungen, die ich da schon – auch in meiner eigenen Heimat – gesehen habe.

Was mich wirklich anekelt, ist das offene Zur-Schau-Stellen von „zwei Gesichtern": Eines, das sich – im alltäglichen und alljährlichen gemeinschaftlichen Leben mit uns allen – nach der Gnade und dem Erbarmen unseres Herrn zu sehen scheint und eine mehr oder weniger ausgeprägte Frömmigkeit zumindest vorspiegelt. Ein Leben, das von der inneren und äusseren Sicherheit und der Hoffnung des Glaubens lebt und schliesslich auch von den Sakramenten der Kirche und ihrer Diener, und nicht zuletzt von dem gutwilligen Entgegenkommen aller Mitbürger, profitiert.

Und ein anderes, das – unter der gut gehüteten Oberfläche gläubigen Lebenswandels – tief im Herzen heidnischen Gebräuchen anhängt, als hätte es eine Erlösung durch Jesus Christus, unseren Herrn, nie gegeben. Oder schlimmer: Das so tut, als wäre sie irrelevant.

So ist es die mehrfache Lüge, die mich anwidert. Nicht ihre vielfältigen, wenn auch abscheulichen Erscheinungsformen. Es ist zuerst die Heuchelei, sich den Anschein aufrechten Glaubens im täglichen Leben *zu geben, und dann, erst im Geheimen, und dann – wenn die Gelegenheit der ausgehenden Wintertage für den maskenhaften Umtrieb günstig ist – auch im Offenen nicht nur den heidnischen Göttern, sondern sogar ihren übelsten Erscheinungsformen Anerkennung, ja Ehrerbietung zu zollen.*

Was mich aber noch tiefer kränkt, ist der Bruch, den die Maskentreibenden gegenüber unserem Gott selbst zu vollziehen scheinen:

So wertvoll ist das, was uns – unverdient! – gegeben wurde, dass wir es schon als hingegeben Gläubige, und selbst als die, die täglich in seinem Dienst stehen, nicht wirklich zu erfassen vermögen, dass dieses Wertvolle wirklich so ist, wie die sprichwörtliche „Perle im Acker" in den Schriften: Wenn man sie kennt, gibt man alles andere weg, um alleine diese Perle zu besitzen.

Gebe es Gott, so rufe ich an diesem Morgen des elften Februartages aus, dass unser Land „voll würde von der Erkenntnis Gottes"!

Es wäre ein anderes Land. Und wir wären Andere.

Und wenn die Masken fallen werden, eines vielleicht nicht schönen, aber eines guten Tages, und unter Umständen gar nicht mehr allzu fernen Tages, dann werden wir alle offenbar werden, wie wir wirklich sind.

Unvermeidlich ist er, dieser Tag."

Der aufgeschobene Tod

Es war ein stilles Auflehnen, das er da übte. Ein einsames und fast unwirkliches. Dennoch waren seine inneren Welten, in denen er sich bewegte, sehr real, greifbar für ihn, und es war so, als ob die Innenwelten eigentlich die viel wirklicheren Aussenwelten wären, als es die tatsächlichen Aussenwelten je in Wirklichkeit sein könnten.

Wie hätte er aber auch wissen können von den Dingen, die ihm ja gar nicht gewärtig waren. Von den Dingen, von denen er lediglich - und nur bruchstückhaft zudem - wusste. Da waren seine Innenwelten realer, deutlicher und bedeutender als eine Aussenwelt, die er noch nicht kannte. Und doch wusste er, dass es all das, was ihn im Innern so empörte, irgendwo „in der Weite der Welt" wirklich gab.

Und ihm war, als wisse er es nicht nur aus Erzählungen, oft - und gerade am Ende langer Gebetszeiten - war ihm, als könne er es in der Einsamkeit seiner Anschauung und der Zweisamkeit mit seinem Gott regelrecht berühren: Das Elend, das Verbrechen, die Schandtaten. Und er ergrimmte immer wieder aufs Neue.

Doch auch seinem rationalen Denken - und nicht nur seiner Hellsichtigkeit - musste er Rechnung tragen: „Was ist es denn, das zu sein, was es ist?", so hatten ihn seine Lehrer im Logikunterricht gefragt.
Was also ist „Verbrechen", was ist „Schuld", was ist „Ruchlosigkeit"? - Sind all das nicht Abstufungen ein und der selben Haltung... aber nein! Nicht alles sind Haltungen, einiges auch Taten. Doch allen Taten, der Sünde (peccatus) wie dem Verbrechen (crimen), liegen falsche Haltungen zugrunde.

Und - so schien ihm - so wie sich Sünder durch Busse bekehren, können auch Verbrecher umkehren. Und man müsse ihnen eigentlich mehr Gelegenheit dazu geben, als es allgemein geschieht. Denn meist wird Schuld aus Verbrechen so schwer geahndet, dass man - Hand aufs Herz - oft nicht weiss, ob die Strafe nicht das grössere Verbrechen ist, als es das ursprüngliche Verbrechen selbst war. Und viele Strafen - wie Verstümmelungen oder das Rädern oder das Blenden - lassen eigentlich keinen Raum zur Umkehr und Busse: Der Verbrecher erleidet im Grunde dabei einen nur aufgeschobenen Tod.

Nur der „Ruchlosigkeit" - lateinisch „nefas" - ist, obwohl eigentlich nur eine „unheilige Haltung", liegt eine tiefe Gottlosigkeit zugrunde, aus der heraus eine Umkehr zu besseren Taten und Haltungen kaum möglich scheint. Doch hier hilft auch Strafe kaum. Und was sollte man denn dagegen tun?! Denn Zauberei, das ist unheiligste Haltung im Extrem. Denn wenn sich Gott nicht „zu schade" ist, uns unsere Freiheit zu lassen, wie unausstehlich ist die Haltung der Zauberer und Hexen, die sie uns nehmen wollen, und es oft auch erreichen! Das ist in der Tat ruchlos.

Und sagt uns nicht die Schrift, wir sollen alle Totenbeschwörer und Zauberer und Ähnliche „aus unserer Mitte entfernen"?! Denn dem Höchsten sind sie ein Greul. Und uns bringen sie nur den Untergang.

Und doch war er sich sicher, dass Gott, der gnädige Gott, wollte, dass auch diese Menschen gerettet werden!

Wie also soll man mit den Ruchlosen also umgehen? Was wäre da gerecht, was gut, was nützlich?

Und nützt es etwas, wenn man sie zu Tode quält, wie es bisweilen zu geschehen scheint? - Er, da war er sich sicher, er wollte nicht Richter sein über deren Leben, und deren Henker - Gott bewahre! - schon gar nicht.

Denn wer kann ihre Schuld wirklich ermessen… ? Ihn quälte etwas, was ihn gar nicht betraf. - Noch nicht.

Inscriptio Quinta

Am Anfang einer Periode der äusseren Entbehrung steht oft das Selbstmitleid und eine gewisse Larmoyanz. Der Mensch neigt dazu, an seinem eigenen Leiden nochmals, ein zweites Mal, zu leiden, so als ob das einfache Leiden nicht genüge.

So auch Carolus. Er tat sich leid, in diesen ersten Februartagen.

Dennoch war er schnell bei den vermeintlich positiven Dingen. Und seine Begeisterung für irgendwelche verheissungsvoll klingenden Entwicklungen trugen ihn meist weiter, als es der Sache nach angemessen erschien.

Und so schrieb er eine weitere Inscriptio:

„Der Beginn der Fastenzeit markiert einen Wendepunkt im Kalender des Kirchenjahres.

Und das Leben eines Christenmenschen soll dadurch bestimmt und gereinigt werden. Der 13. Tag des Monats Februar A.D. 1247 ist der Mittwoch, an dem man sich Asche auf das Haupt streut, verbrannte Materie, verbranntes Holz, immer eingedenk, dass wir aus dieser Erde, aus dieser Materie, kommen und unser Leib wieder zu Erde werden wird.

„Herr, lehre uns bedenken, dass unsere Tage gezählt sind, auf dass wir klug werden...

... ut numerentur dies nostri sic ostende et veniemus corde sapienti"

So schreibt schon David, der jüdische König, vor nun fast 2250 Jahren.

Den Tod, den eigenen allzumal, vor Augen zu haben, das gibt uns – in der Erkenntnis der Grösse und Endgültigkeit Gottes – die Klugheit, mit der wir – ernüchtert wohl, aber auch bereit zu entscheidenden Handlungen – dem Leben fest entschlossen ins Auge sehen können.

Denn das wir überhaupt etwas Fruchtbares zu tun vermögen, dass wir überhaupt ein bleibendes Werk verrichten können, das ist von Gott, nicht von uns. Wie schon der Apostel Paulus, mein Vorbild, schreibt:

> *"Solches Vertrauen aber haben wir durch Christus zu Gott: Nicht dass wir tüchtig sind von uns selber, uns etwas zuzurechnen als von uns selber; sondern dass wir tüchtig sind, ist von Gott, der uns auch tüchtig gemacht hat zu Dienern des neuen Bundes, nicht des Buchstabens, sondern des Geistes. Denn der Buchstabe tötet, aber der Geist macht lebendig...*
>
> *... fiduciam autem talem habemus per Christum ad Deum; non quod sufficientes simus cogitare aliquid a nobis quasi ex nobis sed sufficientia nostra ex Deo est qui et idoneos nos fecit ministros novi testamenti non litterae sed Spiritus littera enim occidit Spiritus autem vivificat"*

Und so werden wir heute Abend, am Mercredi des Cendres, wie man hier sagt, dem Aschermittwoch, eine Messe feiern, die uns nicht hoffnungslos, sondern hoffnungsfroh macht.

Denn nicht aus uns, und unserem Laufen und Wollen, kommt der Sinn und die Befähigung, unser irdisches Dasein gottgefällig zu leben, sondern aus der befähigenden Gnade und Liebe Gottes selbst.

So ist die Asche auf unserem Haupt ein Anerkennen der Letztgültigkeit und Unabdingbarkeit Gottes gleichermassen wie ein fast unbändiges Hoffen auf seine Liebe, auf seine Zuwendung und Befähigung: "Wir können nichts aus uns selber...".

Aber er wird auf uns zukommen, er wird uns mitnehmen, er wird uns verwandeln, er liebt uns – in grosser Tiefe.

Zwischen die grossen Feste der Erscheinung unseres Herrn an Weihnachten und seinem Leiden und Auferstehen an Ostern, dem Ergreifen seiner Herrschaft, liegt – im Kirchenjahr nachvollziehbar gespiegelt – die Fastenzeit eingebettet. Und wir betten uns gewissermassen unserseits hinein in diesen Verlauf der göttlichen Handlungen,.

Und wir machen uns damit auch zum Teil seines Gnadengeschenkes. Denn wenn wir hören „Lasset Euch versöhnen mit Gott", so müssen wir auch antworten, und einen Schritt oder viele Schritte tun, und uns „versöhnen" lassen. Denn Geschenke, so lernte ich jüngst noch im juristischen Teil meiner Ausbildung, Geschenke bedürfen der Annahme, sonst bleiben sie wirkungslos.

Und unser Glaube muss diese Wirkung haben, dass wir zur Umkehr bereit sind: In der Tat und in der Wahrheit. Sonst ist unser Glaube tot, wie Jakobus sagt, er hätte denn sonst nicht die passenden Werke. Und "Umkehren", "Anders denken" wie es wörtlich im Griechischen heisst, ist ein vor Gott passendes, vor Gott angenehmes Werk. Und auch wenn es uns – in dem oft rasenden Vollzug unseres Lebens – nicht bewusst sein mag:

Wenn wir nicht umkehren, werden auch wir nicht nur sterben, sondern wir werden in unserem Unvermögen das Richtige vor Gott zu tun, einem laufenden Sterben ausgeliefert sein. Und diese fortwährende Sinnlosigkeit auch spüren und empfinden.

Und ich habe darum auch schon vor langer Zeit verstanden, was der Kirchenvater Augustinus meinte, als er ausrief:

> *„O vita mortalis, o mors vitalis"…*
> *…Was für ein sterbliches Leben, was für ein lebendiger Tod".*

Und dazu ist die Fastenzeit in meinen Augen auch da: In der konsequenten Umkehr unseres Herzens, den Untergang unseres eigenen Könnens und Vermögens sehenden Auges in Kauf nehmend, seine Gnade umso mehr als befähigende Kraft zum Wandeln und Verwandelt-Werden in einem neuen Leben, in einem Leben neuer Art, zu empfangen.

Und um am Ende, wenn alles gut läuft, in dem in wenigen Wochen bevorstehenden Osterfest, unser eigenes, auch persönliches „Ostern" zu erleben. Nämlich das Auferweckt-Sein zu einem neuen Leben. In einem neuen Reich. Dem des Messias Gottes, Christus unserem Herrn.

In wundervoll warmen Worten hat unser Abt so etwas heute schon im Konvent der Brüder in seiner eigenen Sprache geäussert, und einige Kernworte sind mir im Gedächtnis geblieben, als er sagte:

„Une assonance furtive pourrait risquer de rapprocher „Mercredi des Cendres" du verbe „descendres" ! Tandis que dans le mot „Carême", on peut trouver „ aimer", du verbe „ aimer" ! Peut-être se dira-t-on que tout cela est un peu léger, et je n´en disconviendrai pas, ne souhaitant en aucun cas faire de l´humour ici. Cependant je m´appuierai volontiers sur les deux mots ainsi reçus : descendre et aimer… Noël et Pâques…

… nous avons donc 40 jours, mes frères, pour marcher dans le pas du Christ, a la force de son amour partagé et de sa miséricorde… car comme le proclame avec force saint Paul : le voici maintenant le jour du salut… et tout cela se vivra dans le secret, dans le secret de notre relation personnelle au Seigneur… Descendre… et aimer… un point de départ… un point d´arrivée…

… *In einem verstohlen formulierten Anklang könnte man es wagen, den „ Aschermittwoch" (auf Französisch „Mercredi des Cendres") mit dem Verb „ descendere" (herabsteigen) in Verbindung zu bringen. Während das Wort „Fastenzeit" (auf Französisch „Carême") das Wort „lieben" wiederspiegelt, vom (französischen) Verb „aimer".*

Vielleicht, so könnte man sagen, ist dies etwas leichtfertig, doch ich muss sagen, dass ich in keiner Weise einen komischen Scherz machen möchte. Deshalb werde ich mich nun aber gerne auf die Worte stützen, die wir damit empfangen haben: „herabsteigen" und „lieben" … Weihnachten und Ostern.

… wir haben nun 40 Tage, meine Brüder, in denen wir in den Fussstapfen Christi gehen können, in der Kraft seiner uns zuteil gewordenen Liebe und in seinem Erbarmen… denn wie der Apostel Paulus kraftvoll verkündet: Jetzt ist die Zeit des Heils… und all dies werden wir im Geheimen erleben, im Geheimen unserer

*persönlichen Beziehung zum Herrn... hinabsteigen ... und lieben...
ein Punkt des Beginnens ... ein Punkt des Ankommens..."*

Ich habe dem nicht mehr viel hinzuzufügen, wie sollte ich auch. Nur das, dass ich mich heute neu entschlossen habe, mich auch selbst aufzumachen. Für heute. Für die kommenden Wochen bis Ostern.

Aber noch weit mehr: Für mein ganzes Leben, das vor mir liegt.

Dieses ganze Leben soll die Haltung dieser Tage und Wochen der Fastenzeit und deren Feiertage spiegeln: Von heute ab, und besonders an allen Sonntagen der Fastenzeit.

Und an dem des Osterfestes – so die ganze Hoffnung meines Herzens – besonders.

Ich glühe vor Erwartung."

Und als er die Feder niedergelegt hatte, schien er zu schweben, schien er weggetragen in die Weiten eines - noch - nicht auslotbaren Lebens, in eine Farbigkeit und Intensität des Weitblicks, wie sie nur die Innenschau gewährt.

Und auf ein Mal wurde ihm klar, dass - für ihn - die einzelnen Stationen der Fastenzeit, und besonders die Sonntage (die ja nicht als Fastentage gerechnet werden, sondern echte Feiertage sind) grösste Bedeutung haben würden.

Und er wollte all das zutiefst ergründen. Morgen, dachte er sich.

Und er legte sich - glühend und unbändig alle Morgen seines Lebens erwartend - zur Ruhe nieder.

Der Brief an Anna

Schon viele Male hatte er sich überlegt, wie er das, was er mit seiner kleinen Schwester Anna vorhatte, einfädeln könne. Und da kam ihm eine günstige Wendung der Dinge in seiner Heimatpfarrei in Naters entgegen.

Doch zunächst schienen ihn nur traurige und geradezu entmutigende Nachrichten zu erreichen: Der alte Priester in Naters, der ihm bislang bei dem Briefverkehr mit seiner Familie immer so geholfen hatte, der war gestorben. Und man hatte ihn in Naters bestattet, trotz der nun einsetzenden winterlichen Witterung.

Und einige Zeit war die Pfarrei dort, in einem der wichtigsten Orte des oberen Wallis, nicht besetzt gewesen. Doch nun schien man einen Nachfolger gefunden zu haben. Einen, der aus der Ferne, aus einer mittelschwäbischen Stadt zu Ihnen gekommen war, aus einer staufischen zudem, mit einer sehr langen klösterlichen Tradition. Sie heisst Esslingen und liegt an einer Furt durch den recht grossen Fluss Neckar, so erläuterte ihm, Carolus, einer der in Landeskunde bewanderten älteren Brüder hier im Konvent

Für die staufischen Herrscher gehöre die Stadt zu deren Kernlanden unterhalb der schwäbischen Alb, und sie beherberge - neben unzähligen Kaufmanns - und Handwerkergilden - innerhalb der Stadtmauern und im direkten Umfeld insgesamt vier Bettelorden. Wenn er richtig informiert sei, erläuterte ihm der erstaunlich mit den Details vertraute, kundige Bruder aus dem Konvent in St. Maurice. Und Carolus schien, als sei der Bruder wohl schon einmal dort gewesen, in dieser offensichtlich grossen Stadt.

Und damit nicht genug, schon 1221 A.D. sei dort ein Dominikanerkonvent gegründet worden, und erst vor zehn Jahren, im Jahre 1237 A.D., hätte sich dort der Franziskanerorden angesiedelt. Und - so die Vermutung des hilfreichen Bruders - aus dieser Ordensgemeinschaft könne, wenn er richtig liege, der neue Pfarrer kommen. Woher er das denn wisse, fragte ihn Carolus. Und, das sei so „ein Gefühl", meinte dann abschliessend der hilfreiche Bruder.

Carolus Paulus bedankte sich artig und begab sich auf seine Zelle. Er hatte gegenüber dem hilfreichen Bruder vergessen zu erwähnen, dass ihm jemand, der vor kurzem aus der Gegend von Brig gekommen war, berichtet hatte, der neue Pfarrer hiesse wie der Lehrer des hl. Augustinus: Ambrosius.

Kurz entschlossen, verfasste er einen Brief an „Ambrosius, den neu ernannten Pfarrer in Naters" und bat ihn, ein beigefügtes Schreiben an seine Schwester in Geimen oberhalb Naters ihr bei allernächster Gelegenheit zu übergeben.

Ganz besonderer Wagemut befiel ihn, als er dem ihm unbekannten, soeben erst eingeführten Geistlichen in kurzen Worten erläuterte, dass er versuchen würde, seiner kleinen Schwester Anna - vermittels einer Serie von Briefen, die er ihr im Laufe der kommenden Monate schicken wolle - das Lesen und Schreiben und später sogar vielleicht sogar das Rechnen beibringen wolle. Und, fast vorwitzig, bat er den ihm Fremden, ihn doch - insoweit es ihm möglich sei - in diesem Anliegen zu unterstützen. Anna würde sich an ihn wenden.

Er unterzeichnete den Brief - ein einmaliger Vorgang - mit doppelter Signatur:

> „Carolus Paulus, Mitglied des Konvents von St. Maurice und Mitburder im Herrn
>
> Ehedem als „Marcus" in Geimen ob Naters geboren".

Dann - nachdem Carolus zuvor ein weiteres Stundengebet mit dem Konvent absolviert und darin grossen Frieden gefunden hatte - machte er sich endlich an ein Vorhaben, das ihm in tiefster Weise auf dem Herzen lag:

Carolus schrieb den ersten Brief an seine kleine Schwester Anna.

„Liebe kleine Anna,

nun will ich Dir endlich schreiben. Denn ich habe Dir ja versprochen, Dir das Lesen beizubringen. Eigentlich ist es ganz einfach, und am Wichtigsten scheint mir, dass Du mit den kleinen Worten anfängst. Daran lernst Du am besten, was das mit den Buchstaben auf sich hat.

Wir fangen am besten mit Deinem Namen an:

ANNA

Am Anfang und am Ende steht der Buchstabe A. Wie er klingt, das weisst Du, es ist ja Dein eigener Name. Den brauchst Du nicht zu lernen, den wirst Du nie vergessen. Also das A wie in „Anna" ist schon mal klar.

Willst Du mal ein „A" schreiben?

Du musst kein Pergament nehmen, das ist viel zu teuer. Du kannst einen weichen weissen Stein nehmen, Kalk oder so etwas, und malst damit lauter grosse A auf einen anderen Felsen, irgendwo vor der Tür. Solange, bis das ganze Dorf voller A wie Anna ist.

Was kommt jetzt? Bist Du gespannt?

Nun, wir bleiben noch ein wenig bei dem schon Bekannten...

Andere Worte mit A sind zum Beispiel

Adler,

der stolze, grosse Vogel, oder

Abend,

oder

Albrun,

wie der Pass im Binntal, oder

Alba,

wie die Italiener die Morgenröte nennen.

Die Buchstaben zählt man normalerweise in einer Reihenfolge auf, die man Alphabet nennt. Das kommt vom Ursprung unserer Schrift bei den Juden und Griechen, und dort sind das Alpha und das Beta die ersten beiden Buchstaben.

Also käme jetzt nach A das B. Aber ich will zuerst bei

N

weitermachen. Und das habe ich jetzt einfach ganz nüchtern geschrieben, ohne Verzierungen. Und das ist einfach, denn das N ist in Anna. Das N sind drei Striche, ein „Zick-Zack", wie die Grossmutter das genannt hat, wenn sie genäht hat. Und auch das kannst Du leicht auf Stein malen, wenn Du draussen bist.

Nur male bitte nicht die Wände voll im Haus, sonst ist der Vater böse und verbietet Dir am Ende noch das Lesen-Lernen.

Weitere Worte mit N sind

Nase, nun, Norden.

Wenn Du genau hinsiehst, dann siehst Du, dass „nun" ein anderes Wort ist, als Nase. „Nun" ist kein Ding wie Nase und keine Richtung wie „Norden".

„Nun" heisst „jetzt" und ist eine Zeitangabe. Eine sehr alte, schon die Griechen haben sie benutzt. Andere Zeitangaben kennst du auch schon. So z.B. „bald" oder „heute", „gestern" oder „morgen".

Worauf ich raus will? „Nun" (und jetzt verwirre ich Dich, denn „jetzt" ist „nun" keine Zeitangabe, sondern eine Interjektion, also auf Deutsch ein

Einwurf, etwas Dazwischen-Gesagtes, hier sogar ein Füllwort), nun also, es genügt einfach nicht, nur die Buchstaben zu lernen, wenn man lesen will.

Man muss vielmehr auch die Sprache und ihre Formen kennenlernen, wenn man nicht nur lesen, sondern auch verstehen will.

Vielleicht kann ja sogar Dein Kätzchen lesen, wenn es sieht, wie Du „nun" (also schon bald) auf Steine malen wirst, aber es wird nicht verstehen, was da steht.

Also (auch das ist ein Füllwort): Jetzt probieren wir mal, Anna zu schreiben. Auf irgendwas, und sei es ein Holz.

    A - N - N - A.

Ich bin sicher, das klappt. Oder?

Wahrscheinlich bist Du ja zwischenzeitlich weggelaufen und hast auf alles geschrieben, was gerade rumsteht. Und „nun" denke ich, dass Du zurück bist.

Und wir kommen zum letzten Buchstaben für heute: zum...

Das B ist schwieriger: Es ist ein Strich mit zwei Augen dran. Oder so etwas Ähnliches. Wo und in welchen Worten finden wir z.B. ein B? In

    Baum, Bär, Blume

Falls Du jetzt versuchen solltest, das A und das B zu kombinieren:

Das kannst du gerne tun. Vielleicht geht es Dir dann so wie mir: Als ich klein war, habe ich versucht „PAPA" zu schreiben. Aber ich habe es „BABA" geschrieben... und das war nicht so ganz, wie es sein sollte. Aber alle haben gelacht und sich gefreut, dass ich es schon ein bisschen konnte.

Aber es gibt – neben Anna – nun ein Wort, das Du schon schreiben kannst, mit den drei Buchstaben von heute, und ich will es Dir herleiten: Du weisst, dass es weit oberhalb unserer Bergorte einen grossen Wald gibt, in dem niemand jagen darf. Einfach, damit das Wild einen ruhigen Rückzugsort hat und nicht in eine andere Gegend davon läuft. Einen solchen Wald nennt man

BANN-WALD

Und den ersten Teil des Wortes kannst Du schon schreiben: BANN. Das heisst so viel wie „abgesondert" oder „unter Strafe nicht berührbar". Papa würde einfach sagen: „Jagen verboten".

Zum Schluss, ich bin mir sicher, dass Du nun jeden Text, den Du irgendwo siehst, nach Buchstaben durchsuchst, die Du schon kennst. Mach das! Es kann nicht schaden, das ist der Anfang vom Lesen.

Denn weisst Du: Man kann nur etwas erkennen, das man irgendwie schon kennt. Und man muss schon etwas wissen, um noch mehr wissen zu können. Und alles macht erst im Laufe der Zeit wirklich Sinn.

Und wenn Dir der neue Pfarrer Ambrosius das vorliest, dann wird er jetzt sagen, ich sei ein „Neunmalkluger". Was das ist, soll er Dir selber erklären. Und in wenigen Monaten, da wirst Du meine Briefe alle selbst lesen können. Und vielleicht ist der vermutlich nette Ambrosius sogar ein wenig traurig, wenn Du nicht mehr zu ihm rennst, und ihn fragst.

Nur, dann soll er Dir halt Italienisch oder Latein (oder beides) beibringen, wenn er dafür Zeit hat. Oder Rechnen. Oder Logik. Ach es gibt so viel zu wissen…!

Und für heute grüsse ich Dich und Mama und Papa von Herzen!

Dein Bruder M… Carolus"

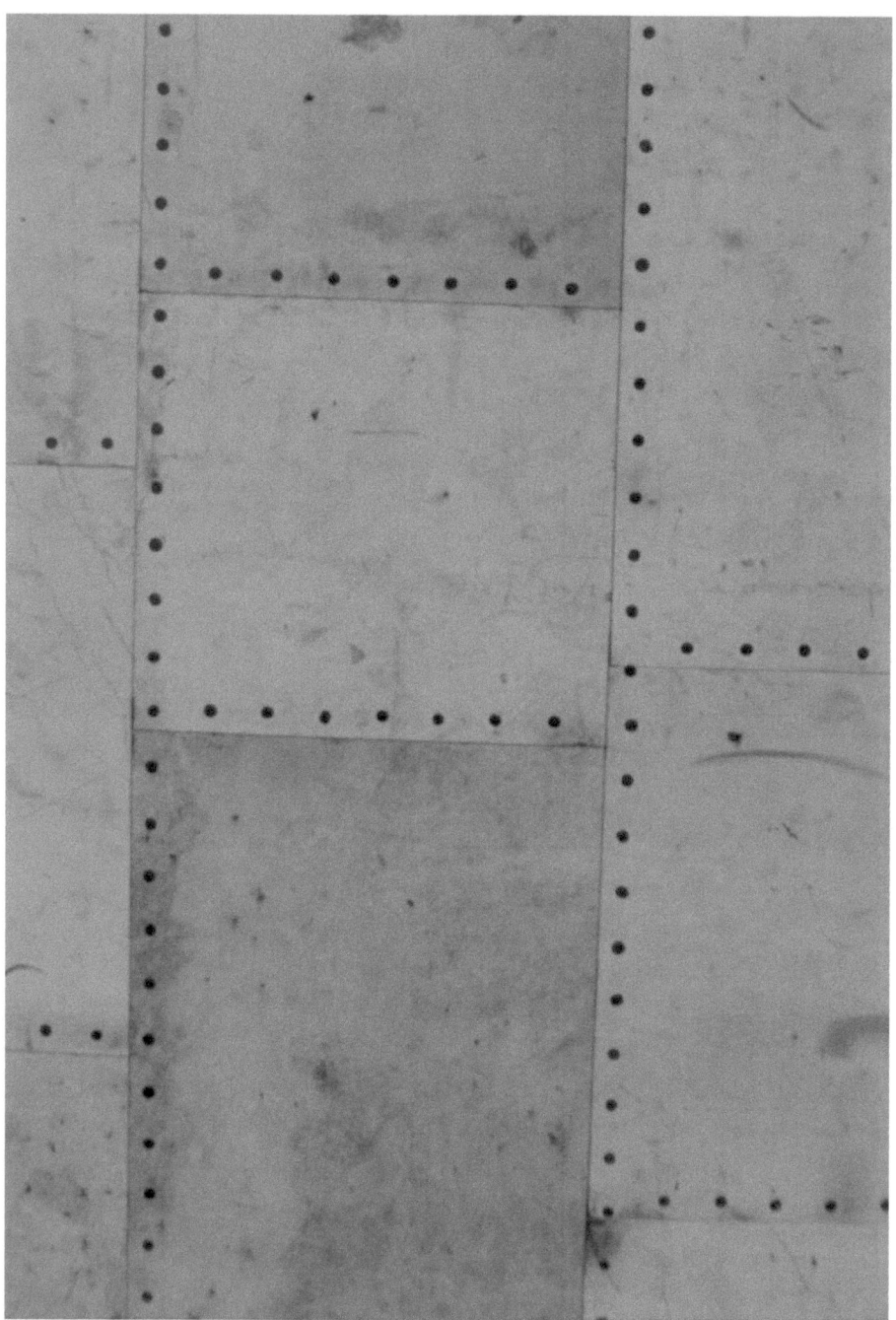

Zweifel und Zuversicht

Ob Anna auf seinen Ansatz eingehen würde? Immerhin bedeutete es eine Unmenge Anstrengung: Hinab ins Hauptdorf Naters, das sind Hunderte von Ellen Höhenunterschied, ganz zu schweigen von der Wegeslänge. Und nach dem Unterricht wieder hinauf? Das geht wohl nur einmal die Woche, dachte er sich.

Und würde sie es durchhalten? Und würde Ambrosius, der neue Priester es durchhalten? Und würde er selbst es durchhalten können, ihr immer wieder Briefe zu schreiben? Und wie wird der Vater reagieren?

Immer mehr seiner Kinder gehen einen so andern Weg als er sich das einmal vorgestellt hat: Der Älteste wird Mönch, der Zweite ist auf dem Weg, ein Ministerial in der kaiserlichen Kanzlei zu werden, und nun das! Selbst das Mädchen hat nun mehr und mehr „die Welt ausserhalb des Hofes" im Sinn, als selbst eine aufopferungsvoll arbeitende Bäuerin zu werden. Denn welche Bäuerin muss schon lesen können! Allemal, wenn ihr - noch nicht feststehender, zukünftiger - Mann es auch nicht kann…. Und vermutlich auch nicht können will.

Es gab aber noch andere Aspekte: Was würden die Leute sagen?!

Da ist zunächst einmal gar nicht Anna, denn ein Mädchen vor ihrer Pubertät zählt nicht viel in ihren Tälern: Zur schweren Arbeit ist sie zu schwach, gesundheitlich oft anfällig und Kinder kann sie auch noch keine bekommen.

Was aber, wenn sie - und das wird jetzt bald beginnen - in die Pubertät kommt? Und gäbe es nicht auch sehr Böswillige, die selbst dem frisch eingeführten Ambrosius schief ansehen würden, wenn er dann - in wer weiss wie wenigen Monaten? - einmal in der Woche mit einem heranwachsenden jungen Frauenzimmer alleine ist, und sie machen dann dort Wer-weiss-nicht-Was? Dass sie einfach lernen und - was ihn betrifft - lehren wollen, das wird wohl kaum einer glauben.

Carolus Paulus - der in seinen Gedanken jetzt wieder ganz Marcus, der Bauernbub mit den wilden Träumen war - machte sich Sorgen...

... und dann zog er trocken wie ein Stück altes Holz und kühl und nüchtern die einzig sinnvolle Schlussfolgerung:

Wenn Anna mit all dem Erfolg hätte ... , auch um diesen Ambrosius, obwohl er ihn gar nicht kannte...

... gerade wenn Anna Erfolg hätte, dann würde sie scheitern...nein: Man würde sie zum Scheitern zwingen. Ausser...

... ausser, sie würde selbst „ganz offiziell" in eine Schule gehen. Weg von zu Hause, und mit allergrösster Wahrscheinlichkeit hiesse das, dass sie selbst auch in ein Kloster ginge. Oder gäbe es Alternativen? Er wusste nicht welche, aber es bohrte in ihm.

Und was würde es ihr für ihr späteres Leben bedeuten? Jahrelange Disziplin, das ist an sich ja etwas Gutes. Aber sie würde die Blüte ihres Lebens auf einen kleinsten Raum beschränkt sein. Beten, Singen, in irgendwelchen Gärten arbeiten, und vermutlich würde sie Kranke pflegen, wie dies schon manche frommen Frauen auch von höchstem Stand getan haben.

Es ist noch keine zwanzig Jahre her, dass die berühmteste Frau aus den letzten Generationen in solch aufopferungsvollen Hingabe verstarb: Elisabeth von Thüringen.

Ausgezehrt, zu früh verbraucht, aber von wunderbarster Wirkung - und ein grosses Zeugnis für den barmherzigen Gott, dem Liebe und Barmherzigkeit und tätiges Eingreifen wichtiger sind als Stand und menschliche Ehre.

Und für ein paar wenige Momente hatte er einen Tagtraum:

... für einen Moment sah er seine Schwester als Frau.

Er sah eine erwachsene Anna: Mit wehenden Haaren und lachendem Gesicht rannte sie - schnell wie ein Vogel und hurtig wie der Wind - durch Täler und über Hügel. Und das Seltsame war: Sie hatte einen Haufen Pergamentblättern, ungebundene, unter dem Arm! So viele, dass sie sie fast verlor.

Und sie sprach mit vielen Menschen am Weg, und sie fragten sie alle ganz aufgeregt, und sie zeigte ihnen Blumen und Pflanzen und Tiere und deren Junges und ihr Verhalten.

Und wenn sie wieder weggehuscht war, dann kratzen sich die Männer am Kopf, was das wohl zu bedeuten hätte, und die Frauen schüttelten in Befremden ihr Haupt.

Geblieben ist diese „fliegende Anna" nirgends.

Und dann wandelte sich sein Tagtraum und er spürte eine grosse Enge in seiner Brust, und alles um ihn herum wurde unendlich lange Dunkel. Und dann sah er seine Schwester Anna erneut, diesmal nicht fröhlich, sondern in grosser Hast und mit unglaublich mutigem Ausdruck in ihrem Gesicht:

Sie flog wieder über Täler und Berge, mitten in dem grauen Dunkel, nein mitten in dem dunklen Grauen dieser Zeit. Und sie flog von einer Station zur nächsten, und immer sammelte sie Pergamente und Bücher ein, und jedes Mal wurden es mehr.

Und dann - in dem Traum, den er am helllichten Tage hatte - begegnete ihm Anna in einem sonnigen Land, gemessenen Schrittes, aber überladen mit Pergamenten und Büchern und etwas wie Fetzen von Lumpen oder Hadern, nur auch ganz flach, wie Pergament. Er kannte es nicht.

Und sie überschütte ihn mit all den Sachen. Und es waren seine eigenen Zeilen und seine Pergamente, und es waren auch die Zeilen darunter, die er zuletzt geschrieben hatte.

Als er spürte, wie sehr der Tagtraum ihn erschütterte, fiel er auf die Knie:

„Mein Gott, wenn mir Angst ist, rufe ich zu Dir... Mein Gott, nimm nur ein wenig den Vorhang vor Deinem Allerheiligsten weg, und lass mich nur ein wenig von dem Licht Deiner Güte angestrahlt werden, sonst vergehe ich vor Furcht. - Zeige mir Deine Güte Gott, das ich lebe."

Und noch viele Bitten schloss er an, vor allem für Anna, denn sie schien ihm wohl auf dem richtigen Weg, aber in Gefahr. Und für den Vater, dass er nicht zu sehr verzweifelte.

Und für die Mutter, denn sie würde über kurz oder lang auch ihren letzten Augenstern verlieren. Und sie, die oft in sich gekehrte Mutter, sie wusste es wahrscheinlich schon.

Und selbst für den eigentlich unbekannten Ambrosius betete er, denn auf blossen Verdacht hin würde er zwar niemals verurteilt werden, aber die Leute wären imstand, ihm etwas anzutun. Und wer weiss, was wirklich in ihm vorging...

So klang das Schöne gut in diesen Tagen, aber der Lärm der Wirklichkeit und die Ahnung noch vager Gefahren war lauter. Und nichts schien von selbst zu kommen.

Alles sollte seinen Preis haben.

INVOCABIT

„Er ruft mich an.
Und ich werde ihn erhören.
Mit ihm werde ich sein in der Bedrückung.
Ich werde ihn herausreissen.
Und zu Ehren bringen...

... invocabit me
et exaudiam eum
cum ipso ero in tribulatione
eruam eum
et glorificabo"

Ps. 91,15 - 16

INVOCABIT

Der erste Sonntag der Fastenzeit hatte sich genähert, und es schien Carolus sehr passend, dass die Zeit des vierzigtägigen Fastens, die Zeit, die man lateinisch Quadragesima nennt, mit Worten und Gedanken zur Anrufung Gottes beginnt.

Denn, so dachte er, wenn wir unsere Hilflosigkeit in so vielen Dingen nicht erfahren, sie nicht selbst erleben, wie wollten wir so etwas wie „Gnade Gottes" denn überhaupt wahrnehmen...

Und - schon im Vorfeld der nun beginnenden Fastenzeit - sinnierte und meditierte er oft für sich selbst. Und so schrieb er:

"Er wird mich anrufen, und ich werde ihn erhören".

Mit diesen Worten begann gestern, am ersten Sonntag der Fastenzeit des Jahres 1247, die Heilige Messe. Und dreifach handelte der weitere Gottesdienst von diesem Wort, wie in einer Steigerung:

Zuerst: Unser Glaube baut auf das Wort.

Und das in einer so tiefen Weise, dass ein Erfassen und Bekennen dieses Wortes, ein "Ja, so ist es", das aus unserem Munde kommt, schon der Schritt hinein in das Heil bedeutet.

Denn das sagt uns der Apostel in seinem Brief an die Römer, und das war die Schriftlesung der Messe am Sonntag, den man INVOCABIT nennt.

" ... sondern was sagt die Schrift? 'Das Wort ist dir nahe, in deinem Munde und in deinem Herzen´. Dies ist das Wort vom Glauben, das wir predigen.

Denn wenn du mit deinem Munde bekennst, dass Jesus der Herr ist, und in deinem Herzen glaubst, dass ihn Gott von den Toten auferweckt hat, so wirst du gerettet.

Denn wenn man von Herzen glaubt, so wird man gerecht; und wenn man mit dem Munde bekennt, so wird man gerettet. Denn die Schrift spricht (Jesaja 28,16):

> *"Wer an ihn glaubt, wird nicht zuschanden werden."*

Es ist hier kein Unterschied zwischen Juden und Griechen; es ist über alle derselbe Herr, reich für alle, die ihn anrufen. Denn "wer den Namen des Herrn anrufen wird, soll gerettet werden" (Joel 3,5)

...

... sed quid dicit scripturam: prope est verbum in ore tuo et in corde tuo hoc est verbum fidei quod praedicamus,

quia si confitearis in ore tuo Dominum Iesum et in corde tuo credideris quod Deus illum excitavit ex mortuis salvus eris; **corde enim creditur ad iustitiam ore autem confessio fit in salutem**; *dicit enim scriptura omnis qui credit in illum non confundetur;*

non enim est distinctio Iudaei et Graeci nam idem Dominus omnium dives in omnes qui invocant illum; omnis enim quicumque invocaverit nomen Domini salvus erit"

Aber auch hier: Wer Glaube hat, der wird einen Schritt weitergehen wollen, müssen und sollen: Er wird "den Namen des Herrn anrufen". Und er wird errettet werden.

Es scheint, und ich habe das erst anfänglich erfasst, dass diese INVOCATIO etwas ganz Wesentliches für uns ist, und ich muss das noch tiefer ergründen. Es ist, als ob wir Gott dabei erkennen könnten, und wir uns selbst in ihm.

Aber all das baut auf dem Wort auf, und dessen Verständnis, auf den Glauben.

Dann weiter: Mit dem Wort widersteht man auch dem Bösen. Und wenn Jesus Christus nicht um eine Auseinandersetzung mit dem Bösen herumkam, dann wir auch nicht.

Und so haben wir auch von der vierzigtägigen Fastenzeit unseres Herrn gehört, an deren Ende er versucht wurde. Und es erschreckt mich, dass sogar der Feind das Wort Gottes benützte. Jedoch "verdreht", pervertiert, bösartig.

Es ist also nicht das Zitieren des Wortes nach dem Buchstaben, das uns Heil bringt. Denn wie hat es Christus gemacht, wie ging er mit dem Wort um? Ich habe lange darüber nachgedacht:

Ich glaube, er kannte den Vater im Himmel. Und er wusste, was der wollte. – Es ist diese Beziehung, die den Unterschied zwischen Leben und Tod ausmacht. Und nur in dieser Nähe zu Gott macht das "Anrufen", die Invocatio, einen Sinn.

Zuletzt wird eben deshalb auch das wahr: Das Wort ist die Brücke zu Gottes Herzen.

So scheint es mir nun alles so zu sein, wie ich es zuletzt beschrieben habe.

Nur den letzten Schritt verstehe ich nicht völlig: Was hat es mit dem "Erhören" Gottes auf sich? Doch etwas in mir zieht mich gewaltig hin, es zu ergründen. Etwas in mir will mich weiterziehen an einen Ort, an dem ich ergründe, erfasse, erfahre, erlebe, was das bedeutet:

Ich würde gerne Gott so anrufen, dass er mich – immer oder wenigstens immer wieder – "erhören" kann!

Doch auch das: Was will es werden mit diesem "Erhören"? Was wird er tun, wenn ER "erhört"? "Herausreissen" will er mich dann. Gut, doch worin bin ich denn Übles, dass er mich herausreissen will oder sogar muss?

Und "emporheben" will ER mich, und sogar "zu Ehren bringen", will ER mich? – Das beunruhigt mich, offen gestanden, da ich doch eigentlich gar keine Ehre haben möchte. Jedenfalls keine besondere.

Was muss passieren, dass ich IHN so brauche, dass all das, was in dem dritten Teil, dem Psalmtext um das grosse "INVOCABIT" herum, steht, dass all das für mich eine echte Erlösung wird?

Das sind meine Fragen. Und wie werde ich sie lösen können? Wo werde ich die Fragen finden, zu denen dieser wunderbare Text eine Antwort sein will?

Wird es wirklich hier im Kloster sein?

In mir wächst etwas Anderes: Ich habe den immer stärker werdenden Eindruck: Es ist "draussen". Ich werde es draussen finden.

Nicht hinter den Klostermauern. Nicht draussen jedoch wie "ohne Glauben". Im Gegenteil! Wie sollte das auch eine Antwort sein.

"Credo ut intelligam", sagte der Kirchenvater Augustinus: Ich glaube ja, damit ich einsehe.

Ich werde ihn anrufen!"

Tod des Erwählten

Der eisige Ostwind, der sich an diesem Sonntagmorgen an den alten Gemäuern der riesigen Burganlage rieb, heulend die Bäume der umgebenden Wälder bog und sie mit unbarmherziger Hand vom frisch gefallenen Schnee befreite - die weisse, wattage Hülle, die in der Nacht ihnen noch etwas Tröstliches gegeben hatte - er war wie ein Zeichen.

Die Wartburg oberhalb der thüringischen Stadt Eisenach, die jahrzehntelang Treffpunkt grosser Dichter und Musiker gewesen war, sie trug Trauer!

Auf halber Höhe nur waren die Wimpel und Flaggen der Burgtürme den daherbrausenden Schneewolken ausgesetzt, die sie immer neu zu knatterndem Lärm und zuckenden Bewegungen antrieben.

Und schon vor dem Morgenmahl lag die Gemahlin des Schlossherren, des Thüringer Landgrafen Heinrich Raspe, in der Schloss-kapelle auf den Knien vor ihrem Schöpfer:

Heinrich war, nach lange verborgener Krankheit, seinen Verletzungen - aus den Kriegen mit seinem früheren Zögling Konrad IV. und einem Sturz von seinem Pferd - erlegen.

Und kinderlos war auch ihre Ehe, Heinrichs dritte insgesamt, geblieben. Beatrix von Brabant , die nun verwitwete Landgräfin von Thüringen, war durch den Tod ihres Ehemannes schlagartig in eine schwierige Lage greaten, und es war nicht alleine Trauer, die sie Gott suchen liess: Die edle Dame brauchte buchstäblich göttliche Weisheit, um die heikle Rechtslage aufzulösen, in die sie nun geraten war: Es ging auch um ihre Existenz.

Thüringen würde nun umgehend von dem Vetter ihres soeben verstorbenen Mannes beansprucht werden. Und ihre eigene Rolle und vor allem ihre Ansprüchen auf die thüringischen Besitztümer ihres soeben verstorbenen Mannes schien zumindest unklar. Doch Beatrix von Brabant hatte sich entschlossen zu kämpfen.

Heinrich Raspe war allen Zeitgenossen, trotz seiner anfänglichen militärischen Erfolge über den noch jugendlichen Konrad von Staufen, weder als Feldherr noch als Staatsmann bedeutend erschienen. Aber dennoch - oder gerade deswegen -hatte man ihn in einer kaum anerkennungsfähigen Wahl im vergangenen Jahr 1246 A.D. zum römischen König, und damit auch zum König der Deutschen gewählt.

Ein tief frommer Mann war er allerdings, und – wie manche vermuten – eher von der Angst getrieben, selbst dem Bannfluch des Papstes zu verfallen, als von dem Willen ein Imperium zu beherrschen. Und im Volk hiess es, er sei ein "Paffenkönig" - gewesen.

Doch immerhin hatte er vor acht Jahren, im Jahre 1239 A.D. eine Bussbruderschaft gegründet und ein Jahre später, 1240, das Dominikanerkloster in Eisenach gestiftet. Fromm war er sicherlich.

Es mag ein wenig nachwirken, dass er trotz einer gewissen Ferne zu deren radikalen Form des Christentums in der "Imitatio Christi", tief von seiner schon 1231 A.D. verstorbenen Schwägerin Elisabeth von Thüringen beeinflusst war.

Auf seinem Königssiegel, und dies war bezeichnend, das er sich nach seiner Wahl eilends anfertigen liess, waren nach dem Vorbild des Papstes die Köpfe der Apostel Petrus und Paulus abgebildet. Doch bei alledem mag falscher Ehrgeiz und auch ein wenig Habsucht im Spiele gewesen sein.

Landgraf Heinrich hatte am Ende freilich auch nichts mehr zu verlieren: Auch seine dritte Ehe verschaffte ihm keinen Nachfolger, und so ist nun die männliche Linie der Landgrafen von Thüringen mit ihm ein für alle Mal ausgestorben.

Ausgestorben werden dann wohl auch die Hallen der Wartburg für eine Weile sein, denn so schnell wird hier sicher keiner der legendären Sängerwettstreite mehr veranstaltet werden. Und der gewählte König der Deutschen, Konrad IV., der Staufer, er gehört sogar noch zu den bekannten Dichtern dieser Kunstart.

Doch auf der Wartburg ist dann lange keine Musik dieser Art mehr erklungen, auch wenn sie bis in unsere Tage deswegen bekannt blieb.

Heinrich Raspe hatte sich in den vergangenen Jahren allzu eilfertig - die Seiten rapide wechselnd vom Prokurator des Reiches und damit dem Vormund des unmündigen Konrads zu dessen erklärtem Feind - auf die Seite eines starken, aber stets mit allen Listen arbeitenden Papstes geschlagen. Und er hatte sich sich jüngst in einem Brief beeilt, selbst den staufischen Kaiser Friedrich als "Feind des Gekreuzigten" zu bezeichnen.

Zuletzt: Es scheint, Landgraf Heinrich habe das Ende seiner gräflichen Linie in Thüringen seit langem vorausgeahnt.

Am Ende kam es dann aber doch so, wie er es selbst kaum jemals vermutet hätte:

Als er im kalten Januar diesen Jahres die Städte Ulm und Reutlingen mit Tausenden von Soldaten belagerte, wohl in der Hoffnung, den Staufern in deren Kernlanden einen vernichtenden Schlag zu versetzen, wurde er schwer verwundet. Ja, noch schlimmer: Selbst seit Jahren von einer Krankheit geschwächt, stürzte er beim Rückzug auch noch vom Pferd und verletzte sich erneut. Seine Männer brachten ihn auf die Wartburg.

Einen Tag vor dem Sonntag "Invocabit", als gerade die Fastenzeit des Jahres 1247 A.D. begonnen hatte, am Samstag, dem 16. Tag des Februar, war Heinrich Raspe, Landgraf von Thüringen seinen Verletzungen erlegen.

Fernab im Kloster von St. Maurice d'Agaune an der Rhône ahnte zu diesem Zeitpunkt niemand etwas von den Fehden der beiden deutschen Könige, und schon gar nicht von deren vernichtendem Ausgang.

Und erst Wochen danach, zu Frühlingsbeginn, drang die Kunde davon zu dem Abt des Klosters, dem betagten Nantelmus, durch.

Und dieser behielt zu diesem Zeitpunkt schon alles für sich, was seine Pläne hätte durchkreuzen können.

Reminiscere

„*Gedenke, Herr, an Deine Barmherzigkeit*
und an Deine Güte, die von Ewigkeit her gewesen sind.
Gedenke nicht der Sünden meiner Jugend
und meiner Übertretungen,
gedenke aber meiner
nach Deiner Barmherzigkeit, Herr,
um Deiner Güte willen!...

... Reminiscere miserationum tuarum Domine
et misericordiarum tuarum quia ex sempiterno sunt
peccatorum adulescentiae meae et scelerum meorum ne memineris
secundum misericordiam tuam
recordare mei
propter bonitatem tuam Domine".

Ps. 25, 6 - 7

Gedenken

Da war einer aus dem gegenüber Naters liegenden Ort Brig gewesen, vor einigen Jahren, der ständig die Leute gefragt hatte, wer er denn sei. Er selbst hätte es vergessen.

Und als sie es ihm dann immer wieder sagten, freute er sich ungeheuer, dass er wenigstens seinen Namen wieder erkannte und hüpfte umher und lachte, so dass die Leute sich an die Stirn fassten.

Doch am nächsten Tag hatte er es vergessen: Namen, Herkunft, Gegenwart. Eben das: Weil er sich an nichts erinnerte, konnte er auch in der Gegenwart niemand sein. Alles war ihm nichts.

Und von neuem begann er dann Tag für Tag - wen auch immer, Fremde und Einheimische - zu fragen, wer er denn sei. Schon lange war er zu keiner Arbeit mehr zu gebrauchen, denn was man ihm heute sagte, hatte er morgen wieder vergessen, ja schon einige Stunden später war es ihm nicht mehr präsent. Und es war ein Wunder, dass er sich im Ort überhaupt noch auskannte.

Und eines Tages sah man ihn Richtung Simplonpass rennen, im Winter war es, und Einige hatten noch versucht, ihn aufzuhalten. Aber er stiess sie zurück, und schrie, er kenne sie nicht, und er müsste die finden, die ihn noch kennen würden. Doch irgendwo in den Wäldern des Simplonpasses musste es aus gewesen sein, mit seinem Auskennen, und es war dann wirklich auch aus mit ihm.

Die Jäger behaupteten später, sie hätten noch etwas gefunden, was vermutlich ein Stück von ihm gewesen sei. Den Rest hätten die Tiere gefressen. Es war grausam: Denn so wie die Vergesslichkeit seine Seele gefressen hatte, so nun auch die Tiere des Waldes den körperlichen Rest. Es war aus mit ihm.

Carolus erinnerte sich an die Geschichte eines Morgens zwischen dem ersten und zweiten Fastensonntag - und er tat es mit Grausen.

Denn er ahnte plötzlich, welche Wirkung die schleichende Zersetzung des Erinnerns auch auf ihn haben würde, falls es ihn je ereilte. Und er fürchtete sich.

Auch - und das musste er sich nun eingestehen - fühlte er sich im Grunde momentan von den Brüdern vergessen. Denn als blutjunger Novize war er einer ihrer Hoffnungsträger gewesen: Sie hatten ihn fast täglich ermutigt, ihn angefeuert und ihn im Wort und im Glauben bestärkt.

Je erwachsener und eigenständiger er aber wurde, um so mehr schien er selbst ein Teil ihrer täglichen Routinen zu werden: Sie nahmen ihn nicht mehr wirklich wahr.

Fast Entsetzen packte ihn, als er dann - wenige Tage vor dem Fastensonntag „Reminiscere" - bemerkte, dass er auch selbst mit sich so umging: Er begann schleichend sich in den täglichen Routinen ein Fremder zu werden. Er wollte es scharf auf den Punkt bringen: Er begann sich selbst zu vergessen.

Seltsame Dinge löste das aus: So fasste er sich mehrfach täglich an den Arm, nur um zu sehen, ob er noch da sei. Und sogar während der Mahlzeiten fasste er sich an die Nase, und damit die anderen nichts merkten von seinem sich selbst entfremdeten Zustand, lachte er laut und sagte - im übrigen wahrheitsgemäss - „ich wollte nur sehen, ob sie noch da ist".

So innerlich verlassen war der Mönch Carolus, dass er mehrfach nachts sich mit einem Seil die Beine und einen Arm abschnürte, so dass das Blut zum Stehen kam und auch das Gefühl in den Gliedern verschwand. Es war, als ob seine Teile von ihm gegangen seien.

Und dann hatte er helle Freude daran, wenn das Gefühl in schmerzhaftem Kribbeln und Stechen in Armen und Beinen wiederkam, sobald er die Seile nach meist langer Zeit wieder löste.

So konnte es nicht weitergehen.

Ein abgrundtiefes Verlassen-Sein beschlich den jungen Carolus. Zuerst graue, dann immer dunkler werdende Schatten krochen in sein Gemüt. Und es war nicht etwa Trauer, die ihn niederdrückte, und alles um ihn herum hätte in einem anthrazitfarbenen Licht erscheinen lassen.

In seinem Innern war es schon noch hell. Aber das Licht, das dort schien, hatte eine seltsam farblose Farbe, es war kalt und leuchtete eher wie bläulich angelaufener Stahl. Kalt und kälter wurde es in ihm.

Es war Hass.

Es war Hass auf sich selbst, was er empfand. Und dieser Hass war die possenhafte Verkleidung einer tiefen Wut, einer unglaublichen Auflehnung gegen die Unausweichlichkeit einer für Carolus nur noch schwer erträglichen Situation.

In einer noch sehr versteckten Form verabscheute Carolus seine bare Existenz. Er wollte - tief im Grunde seines aufrichtigen Herzens - lieber sterben als so noch weiter zu warten. Doch sagen, aussprechen, bearbeiten und darüber nachdenken, das konnte Carolus nicht.

Er war kurz davor, ein Rasender zu werden, der sich gegen sich selbst wendet.

Doch in einem klaren Moment, an einem hellen Tag, siegte sein klarer Verstand: Er wollte diesem Thema des „Gedenkens" in mehreren Schritten auf den Grund gehen.

Und seine Gedanken schweiften - von den Brüdern nicht beachtet - in einem dreifachen Schritt sehr weit aus...

Das Erinnern Gottes

Da war zunächst das, was ihm - als dann endlich und fast erlösend der Fastensonntag „Reminiscere" gekommen war - so unverständlich schien:

Wieso sollten wir Gott überhaupt an etwas erinnern? Wieso bitten wir denn, wo er „doch weiss, wessen wir bedürfen"?

Und noch extremer: Wieso leiden wir überhaupt Mangel, so dass wir ihn bitten müssen, so dass er uns erhören kann, so dass unserer Not abgeholfen ist? Eine unselige Kette...

Was ist passiert, mit ihm, mit der Welt, mit Gott? Was ist die Ursache?

Sein Glaube stotterte ihm diese Gedanken hilflos vor, machtlos vor der Auflehnung des Leidenden, der er geworden war.

Doch er musste diese Gedanken zu Ende denken, er musste sie - im Akt des Schreibens - gewissermassen laut aussprechen. Und so schrieb Carolus:

„Vor einigen Tagen konnten wir den zweiten Fastensonntag REMINISCERE feiern.

Seither haben mich die Dinge sehr beschäftigt, die der Eingangstext aus den Psalmen uns vermittelt hat:

„Gedenke, Herr, an Deine Barmherzigkeit,..."

So haben wir gebetet. Und ich habe lange gebraucht, bis ich darüber schreiben konnte.

Denn ich muss gestehen: Ich bin verwirrt, "perturbatus sum". Verwirrt, wenn ich über Gott nachdenke. Und verwirrt, wenn ich über mich nachdenke. Und sogar in rätselhafter Weise verwirrt, wenn ich über mein Erinnern nachdenke. Und auch verwirrt, wenn ich über die Länder und Völker der Erde nachdenke, die doch alle so unterschiedliche Weg gehen. In diesen drei Schritten will ich nun mehr Klarheit in die Verwirrung bringen. Einzeln und nacheinander werde ich sie erarbeiten.

Gott stehe mir bei!

Zuerst also zu dem Ursprung von allem: Wie kann Gott sich an etwas erinnern? War David ausser sich, als er das geschrieben hat? In Gott sei keine Zeit, sagt der Kirchenvater Augustinus uns. Und Gott ist ganz sicher vollkommen. Wie könnte er dann etwas vergessen, so dass er sich wieder daran erinnern müsste? Ist es nicht... Unsinn, was da steht? Das ist ein Problem für mich.

Ich habe keine Lösung. Zumindest keine, die meine Lehrer befriedigen würde. Aber es ist mein tiefer Eindruck, dass es in dem Text nicht um ein Vergessen geht, in der Weise, wie wir vergessen. Ich glaube, oder eher empfinde, in meinem Herzen:

Nicht David war ausser sich, als er von Gott schrieb. Sondern - kann man so von IHM reden? - Gott gerät ausser sich, bisweilen, wenn er an uns denkt. Vor Zorn. Und er scheint wieder zu sich zu kommen, wenn er sich an uns erinnert. Vor Liebe.

Und wann, wenn nicht in der Zeit der "vierzig Tage" vor Ostern, der Fastenzeit, dürfte ich darüber nachdenken?!

Wir denken ja meist, es sei keine grosse Sache: Ein kleine Lüge da, ein wenig Unaufrichtigkeit dort. Und das bisschen Ichsucht: Wenn ich nicht an mich denke, wer tut es dann! Und ein wenig kommt hinzu: „Ich nehme mir, was ich brauche!" Und: „Hilft Dir selbst, dann hilft Dir Gott!"

Aber schnell sind wir bei mehr: Unbeherrschtheit, Gewalt, Diebstahl, Unzucht. Auch das hat der Kirchenvater in den "Confessiones", in der Betrachtung seines eigenen Lebens und seiner Jugend, an sich selbst dargelegt.

Und in all dem arbeiten wir gegen Gott. Und werden geradezu seine Feinde. Und arbeiten scheinbar dem Feind aller Feinde Gottes in die diabolischen Hände. Und darüber wird Gott zornig. Sehr zornig.

Wenn wir der Sünde nicht ins Gesicht sehen - unserer eigenen, nicht immer der der Anderen! Nein: Unserer eigenen - dann werden wir eine Erlösung, wie Gott sie für uns geschaffen hat, nie verstehen. Sie wäre sinnlos.

So kann Gott sich nicht nur erinnern, nein: er MUSS sich erinnern. An seine EIGENE Güte, die wirklich seit Ewigkeiten besteht. Denn Gott ist kein sündiger Gott, der Gefallen hätte an seiner eigenen Gewalt. Er ist rein. Heilig. Aber auch gewaltig, und gewaltig gut zudem.

DARAN möge er sich erinnern. Auch, wenn ich vor ihn trete.

Zerknirscht, denn ich habe auch, zuzeiten, gegen ihn gekämpft, in meiner eigenen Ichsucht. – Und ich will umkehren.

Und er wird sich meiner erinnern."

Intr. 4.

R̲ Emi-níscere * mi- se-ra-ti- ó-num tu- á- rum, Dómi- ne, et mi-seri-cór-di-ae tú- ae, quae a saé-culo sunt : ne unquam domi- néntur nó-bis in-imí-ci nó- stri : líbera nos Dé- us Is- ra- el ex ómni-bus angú- sti- is nó- stris. *Ps.* Ad te Dómine levávi á-nimam mé- am : * Dé- us mé- us in te confído, non e-rubéscam. Gló- ri- a Pátri. E u o u a e.

Zum Eigenen Erinnern

Mama, und auch Papa, das waren wahrscheinlich seine, des kleinen Marcus, der er damals war, ersten Worte. Und in den wenigen Erinnerungsfetzen, die ihm aus seinen ganz frühen Tagen geblieben waren, schienen diese beiden Worte mit einem unendlichen Glück besetzt: Mama! Papa!

Bald hatte er gelernt, seinen eigenen Namen auszusprechen, und die Tiere nannte er - wie die meisten Kindern - nach den Geräuschen, die sie machen: Muuhh, und Miau, und Wauwau.

Und heute? Er hatte sich einen neuen Namen gegeben, Carolus, der ein Vorbild von Aufrichtigkeit, von Mut, Hingabe und Gottergebenheit sein sollte.

Und den Beinamen Paulus, weil er sich dem Gering-Sein auch bewusst immer wieder „verschreiben" wollte. Und nicht nur, aber auch, weil ihm die Schreiben des Apostels Paulus so ungeheuer viel bedeuteten.

Ein wenig war das vielleicht so ähnlich gemeint, wie bei Franziskus von Assisi, der sich ein Leben lang der „Herrin Armut" verschrieben hatte. So als wäre die Armut eine wirklich Person, oder eben eine literarische, wie in einem Minne-Lied.

Und er wollte sich gering achten. Und die Gnadenerweise Gottes an ihm, dem Geringen, die wollte er für gross erachten. Das war fromm gedacht, aber es war grundehrlich gemeint.

Aber es waren Konstrukte, diese Namen, das spürte er. Und

„Wer bin ich wirklich?",

dachte er...

... und seine Gedanken schweiften zurück in die Zeiten, als er „zum ersten Mal" etwas bewusst gemacht oder erlebt hatte: Das erste

Mal warme Kuhmilch zu trinken, oder eher: zu spüren, wie sich das wirklich anfühlt, die körperwarme, fettige und nach Tier und Stall schmeckende Brühe in sich hinein zu schlürfen, gierig und hungrig und irgendwie auch unersättlich.

Oder die ersten Kräuter, an die er sich erinnern konnte: Das erste Mal die Milde der Kamille zu spüren, die gemüseartige Schärfe der Wasserminze, die herbe Fruchtigkeit des Löwenzahns, die verschiedenen bitteren Öle der Bergthymiane oder die massive, aber heilende Bitterkeit von gepresstem Salbei.

Der erste, betörende Rosenduft, der Körpergeruch seiner Mutter, den wilden Schweissgeruch seines Vaters bei der Arbeit, die schweren Düfte des Waldbodens nach einem Regenguss, dies alles waren Dinge, die zu ihm gehörten, und die er in sich brauchte, um sich selbst sein zu können.

Und nachts, alleine auf seinem Lager, und - anscheinend - vergessen von den Seinen, aber auch von seinen Brüdern, und auch von den Oberen seines Ordens, schnürte er sich erneut das Blut ab in den Gliedern...

... aber nun wurde die Phasen kürzer und von Mal zu Mal kürzer, in denen er sich so spüren musste. Und oft liess er schnell wieder das Blut zurückkommen. Und schon nach Tagen genügte ihm die Erinnerung an das „Wiederkommen" seines Körpers, um ihm ein Gefühl zu geben, dass er noch da war.

Dass es ihn noch gab.

Und ohne Erinnerung wäre er verloren gewesen.

Mein Erinnern

Und in dem fast schon verzweifelten Aufbäumen seiner Seele spürte er, dass er - sich immer wieder an sich selbst erinnernd, gewissermassen - mit sich selbst ins Reine kommen müsse, wie er sich ausdrückte. Er müsse in sich ein Bild seiner selbst entwickeln, mit dem er leben könne. Und so schrieb er erneut:

„Gestern und in den vergangenen Tagen habe ich meinem Herzen Luft gemacht...

... und habe es gewagt, ohne Umschweife über Gott zu schreiben. Und dass er sich – in kindlicher Weise formuliert – , bevor er sich an mich erinnern soll, sich doch an sich selbst zuerst erinnern soll.

Nämlich WER er doch ist:

Ein gütiger Gott nämlich. Nur dann soll er sich an mich erinnern. Und dass es das ist, was die Schrift „Sünde" nennt, auch meine Sünde, was ihn sehr zornig macht. So, dass er sogar "ausser sich" geraten könnte... Und dass ich verwirrt und aufgewühlt sei, „perturbatus" eben, auch wenn ich über mich nachdenke.

All dem bin ich noch nicht auf den Grund gegangen.

Aber geht es mir denn nicht genauso: Muss ich mich denn nicht auch "erinnern, wer ich bin", wenn ich richtig handeln soll und muss? Das hat der grosse Kirchenvater, der uns hier im Konvent auch die Regel unseres Lebens hinterlassen hat, Augustinus, ja so vorbildlich ausgeführt.

Doch wer bin ich? Die einzelnen Erinnerungen an Ereignisse und Menschen sind oft nur wie Traumfetzen, die an mir wie wabernde Nebelschwaden vorbeiziehen. Oder besser: Durch mich hindurch.

Bin ich diese Schwaden, dieses ungemein Flüchtige "Kaum-Etwas", denn es ist doch kaum ein Etwas. Bin ich diese Erscheinungen einer nicht mehr anwesenden Realität, einer Art abwesender Gegenwart? ... ein permanentes Mich-Verflüchtigen? Bin ich das?

Und selbst wenn der grosse Kirchenvater mir nicht in allen Dingen seine Gedanken gegeben hat, so hat er mir doch in manchem seine Sprache gegeben:

Denn es ist mein Herz, wie er auch gesagt hat, in dem meine ganze Person eingefangen ist wie in einem Käfig. Denn: Was ein Mann in seinem Herzen denkt, das ist er.

Nur ist dieses Herz, dieses Innere der Seele, wie ich es einmal nenne, für sich alleine nichts. Ein absolut Einsames wäre es, ein Alleine-Ich, ein „solus ipse"; solch "ein Wesen" wäre gar nicht existent. Sondern so ist es, wie der Psalmist in dem selben Psalm schreibt, aus dem auch das „Reminiscere" genommen ist:

> *„Nach dir, HERR, verlanget mich. Mein Gott, ich hoffe auf dich; lass mich nicht zuschanden werden, dass meine Feinde nicht frohlocken über mich. Denn keiner wird zuschanden, der auf dich harret; aber zuschanden werden die leichtfertigen Verächter. HERR, zeige mir deine Wege und lehre mich deine Steige! Leite mich in deiner Wahrheit und lehre mich! Denn du bist der Gott, der mir hilft; täglich harre ich auf dich …*
>
> *… Ad te Domine animam meam levabo. Deus meus in te confisus sum ne confundar ne laetentur inimici mei sed et universi qui sperant in te non confundantur; confundantur qui iniqua gerunt frustra vias tuas Domine ostende mihi semitas tuas doce me, deduc me in veritate tua et doce me quia tu Deus salvator meus te expectavi tota die"*

Auch die Erinnerungsfetzen meines Lebens helfen mir da nicht... Mein Herz ist tot, wenn es nicht IHM begegnet.

Und ohne dass ich mich – eine extreme Formulierung, aber sie kommt dem nahe, was ich empfinde – ohne dass ich mich meinerseits AN IHN erinnere, bin ich ein waberndes „Wärst Du Doch" und „Hättest Du Doch", ein Mangelwesen, eine anima in einer Art modus deficiens. Ein Herz, das ohne den Freund seiner Seele bleibt – so hätte es vielleicht der formuliert, an den wir glauben. Wir wären, ohne IHN, ein gegenüberloses Nichts.

Ja, könnte man sagen: Da sind aber doch die Andern! Was suchst Du nach Gott, wenn Du doch die Andern hast? – Ja...

... ich denke nach: Es geht ihnen doch auch wie mir, denke ich. Sie sind wie ich: Denn ohne dass sie IHM anhangen, wer oder was sind sie dann? Und was habe ich dann, wenn sie gewissermassen „gar nichts" sind, ohne ihn?! Viele „Gar-Nichtse"?

Das ist auch zu nichts nütze und ergibt kein Leben.

Und all meine Erinnerungen, aus denen ich - wenn es denn geht in SEINEM Angesicht - im tiefsten Grund meiner Seele mein Leben immer wieder neu zusammensetze, die ergeben erst dann ein Bild, ein Ganzes, einen Sinn, wenn ER es formt.

Dass ER es aber tut, ist die grosse Hoffnung, ja Sicherheit meines Glaubens. Wie der Psalm, den ich zitiert habe sagt: „quia tu Deus salvator meus te expectavi tota die" – Weil Du mein Erlöser bist, streckt sich meine Seele den ganzen Tag zu Dir hin, sage ich daher in meiner Sprache....

... und ich erwarte Dich, ich harre auf dich jeden einzelnen Tag meines Lebens.

Und so warte ich diese Tage - mich meines eigenen Lebens und seiner Güte ständig erinnernd - auf SEINE Berufung, darauf, dass er den Tagen meines Lebens Sinn gibt.

Ich warte, dass ER ruft, und ich dann antworten darf.

Mit meinem ganzen Herzen, meiner ganzen Seele und mit all meinem Gemüt."

COMMUNICATIO

Gemeinschaft. Eigentlich war es das, was Carolus suchte. Das Alleine-Sein hatte ihn auf sich selbst zurückgeworfen. Und das Alleine-Sein mit Gott, das hatte ihn auf Gott zurückgeworfen.

Gemeinschaft. Carolus versuchte, sich zu spüren, intuitiv zu erfassen, wer er war, und wie es ihm ging. Er spürte als erstes seinen Körper, seine Füsse, auf denen er stand, und die sich in der winterlichen Kühle seiner Zelle immer ein wenig vereist anfühlten.

Er spürte seine Beine nicht, weil er gerade sass. Aber sein Gesäss machte sich fast schmerzend bemerkbar in diesem ständigen Sitzen. Er spürte seinen Kopf, der ihn leicht schmerzte, in den ständigen Wehen seiner Seele.

Und er spürte tief drinnen, unter seinem Herzen, etwas, das sich leicht zusammenkrampfte, als wolle es weinen. Beständig weinen, nur weinen.

War das seine Seele? War „Er" das? Was ist „Ich", fragte er sich.

Ohne eine hörbare Antwort zu erhalten. Carolus verzagte. Doch er begann von vorne, diesmal sprach er laut vor sich hin:

„Ich möchte nicht alleine sein. Schon gar nicht alleine gelassen sein. Alleine, das heisst: Niemand fragt nach mir, niemand fragt mich, ich kann niemand fragen. Und wenn ich es tue, antwortet niemand...! Was ist das, was man Gemeinschaft nennt?"

Und nun war sein Verstand klarer, und er begann von Neuem:

Gemeinschaft. Das bedeutet:

Etwas gemeinsam haben. Communem habere. Etwas gemeinsam sein. Communicatio. Das Zusammen-Wirken. Κοινωνια, wie es im alten Griechisch noch heisst.

Und in der Schrift heisst es dann schon ganz zu Anfang: „Es ist nicht gut, dass der Mensch allein sei". Und so spiegelt sich in der Gemeinschaft von Mann und Frau auf gewisse Weise die gesamte Schöpfung. Denn daraus quillt unser irdisches Leben.

Gott verlässt uns also nicht, und wir sollen in Bünden leben, in denen wir weder verlassen, noch verlassen werden. Daraus wächst Gemeinschaft.

Und aus der Gemeinschaft von Familien und Haushalten und Sippen erwächst ein Grösseres:

Ein Dorf, ein Land, ein Volk. Auch das gehört zu dem, in das wir hineingeboren sind. Und in diesem „Grösseren" ist es die gemeinsame Sprache, die gleichermassen Ausdruck wie Symbol dieses Ganzen zu sein scheint. Und oft - in der Geschichte - war es so, dass - wer eine andere Sprache sprach -automatisch als „Fremder", als Barbar im wörtlichen Sinne - als „Brabbler" - angesehen wurde.

Und in der Sprache und durch die Sprache sind es die Sitten und Gebräuche, und sind es dann auch die Institutionen und Gesetze, die wir haben, die uns zu dem machen, was wir sind.

Wir sind nie allein für uns selbst.

Was wir wirklich sind, das sind wir immer nur - auf eine nicht immer gleich sichtbare Weise - durch und mit den Andern. Die Andern sind ein Teil von dem, wozu ich „Ich" sage.

Wir teilen die Welt.

Wir teilen auch das Reich. Und Carolus war - auch aufgrund seiner Herkunft - der Meinung, wir alle hätten zumindest Mit-Verantwortung an dem, was schon die Römer, das Gemeinwesen, die „öffentliche Angelegenheit", die „res publica", genannt hatten.

Doch wenn er nun, im frühen Frühjahr des Jahres 1247, auf „das Reich" sah, verstand er eigentlich nicht, was damit wirklich gemeint war: Denn weder war es eine „römische Republik" - auch wenn es „das Römische" oft im Namen trug. Noch war es eine Provinz, noch eine „Diözese", wie die Kirche in Anlehnung an die griechischen Traditionen ihre Gebiete nannte.

Vor allem war es kein einheitlicher Rechtsraum: Wer in Naters oder Ernen oder Brig einen Hof kaufte, ein Weide- oder Wasserrecht erwarb, konnte sich seiner Sache sicher sein. Und ebenso galt das für die Besetzung von Ämtern: Ein Ammann wurde in den ihm bekannten Regionen durch einfaches Hand-Mehr gewählt.

Doch schon in seiner nächsten Nähe war das immer dann anders, wenn es andere Herrschaften oder Gewalten grösseren Ausmasses betraf: Und meist waren es der Öffentlichkeit verborgene Beschlüsse der Herren und Mächtigen, die zur Besetzung von Verwaltungsämtern auf Burgen und in Städten führten. Oder anders: Wenn es dort rechtmässig zuging, so hätte sich niemand ausserhalb dieser geheimen Kreise davon überzeugen können.

Noch mehr aber galt das für die Kirche. Denn auch das kirchliche Recht, das ihm - im Vergleich mit dem oft willkürlich erscheinenden Recht der Herrschaften - erfreulich ausgebaut und durchgearbeitet schien, wurde zumeist in geschlossenen Sitzungen besprochen. Und nur bei wirklichen Wahlen und Aussprachen, zum Beispiel in Konzilien, wurden Stimmen und Gegenstimmen laut.

Aber auch hier: War es doch gerade das letzte Konzil vor zwei Jahren in Lyon, das die fundamentalste aller Wendungen - die Absetzung des Kaisers Friedrich, des Staufers - ohne irgendwelche Aussprache oder allgemeine Beschlussfassung „verabschiedete".

Es war damals der einsame Beschluss des mächtigsten Mannes, den er kannte: Der des Papstes.

Und nun lag das Reich gespalten und zerrissen da.

Das Erinnern des Reiches

Was für ein Gebilde war dieses Reich? Wollte er - seinem Schulwissen folgend - sich an den Römer Cicero anlehnen, so konnte man zusammenfassen: Der Staat, die „res publica", ist alles, was das Volk betrifft, ist „res populi". Dazu gehörten die Menschen wie ihr Besitz. Aber dazu gehörte auch der sittliche Zustand.

Und er setzte den Gedanken - auch hier seinen Ordensgründer Augustinus nicht verleugnend - auf seine Weise fort: Wer ist „dieses Volk"? Wer, wenn es sich nicht erinnert? Sich erinnert, an sich selbst, an seine Sitten, Gebräuche, Herkunft und Sprache? Sondern sich vergisst und dann „jedem Wind der Lehre" nachläuft, wie Paulus das gesagt hatte.

Und vergässe es nicht, wäre es dann eher „ein Volk"? Oder: Erinnerte es sich nicht an gemeinsame Wurzeln, zerfiele dann das Reich? ...

... Ihm war unwohl: Was wird geschehen? Was bringen die kommenden Jahre? Und so schrieb er nun erneut:

„Können sich Völker, kann sich unser Reich erinnern?

Noch vor wenigen Tagen hatte ich formuliert: "... in rätselhafter Weise (bin ich) verwirrt, wenn ich über die Länder und Völker der Erde nachdenke, die doch alle so unterschiedliche Weg gehen."

Und ich war vom Leitvers des letzten Fastensonntags REMINISCERE ausgegangen: Gott möge sich doch an uns erinnern... damit wir nicht zugrunde gehen.

Und wir selbst müssen uns in seltsamer Weise "an uns" erinnern: Damit wir verstehen, wer wir sind. Damit wir unser eigenes Herz verstehen, das das Innere unserer Seele ist.

Und so, meine ich, erinnern sich auch die Völker und Reiche.

Darum erstaunt es mich auch, dass sie alle so unterschiedliche Wege gehen! Denn im Grunde müssten sie alle zu ähnlichen Ergebnissen kommen, sie sind doch alle Menschen. – Doch sie tun es nicht.

Und das Heilige Reich, das Sacrum Imperium, unser Reich, wie es seit vielen Jahrzehnten heisst, ist es nicht in Wirklichkeit mehrheitlich ein Reich "deutscher Zunge"?

Und das ist ein Teil seiner Probleme des Kaisers in den italischen Landen. Denn dort gibt es wohl gallische Traditionen, und auch griechische und es scheint, es gäbe sogar arabische.

Jedoch sicher keine Traditionen, die sich in der jüngeren Vergangenheit auf eine deutsche Sprache zurückführen liessen.

Das ist im Grunde auch meine Frage: Über unsere Sprache müssten wir uns doch verstehen, müssten wir viel mehr Gemeinsames entwickeln.

Aber es gibt auch so Vieles in diesem Reich, was fremd klingt, andere Sprachen, andere Gebräuche, und auch andere Kleider und Musik. Und selbst das Deutsche ist nicht einfach überall gleich:

Viele sind bei uns im Kloster vorbeigekommen, die ich kaum verstand, obwohl sie Deutsch sprachen. Das sagten sie zumindest von sich selbst.

Aber was würden wir tun, wenn nicht wenigstens unsere Urkunden auf Latein geschrieben wären?!

Und doch haben in jüngster Zeit die ersten, wie man von den Reisenden hört, vor allem in den grossen Städten des Reiches, angefangen, ihre Urkunden auf Deutsch zu verfassen.

Und unweit von uns, in Freiburg im Uechtland, sind sie dabei ihre Stadtgesetze in drei Sprachen zu verfassen: Auf Latein, in ihrem romanischen Patois und eben auf Deutsch, wenn auch in ihrem Dialekt. Aber sie müssen es ja auch verstehen!

Wie sehr würde mich das interessieren: Wie reden die Deutschen? Was pflegen die Deutschen? An was erinnern sie sich, wenn sie sagen: "Das sind wir"? Und gibt es eine Art "gemeinsamer Seele" aller Menschen deutscher Zunge?

Und wie geht es den anderen Völkern im Reich? Den romanischen, den slawischen, den friesischen? Und wie klären die Juden im Reich diese Fragen? Werden sie eines Tages ... wieder ihr eigenes Reich haben? Denn wenn ich richtig informiert bin, dann werden sie zwar an vielen Orten gerne geduldet, aber sie werden als Eigentum des Kaisers behandelt. Sie sind im Grunde Leibeigene.

Und: Wohnen wir nicht alle viel zu weit auseinander, um uns besser zu verstehen, um uns wirklich kennenzulernen?

Ganz zu schweigen von den vielen Nicht-Deutschen, die unter uns wohnen: Die Romanen und Franzosen, die Burgunder und Savoyarden, wie wir sagen. Die Italiener und – ganz im Südosten grenzt es sogar an das Gebiet der Venezianer, die Slawen, die Prussen, von denen man erzählt, dass sie im Osten wohnen, und die Dänen und Friesen am nördlichen Meer.

Und dann sind da - direkt unter uns, in unseren Städten - die Juden: Sie scheinen an den selben Gott zu glauben, aber sie sind völlig anders. Sie reden anders, sie handeln anders, sie schreiben anders. Und sie kleiden sich anders.

Wie um alles in der Welt sollen wir eins werden?!! Wie sollten wir uns an etwas Gemeinsames erinnern, das wir dann pflegen ... Es scheint, es habe uns eine babylonische Verwirrung erfasst.

Aber ich will sie alle kennenlernen: Diese Deutschen. Und die Fremden, die unter ihnen und bei ihnen wohnen! Ich will aufbrechen: Es muss doch ein gemeinsames "Sich-Erinnern" der Deutschen möglich sein!

Denn wozu, und vor allem auch womit, wären wir sonst "ein Reich"? - Daher habe ich nun den Entschluss gefasst:

Ich werde den Abt um eine Dispens und eine Reiseerlaubnis bitten. Lang genug für eine grosse Reise durch das Reich."

Kampf und Entscheidung

In ihm war eine Entscheidung gefallen, Carolus hatte sich freigerungen, wie ein Kämpfer. Und er hatte sich durchgerungen zu etwas Eigenem. Für sich selbst notierte er sich nun auf einen winzigen Pergamentrest eine Hand voll Stichpunkte, in sehr klarer, fast blockhafter Schrift. Diesen kleinen Fetzen steckte er dann in eine Ärmeltasche seiner Kutte, so dass er ihn immer bei sich trug. Und in jeder auch nur halbwegs ruhigen Stunde nahm er ihn heraus, las ihn sich selbst laut vor und wiederholte die Punkte dann auswendig.

Es war eine Formsache, so schien es ihm in überhöhter Selbstwahrnehmung, den Abt um einen persönlichen Termin zu bitten. Und er war sich seiner Sache so sicher, dass er sich - auch in seinen Tagträumen - immer wieder ausmalte, wie er mit dem Abt freudig Pläne machen wollte wegen seiner Reise. Pläne, welche Städte und Persönlichkeiten er sehen wollte, was er dem Kloster dabei nützen könne, welche Handels- und Kulturkontakte er knüpfen würde...

Und in seinen kühnen Phantasien wähnte er sich - in zehn Jahren - schon als wichtigen Mann der Kirche. Er wollte werden wie der Abt. Er wollte wirken wie der Abt. Er wollte noch grösser werden als der Abt. - Er wurde hochmütig.

Äusserlich unverändert, doch innerlich auf dem Weg ein Anderer zu werden, als der, der er sein sollte, konnte er einen Termin mit dem Abt vereinbaren. Allerdings erst am Sonntag Laetare, dem 10. Tag des Monats März. Fast zwei Wochen sollte er also warten. Zu lange für ihn, und sein Inneres, sein Selbstverständnis schwoll laufend an in dieser Zeit.

Es war schon unverhältnismässig gross, als ihn der Prior - unter Umgehung des Vizepriors, der für die jungen Mönche zuständig war, so wichtig war ihm die ganze Angelegenheit - eines abends zu

sich rief. Und ohne Umschweife zeigte er sogleich eine gewisse Verärgerung: Was er denn so Wichtiges vom Abt wolle, dass er es nicht vorher mit seinem Prior besprechen könne. Immerhin bedeute das Wort „Prior" dass er ihm gegenüber ein Vorrangiger sei, und ob er sich denn nicht einordnen könne?

So unerwartet konfrontiert, kam aus dem Carolus Paulus mit einem Male ein - fiktiver und nur eingebildeter - Carolus Magnus hervor. Und in ganz unpassender Weise schwafelte er seinen hundertfach auswendig gelernten Spickzettel in Windeseile und mit grosser Verve herunter, so als hielte er eine Rede an die Völker des Reiches.

Sichtlich beeindruckt von der Rhetorik des jungen Heisssporns, aber auch gewarnt vor so einem hochfahrenden und offensichtlich überaus fähigen Geist, sah der selbst noch junge und ungemein ambitionierte Prior plötzlich einen Konkurrenten vor sich. Und sein Ton gefror zu eisigem Knirschen:

Ohne weitere Belehrungen beschied er ihm, er werde dem Abt über sein Anliegen berichten. Er habe sich im übrigen während seiner glühend vorgetragenen Ausführungen bereits eine eigene Meinung gebildet und werde dem Abt nahelegen, sich seinem Urteil anzuschliessen. Alles weitere werde er vom Abt erfahren.

Carolus nun, der einmal als Carolus Paulus angetreten war, und nun in überheblicher Weise als Carolus Magnus aufgetreten zu sein schien, fiel aus allen Wolken. Und sprachlos, wirklich wortlos, verliess er - innerlich für einige welt-verlassene Minuten wieder der kleine Marcus aus den Bergen - die Klause des Priors. Und ermattet und völlig niedergeschlagen bewältigte er kaum die täglichen Routinen bis zu dem anberaumten Termin mit dem Abt.

Und erneut endete auch dieses Aufeinandertreffen in einem Eklat. Als er dann doch - etwas später - eigene Worte fand, um die Auswirkungen dieses Ereignisses zu beschreiben, geschahen seltsame Dinge...

Oculi

„Meine Augen sehen stets auf den Herrn;
denn er wird meinen Fuß aus dem Netze ziehen.
Wende dich zu mir und sei mir gnädig;
denn ich bin einsam und elend.
Die Angst meines Herzens ist groß;
führe mich aus meinen Nöten ...

... oculi mei semper ad Dominum
quia ipse educet de rete pedes meos
respice in me et miserere mei
quoniam solus et pauper sum ego
tribulationes cordis mei multiplicatae sunt
de angustiis meis educ me"

Ps. 25,15

OCULI

So fasste er sich denn kurz nach dem Gespräch mit dem Abt ein Herz, und Carolus schrieb:

„Ich habe mich schwer getan, die vergangenen zehn Tage, klar zu denken. Geschweige denn, jemand von meinen Seelenzuständen zu berichten, und so kann ich auch keine fein geordnete INSCRIPTIO schreiben heute:

Denn was hätte ich denn in den Enttäuschungen und der Verzweiflung der Kammern meines Inneren auch sagen können: Rasende Gedanken, bisweilen fast kindliche Gefühle des Trotzes und Zornes, ja der Auflehnung.

Und dabei fing alles so gut, so schön, so hoffnungsfroh an:

Es war an jenem Sonntag OCULI, dem 3. Tag des Monats, an dem wir - tagaus, tagein - das Wort lasen:

„Meine Augen schauen stets auf den Herrn; denn er befreit meine Füsse aus dem Netz...

... oculi mei semper ad Dominum quia ipse educet de rete pedes meos"

Und ich hatte Hoffnung geschöpft, Hoffnung, dass die mancherlei Zeichen, die ich von unserem hochgeschätzten und weisen Abt Nantelmus bekommen hatte - als Zeichen der Zustimmung hatte ich sie gedeutet - dass all diese Zeichen der vergangenen Wochen und Monate nun diese „Befreiung aus dem Netz" bringen würden.

Denn Ach, nein Weh!: Immer mehr fühle ich mich hier in den schützenden, friedvollen Mauern nicht mehr in einer Ausbildungsstätte - sondern in einem Netz.

Ich zapple wie ein Fisch, und entweder wird das Netz um mich herum zugezogen, und es wird immer enger. Oder ich, der Fisch im nur trügerisch friedlich erscheinenden Wasser, oder ich zappeliges Fischlein wachse aus dem Netz hinaus!

Ich bin traurig, vom Grund meiner Seele, denn ich kann nichts anderes sagen. Und wollte doch gerne zufrieden sein, wie alle anderen auch. Und ich fühle mich schmutzig, schuldig und unerwünscht.

Doch wie so oft hatten - in den irrlichternden Stunden meiner leeren Hoffnungen - meine Ungeduld und mein Überschwang die Gewalt über mich an sich gerissen.

Und ich hatte selbst das Wort Gottes wie ein Rasender und viel zu geschwind gelesen, hatte das Schöne genommen, und das Bittere nicht getrunken. Das Bittere, ohne dass das Süsse nicht süss schmeckt, und das selbst dem Salzigen seine Würze vergällt.

Und dann war alles anders gekommen:

Noch am Sonntag LAETARE, am 10. März 1247 A.D., hat der weise Nantelmus, Meister der Schlichtung von rechtlichen Streiten mit der Bürgerschaft des Ortes und mit dem Bischof von Sitten, Nantelmus, Kenner und Gönner der handwerklichen Kunst des ganzen Tales - im Jahr meiner Geburt 1226 hat er einen wunderschönen silberfarbenen Reliquienschrein für die Gebeine des Heiligen Mauritius anfertigen lassen, und ich glaube, die Entwürfe sind von ihm selbst - , Wahrer und Mehrer der heiligen Kirche und wahrer Vater aller meiner Brüder...

... ich verrenne mich vor Erregung, ich muss es kurz machen: Nantelmus hat mir meine Reise verboten. Einfach verboten.

Verboten.

Ich werde in wenigen Wochen 21 Jahre alt und Nantelmus hat es mir verboten! Ich sei zu jung.

Schon einmal, habe ich, als er mir das völlig überraschend sagte, in hoher Erregung und laut entgegnet, sei ein junger Mann vor Gott getreten und habe gesagt, er sei zu jung für seine Berufung.

Und da habe Gott selbst ihn heftig gerügt, mit den Worten:

„Sage nicht: "Ich bin zu jung"; sondern du sollst gehen, wohin ich dich sende, und predigen, was ich dich heisse"

"noli dicere puer sum quoniam ad omnia quae mittam te ibis et universa quaecumque mandavero tibi loqueris"

Und dieser Mann wäre dann sehr berühmt geworden, und wir würden ihn fast jeden Tag zitieren, weil er so tolle Dinge gesehen und gesagt und verkündigt habe. Und sein Name sei Jesaja.

„Ja",

hat daraufhin der weise Nantelmus, Mehrer des Glaubens und Wahrer der Heiligen Kirche, gesagt, indem er den Klang meiner eigenen Worte aufgriff und mich nachäffte:

„Jesa-Ja"…Mein Sohn, ich sehe Du bist verwirrt! Denn es war, wie jeder weiss, J-e-r-e-m-i-a-s".

Nantelmus buchstabierte den Namen in einem fast bösartigen Staccato. Ich sei ja völlig ausser mir.

„Aber im Übrigen: Für wen hältst Du Dich, Du hochfahrend An massender",

herrschte er mich nach einer kurzen Pause an,

„dass Du dem Ungehorsam und der Rebellion Deiner Seele so breiten Raum gibst, dass Du mir, Deinem Vater im Geiste, in so heftigem Ton widersprichst?!"

Und mehr als „Verzeiht, Vater", habe ich dann nicht mehr herausgebracht, an diesem Samstag. Und ich habe eine einsame, unverstandene und in jeder Hinsicht dunkle Nacht lang geweint.

Und als der Sonntag LAETARE, "Freuet Euch mit Jerusalem", anbrach, am 10. Tag des Monats März, konnte ich mich weder mit Jerusalem noch mit Rom noch mit St. Maurice und nicht einmal mit meinem Heimatort Naters mehr freuen.

Ich war – verzweifelt und enttäuscht – den Eigenen eine Fremder geworden. Und unter den Fremden, unter denen ich Heimat gesucht hatte, *hier im Kloster und ein neues, ein geistliches Zuhause, fühlte ich mich als Ausgestossener, zum Bleiben verdammt, wo ich doch gehen wollte.*

Und ich wollte doch nicht gehen, um zu verlassen, sondern um wiederzukommen. Reicher wollte ich kommen, wähnte ich. Reicher an Wissen und Milde und Gnade und Autorität. Reicher an Kenntnis und Erfahrung. Aber ausgeträumt. Zu Ende gehofft.

Wäre da nicht...

... wäre da nicht ein Funke in mir, ein Licht, von dem ich nicht weiss, woher es kommt, eine Hoffnung, die ich selbst nicht einmal auslöschen kann und eine Freude, die nicht von mir sein kann.

Denn mein eigenes Licht scheint mir erloschen.

Und dann kam - aus dem unerklärlichen Nichts einer schon gestorbenen Erwartung - in dieser heutigen Nacht, der vom 12. auf den 13. Tag dieses seltsam „kriegerischen" Monats, der seine Herkunft vom Kriegsgott Mars nicht verleugnen kann, ein Wort zu mir.

Ich kann es nur so beschreiben. Ein Wort kam zu mir, und irgendwie stand ein Etwas oder ein Jemand in meiner Zelle.

Und es oder er sprach zu mir, zuerst auf Deutsch, dann auf Lateinisch, wie in einer privaten und einer öffentlichen Version, so dass ich es nehmen musste wie die Verkündigung eines Gesetzes in aller Öffentlichkeit – wo es doch im Verborgenen meiner Kammer geschah:

> *„Mein Knecht Mose ist gestorben; so mach dich nun auf und zieh über den Jordan, du und dies ganze Volk, in das Land, das ich ihnen, den Israeliten, gegeben habe.*
>
> *Jede Stätte, auf die eure Fusssohlen treten werden, habe ich euch gegeben, wie ich Mose zugesagt habe. Von der Wüste bis zum Libanon und von dem grossen Strom Euphrat bis an das grosse Meer gegen Sonnenuntergang, das ganze Land der Hetiter, soll euer Gebiet sein. Es soll dir niemand widerstehen dein Leben lang. Wie ich mit Mose gewesen bin, so will ich auch mit dir sein.*

Ich will dich nicht verlassen noch von dir weichen. Sei getrost und unverzagt; denn du sollst diesem Volk das Land austeilen, das ich ihnen zum Erbe geben will, wie ich ihren Vätern geschworen habe...

... *Moses servus meus mortuus est surge et transi Iordanem istum tu et omnis populus tecum in terram quam ego dabo filiis Israhel;*

omnem locum quem calcaverit vestigium pedis vestri vobis tradam sicut locutus sum Mosi a deserto et Libano usque ad fluvium magnum Eufraten omnis terra Hettheorum usque ad mare Magnum contra solis occasum erit terminus vester.

nullus vobis poterit resistere cunctis diebus vitae tuae sicut fui cum Mose

ero et tecum

non dimittam nec derelinquam te. confortare et esto robustus tu enim sorte divides populo huic terram pro qua iuravi patribus suis ut traderem eam illis"

Und es - dasjenige, das da redete - schien etwas auszulassen über dem es wie „später, nicht jetzt" stand - und es sprach weiter:

„Siehe, ich habe dir geboten, dass du getrost und unverzagt seist. Lass dir nicht grauen und entsetze dich nicht; denn der HERR, dein Gott, ist mit dir in allem, was du tun wirst...

... *ecce praecipio tibi confortare et esto robustus noli metuere et noli timere quoniam tecum est Dominus Deus tuus in omnibus ad quaecumque perrexeris"*

Und ich war und bin so verwirrt, dass ich heute, kurz vor den Iden des März, fast zu spät zum Frühgebet gekommen wäre.

Was - und nun wörtlich: Um des Himmels Willen! - was war das? Wer hat so mit mir geredet? Wie konnte das geschehen?

Was war das?"

LAETARE

„Freuet euch mit Jerusalem und seid fröhlich über die Stadt, alle, die ihr sie lieb habt! Freuet euch mit ihr, alle, die ihr über sie traurig gewesen seid.

Denn nun dürft ihr saugen und euch satt trinken an den Brüsten ihres Trostes; denn nun dürft ihr reichlich trinken und euch erfreuen an dem Reichtum ihrer Mutterbrust...

... laetamini cum Hierusalem et exultate in ea omnes qui diligitis eam gaudete cum ea gaudio universi qui lugetis super eam

ut sugatis et repleamini ab ubere consolationis eius ut mulgeatis et deliciis affluatis ab omnimoda gloria eius"

Jes. 66,10

Laetare

Nach den zuletzt so heftigen Widersprüchen, denen Carolus sich ausgesetzt sah, war er ratlos. Und eine gehörige Leere machte sich in ihm breit.

Widersprüchlich waren das Reiseverbot des Abtes, das seine Jugend - wie es ihm schien - zum Vorwand nahm, um ihn noch auf Jahre hinaus an den engsten Klosterraum zu binden. Und dem entgegen stand das so starke, eindrückliche und unausweichliche Gesicht, durch das er das unbedingte Gefühl bekommen hatte, nicht nur gesandt, sondern auch in besonderer Weise ermutigt und befähigt zu sein.

Doch dann kamen ihm vor allem an dem letzten Zweifel: Würde der allmächtige Gott so, also derart herausfordernd, mit ihm reden? War das nicht Hybris, Selbstüberhebung? ... Er musste sich das alles eingebildet haben.

Doch je mehr er sich einredete, sich alles nur eingebildet zu haben, umso miserabler fühlte er sich. Und das Verbot des Abtes wurde in diesen Stunden zunehmend zu einem Mühlstein, der seine Tendenz verstärkte, gar nicht mehr auf dieser Welt sein zu wollen, das Leben gerne hinter sich lassen zu wollen... Denn wenn ich einmal nicht mehr zu jung bin, dann bin ich recht schnell zu alt, oder zu „sonst etwas"... Es wird immer etwas sein, redete er sich ein.

Und so konnte er sich in der Tat an diesem Sonntag Laetare weder über Jerusalem freuen, wie der Text der Schrift es nahelegte, noch mehr, er verstand gar nicht, worum es da ging, in diesem Psalm.

Sondern alles zog nur an ihm vorbei wie ein leeres Rauschen. Und als er in sich hineinfühlte, dachte er

„So muss das Nichts klingen."

Intrigen und Gespinste

Im Hintergrund spann der Prior weiter seine Fäden: Dem Abt schlug er eine Art Resolution vor - die er „auch schon seit langem ausgearbeitet habe" -, nach der den jungen Mönchen unter zehnjähriger Zugehörigkeit zu dem Konvent Reisen ausserhalb des unmittelbaren Einflussbereichs des Klosters zu untersagen seien.

Zu schwer seien diese Reisen für die empfindlichen und unausgereiften Seelen. Zu gross auch die Gefahren der Versuchung auf den Wegen dieser Welt... und zu gering, fügte er kleinlaut hinzu, die Möglichkeiten, solche Prozesse zu kontrollieren.

Und seien nicht schon genug Häretiker auf den Wegen des Reiches unterwegs, fragte der den Abt provozierend und ihm kaum eine Möglichkeit lassend, seinem Vorschlag nicht zu folgen? Eine wenig war es wie die Versuchung des Pilatus: Er wäre sonst „des Papstes Freund" nicht mehrgewesen. Wie hätte der Abt da ablehnen sollen!

Aber er wollte es sich überlegen, meinte der an Alter und Weisheit weiss Gott gereiftere Nantelmus. Auch er hatte eine Position zu verteidigen, und er wollte sich nicht gleich mit wehenden Fahnen in die Hände des jungen Priors begeben.

Nantelmus verarbeitete den offensichtlichen Konflikt in der Hierarchie des Klosters in einer Serie abendlicher Andachten, die er jeweils in kurzer Form vor dem gemeinsamen Abendessen im Anschluss an das Tischgebet hielt. Danach verordnete er Schweigen bis nach dem Hauptgang, und er war es selbst, der dann die Rede wieder freigab durch ein kleines Glockenzeichen.

Und von einer Rückkehr zu den Grundsätzen ihrer Berufung sprach Nantelmus in seinen Andachten, von einer neuen „formatio" gewissermassen, von einer Gestaltwerdung ihres Gründungsmythos, wie er dann einmal interpretierend gegen Ende

einer seiner Andachtsserien formulierte. Und für viele, die in einer „schon viel zu eigenbrötlerischen Weise" ihren eigenen Wegen nachgingen, statt in stiller Demut ganz Gott zu vertrauen, sei diese „formatio" geradezu eine „reformatio", eine Wiederherstellung „erster Tugenden", der „ersten Liebe".

Peitschenhiebe waren das für Carolus, der genau spürte, wie er da öffentlich gebrandmarkt wurde. Denn nun schnitten ihn die Brüder. Sie spürten oder wussten, dass er gemeint war. Und das war auch eine Warnung an alle anderen, ein „Nicht so!" des Abtes.

Und Nantelmus war machtbewusst genug, durch diese Rückgewinnung der Initiative das Vorrecht der autoritativen Interpretation - ganz wie die Priester im alten Rom die „divinatio" und die „interpretatio" als ihre ureigenste Sache betrachteten - zurückzugewinnen. Gegen seinen ambitionierten Prior. Und ein Lehrstück dem noch jungen Carolus.

Doch für den Paulus, der sich einmal - ebenfalls ambitioniert - Carolus genannt hatte, sparte er sich zusätzlich ein gegenüber den öffentlichen Andachten nochmals wirkungsvolleres Tête-à-tête auf:

Nantelmus bat Carolus Paulus erneut zu sich.

JUDICA

„Gott, schaffe mir Recht
und führe meine Sache wider das unheilige Volk
und errette mich von den falschen und bösen Leuten!
Denn du bist der Gott meiner Stärke:
Warum hast du mich verstoßen?
Warum muss ich so traurig gehen,
wenn mein Feind mich dränget?
Sende dein Licht und deine Wahrheit, dass sie mich leiten
und bringen zu deinem heiligen Berg und zu deiner Wohnung,
dass ich hineingehe zum Altar Gottes,
zu dem Gott, der meine Freude und Wonne ist,
und dir, Gott, auf der Harfe danke, mein Gott.
Was betrübst du dich, meine Seele,
und bist so unruhig in mir?
Harre auf Gott; denn ich werde ihm noch danken,
dass er meines Angesichts Hilfe und mein Gott ist...

... Iudica me Deus et discerne causam meam
a gente non sancta a viro doloso et iniquo salva me
Tu enim Deus fortitudo mea quare proiecisti me
quare tristis incedo adfligente inimico
mitte lucem tuam et veritatem tuam ipsae ducent me et introducent ad montem sanctum tuum et ad tabernaculum tuum
et introibo ad altare tuum ad Deum laetitiae et exultationis meae et confitebor tibi in cithara Deus Deus meus
quare incurvaris anima mea et quare conturbas me expecta Dominum quoniam adhuc confitebor ei salutibus vultus mei et Deo meo"

Ps. 43

JUDICA

Jetzt aber, in der Zeit zwischen der „Vorladung" zu dem Termin bei Nantelmus und dem Termin selbst, der am Tag nach dem Sonntag „Judica", dem vorletzten Fastensonntag angesetzt war, litt Carolus wie noch nie zuvor.

Es schien, eine Art seelisches Todesurteil sei über ihm ausgesprochen, und erwarte nun seine Hinrichtung.

Und etwas in ihm trieb ihn sogar in den Wahn, er würde - während er im Vollzug des Urteils dann qualvoll starb - diese Hinrichtung dann doch gleichzeitig überleben: Er spürte, phantasierend, wie der Henker das grosse Beil wetzte. Und während sein Herz vor Todesfurcht gefror, fragte dieser ihn, ob er bereit sei, und er, Carolus, stöhnte ein verlogenes „Ja" in eine sinnlose Welt hinaus.

Dann sah er im Augenwinkel, wie der Henker weit ausholte und mit fürchterlichem Schlag gegen ihn in Windeseile den Kopf vom Hals trennte. Und er sah an seinem eigenen, gefallenen Schädel, wie dieser ein letztes Mal im Tode ermattend blinzelte, während er in der nächsten Sekunde von grossen Stössen aus dem Stumpf seines Halses herausschiessenden Blutes schäumend und heiss übergossen wurde.

Und im Tod, dem nur phantasierten, meinte er eine grosse Ratlosigkeit des ganzen Universums zu spüren, während er litt und litt und litt. Ständig erlitt er erneut den eigenen endgültigen Untergang.

Und ständig übermannten Carolus Höllenqualen.

Carolus hatte während dieser gesamten Szene vor seinem Lager gekniet, die Ellenbogen auf die hölzerne Kante gestützt und den Kopf in den Händen verborgen. So merkte er auch gar nicht, dass er in den letzten Minuten zunehmend mehr das Bewusstsein verloren hatte und - sanft - vornüber sank. So hing er für nicht zählbare Stunden in einen bewusstlosen Schlaf hingegeben, wie ein halbleerer Kornsack, über seiner Bettkante.

Er war seiner Todeserfahrung erlegen. Seelisch, nicht physisch, war er gerade irgendwie abgestorben. Denn als Carolus schliesslich - physisch - erwachte, war er eigentlich quicklebendig.

Schwierig für ihn aber war, dass er - nachdem er einmal realisiert hatte, dass er weder tot war, noch ihm der Tod drohte - damit gar nicht zurechtkam. Denn in seinem Innern, für ihn selbst also, war er tot. Genauer: Er war gestorben, aber lebte noch.

Aber dieses Lebendig-Sein kam ihm wie ein schlechter Witz vor. Ein schlechter Witz Gottes.

„Warum bist Du so ein Zyniker?!",

schrie Carolus zum Himmel. Im selben Moment realisierend, was Ungeheuerliches er da gerade gesagt hatte. Doch entschuldigte er sich nicht.

Zu seiner eigenen Überraschung machte er dann Gott einen Vorschlag. Einen sehr einfachen Vorschlag:

Er, Gott, solle nun einfach durch einen Andern zu ihm reden. Wenn überhaupt.

Denn alles direkte Reden zu ihm, Carolus selbst, das wäre doch eine Art Witz. Und er, Carolus, fände, es seien schlechte Witze, bislang. Und die auf alles Wollen, Hoffen, Wünsche und Reden folgende Realität, die sei dann doch eine ganz andere. Und er wolle deswegen bis auf Weiteres keine Gesichte mehr oder andere Eingebungen haben.

Und da sei noch etwas: Egal, was Nantelmus ihm nun sagen würde, und er würde darunter sicher sehr leiden, aber es sei ihm mittlerweile fast egal. Und er würde es sicher alles durchhalten. Oder eben daran sterben. Egal. Es sei nun eh alles sinnlos.

Und das „Richte mich Herr... Judica me, Domine", das er am heutigen Sonntag in der Messe zusammen mit allen andern Brüdern gehört hatte, dagegen könne er auch nichts mehr tun.

„Du magst mich richten, ich bin einverstanden", brachte er noch heraus.

Carolus hatte aufgegeben.

Und da er - in ganz erheblicher Realität - seinen eigenen Tod schon erlebt hatte, verliess ihn erstaunlicher Weise jede Furcht vor dem vermutlich vernichtenden Urteil des Nantelmus am folgenden Tag.

Palmarum

„Aber du, HERR, sei nicht ferne; meine Stärke,
eile, mir zu helfen!
Errette meine Seele vom Schwert,
mein Leben von den Hunden!
Hilf mir aus dem Rachen des Löwen
und vor den Hörnern wilder Stiere;
du hast mich erhört! ...

... tu autem Domine ne longe fias
fortitudo mea in auxilium meum festina
erue a gladio animam meam de manu canis
solitariam meam
salva me ex ore leonis et de cornibus unicornium
- exaudi me"

Ps. 22,20

Sonntag der Palmen

Es war ein einschneidendes und anfänglich tatsächlich vernichtend erscheinendes Ereignis, an das sich Carolus danach erinnerte. Und er schrieb:

„Es ist Sonntag der Palmen, der 24. Tag des Monats März im Jahre 1247 A.D. Ich habe das Morgengebet absolviert und das Morgenessen ausfallen lassen:

Mir ist nicht mehr nach Essen – auch wenn dieser letzte Sonntag der Fastenzeit gar kein Fastentag ist.

Mir ist mein Leben leer geworden. Mein Herz ist enttäuscht, und es ist, als ob mein Blut mir kühler in den Adern ränne.

Ich sollte "Hosianna" singen, aber ich singe den klagend-stillen Gesang erstorbener Hoffnung in erwartungsloser Trauer.

Denn nochmals, am Tag nach dem Sonntag JUDICA, den wir am 17. des Monats begangen hatten, rief mich der Abt Nantelmus zu sich, um mich zu belehren: Ich solle mir nicht einbilden, dass ich mich seinem Befehl – ich dürfe NICHT reisen, ich sei zu jung – widersetzen könne, er würde sich ansonsten an den Heiligen Stuhl wenden.

Und überhaupt gab er mir – nun in seiner Sprache, dem Französischen, und nicht in meiner, dem Deutschen – eine ausdrückliche Lehrstunde über die Grundregeln unseres Ordens, wie sie – "711 Jahre und einen Tag vor Deiner Geburt", wie er mir penibel vorrechnete – in der konstituierenden Versammlung des Ordens am 30. April des Jahres 515 vom burgundischen König Sigismund zusammen mit mindestens 60 Bischöfen und weiteren Edlen festgelegt worden war. Demnach waren die Mönche

> *"…verpflichtet, dem Abt zu gehorchen, und sie sollten nichts ohne ihn tun. Sie sollten auch das machen, was die Priore anordneten, und sie sollten einen Doyen, einen Vorsteher, für jede Gruppe haben. Sie sollten weiter eine passende Kleidung für die Unbilden*

des Wetters haben, ebenso Decken und Nahrung. Einen Schlafsaal, einen Speisesaal und einen gemeinsamen Aufwärmeraum sollten sie auch haben.

Schwere Vergehen sollten nach dem kanonischen Recht geahndet werden, weniger schwere nach dem Urteil des Abtes und der Übereinkunft der Brüder.

Besonders die Jungen sollten sich so verhalten wie in den anderen Klöstern, und dass – "insbesondere", wie der Abt vermerkte – niemand das Kloster verlassen solle ohne das Einverständnis des Priors...

... qu'ils seroient tous obligés d'obéir à l'abbé, et ne feroient rien sans lui ; qu'ils feroient aussi ce que les prieurs ordoneroient, et qu'il y auroit un doyen pour chaque bande ;
qu'ils seroient habillés d'une manière convenable à l'intempérie de l'air, ainsi que couchés et nourris ;
qu'il auroient un dortoir, une réfectoire et un chauffoir commun ;
que les fautes graves seroient punies selon les canons, et les moins considérables selon le jugement de l'abbé et le consentement des frères ;
que le jeûne se pratiqueroit comme dans les autres monastères, et que personne ne sortira du monastère sans la permission du prieur"

Ich wurde dann einen Tag lang in meine Zelle geschickt, dorthin verbannt, zur Einkehr und Umkehr. Einsam, ohne die Gemeinschaft mit den Brüdern. Dort, am 19. Tag des Monats, fühlte ich mich mehr verurteilt als gemassregelt. Und ich bin innerlich mehrfach gestorben.

Und doch lehnte sich alles in mir auf: "Richte mich, Herr, Judica me, Domine", hatte ich noch am vorangegangenen Sonntag mit allen gebetet. Und nun das. Ich wollte im Grunde selbst von Gott nichts mehr hören. Und doch betete ich in der Einkehr meines Kerkers an diesem Tag zu Gott, er möge mir das Gesicht und die Stimme deuten, die mir am Anfang des Monats nächtens begegnet und bei mir eingedrungen war.

Geschrien habe ich dabei, so laut dass man nach mir sah und anfing mich für ausser Sinnen zu wähnen. Ich sah darin eine Gefahr für mich, und ich mässigte mich so gut es eben ging, doch ich schrie gewissermassen im Innern leise weiter:

Was sollte diese seltsame Berufung auf den Tod des Mose, die die Stimme mir vermittelte:

"Mein Knecht Mose ist gestorben"?

Und waren diese Worte nicht vor undenklich langer Zeit ausschliesslich für Josua vor der Landnahme gesprochen worden? Was sollte ich damit anfangen? Was hatte das mit mir zu tun??!

Wie Hohn, schien mir das alles, doch dann beruhigte ich mich etwas. Und dieses

"So mache dich nun auf…"?

Ein starker Apell war das, aber er traf mich am tiefsten Punkt: In einer Art Gefangenschaft nämlich, wo ich gerade mal zwei Schritte im Inneren einer kleinen Zelle gehen konnte.

Und an ein äusseres Entrinnen war schon gar nicht zu denken. Was also?!

Doch ein Weiteres hat mich dann am Ende, nach langer Zeit, mehr berührt als das Unverständliche:

"… sei nun getrost und sehr stark, damit du jedes Gesetz beachtest und tust, das ich Mose, meinem Diener, vorgeschrieben habe"

…confortare igitur et esto robustus valde ut custodias et facias omnem legem quam praecepit tibi Moses servus meus"

Und zum Schluss ging ich, Wunder über Wunder, sogar gestärkt aus diesem Tag des Weggeschlossen-Seins. Ja, ich ging mit einem Trost, den ich selbst nicht verstand. Irgendwie schien ich gestärkt.

Doch heute, einige Tag später, am Palmsonntag, kann ich nicht mit den Anderen jubilieren: Ich soll mich aufmachen, und bin doch wie festgenagelt an diesem Ort. Ich soll gehorchen, und doch braucht es dazu Freiheit, dass man sich nämlich freiwillig zum Gehorsam entscheidet. Denn alles andere ist nur Zwang und kein Gehorsam. Ja, ich soll auf eine völlig dunkle Weise "Land austeilen", hatte die Stimme zu mir gesagt.

Fast ein Hohn, wo ich doch nicht nur nichts besitze, sondern noch immer für alle und alles "zu jung" scheine. Hohn war es auch, als ich weggeschlossen wurde, um einer Nichtigkeit willen, wie mir scheint. Und ja, mein Aufbrausen ist gefährlich, aber es ist kein Verbrechen.

Doch trotz alledem, ich werde es wie Josua halten, der früher in seinem Leben gesagt hatte:

"Ich und mein Haus, wir wollen dem Herrn dienen".

So werde ich mich, in den letzten Tagen vor Ostern, dem hingeben, in "abscondito excelsis", buchstäblich im Verborgenen des Höchsten, was den Beginn dieser Fastenzeit am Sonntag INVOCABIT so überwältigend geprägt hatte, der Verheissung Gottes nämlich, die er in den Psalmen gegeben hat:

"Er wird mich anrufen und ich werde ihn erhören. Mit ihm werde ich sein in Beschwernis, und ich werde ihn herausreissen und ihn zu Ehren bringen..

...invocabit me et exaudiam eum cum ipso ero in tribulatione eruam eum et glorificabo"

Der Höchste hat es verheissen. Und es wird geschehen: ER wird mich herausreissen.

Und. Ich. Ergebe. mich."

Restitutio Imperii

Den des selben Tages, an dem er zu disziplinarischem Arrest in seiner Zelle verpflichtet worden war, verbrachte Carolus mit etwas, das er zunächst schlicht als Ablenkung empfand:

Er las in Einhards „Vita Caroli Magni", der Lebensbeschreibung Karls des Grossen. Wahllos pickte er ein paar Kapitel heraus, die ihm lesenswert erschienen, und er begann weit jenseits der Mitte des Werkes, und nach all den Passagen, die Karls privates Leben beschrieben.

Recht plötzlich und ohne weitere Einleitung spricht dort Einhard von der Religiosität des grossen Kaisers. Er hatte allerdings in Kapitel 4 angekündigt, nach den persönliches Gepflogenheiten und seinen, das heisst Karls' Studienbemühungen, über die Art seines Herrschens und die Verwaltung des Reiches, des Imperiums, zu sprechen: „... mores et studia eius, tum de regni administratione...".

Was dann aber in Einhards Text folgt, ist die Beschreibung regelmässiger kultischer Handlungen des Kaisers und die Vorbereitungen dazu, und er beginnt die Passage mit:

> „Die christliche Religion, die ihm seit Kindheit eingeflösst worden war, pflegte er auf die heiligste und frömmste Weise...
>
> ...Religionem Christianam, qua ab infantia fuerat inbutus, sanctissime et cum summa pietate coluit."

Peinlich achtete Karl dabei auf die Einhaltung von Vorschriften und Reinlichkeitsgeboten, damit

> „nichts Unziemliches oder Unreines...
>
> ...ne quid indecens aut sordidum.."

in die Aachener Kirche, die er hatte eigens bauen lassen, weder eintreten noch darin verbleiben sollte. Morgens und Abend war Karl in der Kirche zu finden, auch über die Messen hinaus. Er betete dort und sang, wenn auch leise, wie Einhard bemerkt.

Die Gedanken des jungen Mönches Carolus wanderten dann aber doch zurück zu den antiken Kaisern, oder was er von ihnen eben durch seinen Schulunterricht wusste. Er genoss diesen scheinbaren Ausbruch aus der Ausweglosigkeit seines eigenen Lebens, denn sie verschafften ihm eine Erleichterung, wenn er in solche „alten Welten" zurückwanderte.

So dachte er mit wachsendem Vergnügen an den Römer Sueton und dessen Kaiser-Biographien, „De Vita Caesarum", und er erinnerte sich insbesondere an das Kapitel 22 der Biografie des Kaisers Claudius: Sueton beschreibt dort, mit welcher Genauigkeit im Detail Claudius als Hohepriester der Römer deren kultische Vorschriften nicht nur einhielt, sondern sie immer wieder neu herstellte, wenn er sie verletzt sah.

Auch an den viel späteren Diokletian, erinnerte er sich natürlich, den heftigen Christenverfolger, da in dessen Verfolgungen ihrer aller Schutzpatron Mauritius hier in St. Maurice den Märtyrertod erlitt. Und an Sigismund den Burgunderkönig, der - auf christlicher Basis - einen regelmässigen Gottesdienst und ein Totengedenken für das Hauses Burgund sicherstellen wollte.

Diokletian nämlich schien in der Wiederherstellung der alten römischen Religion eine Möglichkeit zu sehen, das römische Reich wiederherzustellen, und damit dem öffentlichen Wohl, der „salus publica" zu dienen. - Und selbst der christliche Sigismund von Burgund schien, in Carolus Augen, das selbe zu wollen: Deswegen hat er ja „sein" Kloster, das von St. Maurice, im Jahre 515 gegründet.

Carolus erkannte eine Art Muster: Die „korrekte" Ausübung der „religio", der Religion, sollte das Reich, das Imperium, schützen. Und es im Zweifel wieder herstellen. Eine „Restitutio Imperii".

Hatte denn, so dachte er schliesslich, der grosse Kaiser Karl Ähnliches im Sinn gehabt? Und noch einmal las er den Text des sechsundzwanzigsten Kapitels der „Vita Caroli Magni":

> *„Die christliche Religion, mit der er seit seiner Kindheit vertraut war, hielt er gewissenhaft und fromm in höchsten Ehren. Deshalb erbaut er die wunderschöne Kirche in Aachen, die er mit Gold und Silber, mit Leuchtern und mit Gittern und Türen aus massivem Metall ausschmückte. Für diesen Bau liess er Säulen und Marmor aus Rom und Ravenna bringen, da er sie sonst nirgends bekommen konnte.*
>
> *Er besuchte die Kirche regelmässig morgens und abends, nahm an den nächtlichen Horen und an den Messen teil, solange es seine Gesundheit erlaubte. Er bestand darauf, dass alle dort abgehaltenen Gottesdienste mit möglichst grosser Feierlichkeit zelebriert wurden. Oft ermahnte er die Kirchendiener, dass nichts Ungebührliches oder Unreines in die Kirche gebracht werden oder dort verbleiben dürfe. Er schenkte der Kirche viele heilige Gefässe aus Gold und Silber sowie eine grosse Anzahl von Priestergewändern: nicht einmal die Türsteher, die die niedrigsten Kirchenämter versahen, mussten während des Gottesdienstes ihre alltäglichen Kleider tragen. Grösste Aufmerksamkeit widmete er der Verbesserung des liturgischen Lesens und des Psalmengesanges: er war in beidem selbst wohl bewandert, wenngleich er in der Öffentlichkeit nie vorlas und nur leise im Chor mitsang...*
>
> *... Religionem Christianam, qua ab infantia fuerat inbutus, sanctissime et cum summa pietate coluit, ac propter hoc plurimae pulchritudinis basilicam Aquisgrani exstruxit auroque et argento et luminaribus atque ex aere solido cancellis et ianuis adornavit. Ad cuius structuram cum columnas et marmora aliunde habere non posset, Roma atque Ravenna devehenda curavit. Ecclesiam et mane et vespere, item nocturnis horis et sacrificii tempore, quoad sordidum aut inferri aut in ea remanere permiterent. eum valitudo permiserat, inpigre frequentabat, curabatque magnopere, ut omnia*

quae in ea gerebantur cum qua maxima fierent honestate, aedituos creberrime commonens, ne quid indecens aut sacrorum vasorum ex auro et argento vestimentorumque sacerdotalium tan-tam in ea copiam procuravit, ut in sacrificiis celebrandis ne ianitoribus quidem, qui ultimi ecclesiastici ordinis sunt, privato habitu ministrare necesse fuisset. Legendi atque psallendi disciplinam diligentissime emendavit. Erat enim utriusque admodum eruditus, quamquam ipse nec publice legeret nec nisi submissim et in commune cantaret. „

Da war alles, was der Walliser Mönch Carolus Paulus in dieser Hinsicht auch von den römischen Caesaren her kannte: Devotion als Instrument förmlich der Aufrechterhaltung und Wiederherstellung von Macht.

So jedenfalls formulierte Carolus, ausgesprochen nüchtern, für sich selbst. Und Carolus kannte die Aachener Basilika nicht, aber er hatte natürlich von ihr gehört. Ausnehmend schön und sonderbar solle sie sein. Und sehr gross. Und man sagt, Kaiser Karl hätte auch dort gethront.

Naiv, sehr naiv, fragte sich der junge Carolus, ob es eine solche Kirche für die persönliche Frömmigkeit gebraucht hätte. Ihm selbst genügten Zelle, Berge und Wälder. Und sicher brauchte es auch für viele Pilger, wie hier in St. Maurice, ein angemessenes Gotteshaus. Doch was hatte der Herrscher gesagt, in dessen Dienst sie alle standen, damals wie heute?

„*Aber es kommt die Zeit und ist schon jetzt, in der die wahren Anbeter den Vater anbeten werden im Geist und in der Wahrheit; denn auch der Vater will solche Anbeter haben.* **Gott ist Geist, und die ihn anbeten, die müssen ihn im Geist und in der Wahrheit anbeten**...

... *sed venit hora et nunc est quando veri adoratores adorabunt Patrem in spiritu et veritate nam et Pater tales quaerit qui adorent eum. spiritus est Deus et eos qui adorant eum in spiritu et veritate oportet adorare*"

Boten welcher Botschaft?

Sie waren gekommen wie Landsknechte: Wilde romanische Kerle, mit dunklen Haaren und stechenden Augen, mit Bärten und Schwertern und wehenden Gewändern. Und ihnen schien die Welt zu gehören, so herrisch ihr Gebaren und so ungemein fordernd ihr Blick.

Dem nun in sich gekehrten und ungemein schweigsamen Carolus waren sie aber nur am Rande aufgefallen. Was sollte ihm denn das alles nur bedeuten!

Trotz, ja fast wegen all der seltsamen und fast bedrohlich dahergekommenen Zusprüche aus diesen fast jenseitigen Erscheinungen, die er in den vergangenen Wochen erfahren hatte, wähnte er sich verlassen, vergessen, zurückgesetzt. Und Carolus war wie zum Tode verwundet.

Doch ein immer noch wilder und fast unzähmbarer Instinkt weckte ihn dann doch, als er die ungestümen, hochfahrenden Reiter gesehen hatte. Und er schrieb:

„Was das für Boten sind, die gestern, am Mittwoch der Osterwoche, in unseren Klostermauern eintrafen, weiss ich nicht. Doch ist selbst Abt Nantelmus aufgeregt.

Und die drei Herren sprechen Italienisch, sagen, sie kämen aus dem Lateranpalast in Rom, und sie geben sich nur leidlich Mühe, gelegentliche Grussbotschaften an unseren Konvent in Latein zu halten, und selbst dieses Latein klingt nach einem römischen Dialekt.

Sie blieben, sagt man, den gesamten Rest der Woche und würden erst nach Ostern wieder abreisen. Zwei Soldaten hohen Ranges sind es und ein Geistlicher, der sich offensichtlich im Rang dem Abt - der immerhin direkt dem Heiligen Vater Bericht erstattet und sonst niemand untertan ist - als mindestens gleichwertig erachtet.

Und dauernd nehmen Sie entweder den Abt, den Prior oder die Doyens zur Seite und reden auf sie ein.

Es muss etwas Wichtiges sein!

Sie seien – oh Abenteuer! – ihre drei Pferde am Halfter führend aufgrund der guten und schon warmen Witterung zu Fuss über den St.-Bernhard-Pass gekommen und erst die letzten acht Meilen, Martigny hinter sich lassend, geritten – heisst es.

Nun, angestrengt von der Reise sehen die drei nicht aus. Nur ein wenig überheblich ist ihr Wesen, und ihre Art wie sie unsere einfachen Verhältnisse fast Nase rümpfend zur Kenntnis nehmen.

All das sollte mich freilich nichts angehen.

Ω

Doch etwas macht mich stutzig: Der Abt hat mich heute nach dem Morgengebet, an dem ich nach meiner Massregelung und dem Stuben-Arrest, wie man bei uns sagen würde, der letzten Woche wieder teilnehmen durfte, er hat mich für einen winzigen Augenblick anders angeschaut als sonst. Prüfend und in gewisser Weise "unwillig-willig", nolens volens eben, wie man so schön sagt.

Danach fand Abt Nantelmus sofort seine Contenance wieder und sein Gesicht sagte - wie so oft - in einer sanften Weise gar nichts.

Was mich betrifft, so geht in dieser Woche mein Inneres eigene Wege: Es ist, als ob mein Herz auf Reisen ginge! Und es hat meine Phantasie im Gepäck! Nur mein Körper, und das eher zufällig, ist noch hier.

Und während ich immer noch Gott anrufe, Tag und Nacht, dass er mich - nach seinem Wort - "herausreissen und zu Ehren" bringen möge, und die Schande des Gerügt-Seins von mir nehme, geht mein Herz und mein Geist sehr weite Wege:

Durch die Schluchten, Wälder und Ebenen des Reiches, von Kloster zu Stadt, und von Stadt übers Land zu Dorf, und von den Bergen zum Meer.

Das Meer, von dem ich nur die Vorstellung habe, es sei so etwas wie der grosse Bruder des Lac Leman, den ich von einigen Wanderungen her kenne. Und auch dort fährt man mit den Schiffen über ein riesiges Wasser. Und der Anblick macht einen atemlos still.

Und in der so realen Unwirklichkeit meiner Vorstellungskraft spreche ich mit Völkern und Menschen, deren Sprache ich kaum oder gar nicht verstehe, und auf Plätzen, in Ratssälen und in den Schulen ist ein wildes Gebrabbel, ein Wort-Gewimmel, ein Zeichen-Deuten und ein wildes Raunen.

Und wenn ich dann wieder zu mir komme, in die klamme Kühle meiner Kammer, dann ist es grau und düster in mir.

Stumm sind dann alle Stimmen, und alles was ich bin, ist Erschöpfung.

Ermattet vom Klagen, ermüdet vom Weinen, verstört im Suchen eines fernen "Ich-kann-noch-nicht-Kommen", in der Leere eines ruhelosen Blicks.

Wie lange, oh Gott!?

Ω

Wovon sind die Boten denn nun Boten?

Von leerer Hoffnung, oder von bedrohlichen Ereignissen?
Von schlimmen Veränderungen oder unerklärlichen Neuerungen?
Worauf soll ich hoffen?
Was darf ich glauben?

Ω

Wann wendet sich meine Welt?"

Von hoher Hand

Die Boten hatten sich an dem Mittwoch vor Ostern, an dem sie gekommen waren, nicht lange mit dem Prior aufgehalten. Kaum waren sie ihrer Pferde ledig geworden, die sie an einige Knechte aus den Stallungen des Klosters übergeben hatten, verlangten sie, zu Nantelmus, dem Abt, vorgelassen zu werden.

Dem Prior, der sich ihnen zunächst in den Weg zu stellen versuchte, schenkten sie kaum Beachtung. Als jedoch der Älteste der Reiter ihm den Siegelstempel des Ringes an seiner Hand zeigte, wich auch der Prior eilfertig zur Seite und liess sie vor.

Stunden waren vergangen, und der Abt war samt seinen Gästen nicht zum Abendessen erschienen, sondern man hatte ihnen in dessen Gemächern aufgewartet.

Carolus, der sich nun - nach Beendigung seines Arrestes - wieder fei bewegen konnte, war dem Ganzen nach dem Abendessen entwichen und hatte sich in der hereinbrechenden Nacht der ausgehenden Märztage einen ruhigen Platz an der Rhône zum Nachsinnen gesucht. Dem Ufer und der Erde entströmten feuchtkalte Frühlingsgerüche, wie ein Hauch baldiger Erlösung.

Als er wieder in das Kloster zurückkehrte, sah er sie: In den engen Gassen: Die beiden Jüngeren - offensichtlich hochrangige Soldaten - begleiteten den Älteren um einige schwach beleuchtete Ecken des Ortsinneren von St. Maurice zu einem Gasthaus.

Carolus folgte ihnen aus einiger Entfernung, er wollte nicht gesehen werden.

Er selbst aber sah, wie die drei nicht den vorderen Eingang des Hauses benutzten, sondern schon unter der Tür von einem dicklichen, fettigen Wirt um das Haus herum zu einem Nebeneingang geleitet wurden.

Der Nebeneingang war gross, offensichtlich das Tor einer früheren Scheune, und er hatte ein kleines Vordach. Eher die wirkliche Eingangspforte, dachte sich Carolus.

Dort, im hellen Schein der Flurlampe, spielte sich etwas ab, was Carolus - unerfahren und ohne Kenntnis der Dinge der Welt - so noch nicht erlebt hatte:

Als der Wirt ein kleines Klopfzeichen gab, öffnete sich die Tür und man konnte auch aus einiger Entfernung im hellen Schein mehrerer Fackeln und einer grossen Lampe eine Handvoll Frauen erkennen: Leicht oder nur wenig bekleidet, in animierenden Posen und offensichtlicher Absicht, einen oder gar mehrere Freier für den Abend zu gewinnen.

Die beiden jüngeren Männer hatten schnell ihre Wahl getroffen und wurden von den Freudenmädchen hereingezogen.

Als die Verbliebenen auf den Älteren der drei einstürmen wollten, wehrte der Wirt ihnen heftig. Stattdessen rief er einen unverständlichen Namen in das Innere, und alle warteten.

Was dann kam, wäre auch für Erfahrenere eine Überraschung gewesen:

Eine schwarzhaarige, mandeläugige Schönheit - offensichtlich eine Mongolin - erschien verschleiert und stolz in der Tür. Sie schien sich erst zu zieren, doch dann verneigte sich der hohe Herr vor ihr, ergriff ihre Hand und führte sie ins Innere wie zu einem höfischen Bankett.

Ausser dem Abt wusste nur der Prior, dass der Ring des Mannes, der da mit der Mongolin verschwand, ihn als Kardinal der römischen Kurie ausgewiesen hatte.

Cantus Paschalis

„Vom Glanz deines Königtums sollen sie reden und von deiner gewaltigen Macht,

damit alle Menschen von deinen Taten hören, von der Herrlichkeit und Pracht deines Königtums!

Du bist König für alle Zeiten und deine Herrschaft hört niemals auf! ...

... gloriam regni tui dicent et fortitudines tuas loquentur

ut ostendant filiis hominum fortitudines eius et gloriam decoris regni eius

regnum tuum regnum omnium saeculorum"

Psalm 145,11-13a

Anastasis

Die drei Tage bis zum Osterfest waren zwar in allen Teilen dem üblichen Ritus gefolgt. Jedoch waren sie durch und durch geprägt von der aufgeregten Anwesenheit der drei geheimnisvollen Reiter.

Und obwohl diese am Donnerstag zuerst nach Sion, vermutlich zu dem dortigen Bischof, und von dort aus zu dem für eine riesige Diözese im Norden bis über Bern hinaus zuständigen Bischof von Lausanne geritten waren, blieben die drei Reiter, unsichtbar und abwesend, doch präsent. Es war, als hätten sie ein Zittern über das Kloster gelegt.

Carolus versuchte, sich besonders am Karfreitag auf die Botschaft des Leidens und des stellvertretenden Todes des Messias zu konzentrieren, und natürlich kannte er praktisch alle Details sehr genau. Doch jedes Mal, wenn er thematisch gewissermassen in „Todes-nähe" kam, dann schauderte ihn, und das mehr als es sonst je der Fall gewesen war.

Physisch spürte er an sich selbst die Schläge auf die Dornenkrone, die der König der Juden zum Spott und zum Schaden erhalten hatte. An sich selbst wähnte er das auf das Antlitz des Gekreuzigten herabfliessende Blut geradezu zu schmecken, und ihm wurde übel bei dem alarmierenden und das Herz zum Rasen bringenden Geschmack des eigenen Blutes.

An seinem eigenen Leib meinte er die Schläge der römischen Henkerknechte auf dem Weg nach Golgatha zu erdulden, und sein gejagtes Herz versagte ihm fast, als er selbst unter der Last des Kreuzes zusammenbrach. Als er dann die Nägel in seine eigenen Hände und Füsse fahren sah, irre, hoffnungslose Schmerzen auslösend, versank er in der Kirchenbank, von der aus er dem nachmittäglichen Karfreitagsgottesdienst beigewohnt hatte.

Besorgte Mitbrüder brachten ihn in seine Zelle, entkleideten ihn, wickelten ihn in zwei grosse Tücher und deckten ihn, den ihn Agonie Gefangenen, zu.

Im Dunkel der Nacht zum Ostersamstag des Jahres 1247 A.D. erwachte Carolus, und das erste, was ihm einfiel, war

„Mich dürstet",

Und erneut versank er in tiefer Leidenserschöpfung in völlige Bewusstlosigkeit.

Früh, vor allen anderen aufgewacht, trank er als erstes aus seinem grossen Krug eine kaum vorstellbare Menge an frischem Wasser, das seine Brüder für ihn bereitgestellt hatten.

Und da war mit einem Mal eine Klarheit in ihm drinnen, und es war fast wie Licht um ihn herum: Dieses Leid ist nicht das Ende. Es ist Ostern. Es wird Neues geschehen, das war die Botschaft. Alles würde neu, das war die Hoffnung. Und die Kraft dieses Neuen war schlagartig in ihm spürbar, und das war die Realität dieser ausgehenden Nacht zum Ostersamstag hin. Und es war, wie es in der Schrift heisst:

„Wie der Blitz ausgeht vom Osten und leuchtet bis zum Westen, so wird auch das Kommen des Menschensohnes sein..

… sicut enim fulgur exit ab oriente et paret usque in occidente ita erit et adventus Filii hominis"

Das „Zeichen des Menschensohnes" wird am Himmel sichtbar sein, schoss es ihm in den Sinn. Und so greifbar war alles, dass er instinktiv zum Fenster der Zelle stürzte. Doch draussen war es einfach Nacht und es war kalt.

Drinnen aber, in ihm, in seiner Zelle und um ihn herum, hier in diesem Kloster in St. Maurice, dort hatte Ostern bereits begonnen: Ressurectio, Αναστασισ, Auferstehung. Etwas in ihm war zu einem neuen Leben auferstanden!

Inscriptio Sexta

Carolus hatte weder das Äussere, das er rund um den Besuch der drei Gestalten gesehen hatte, all das Gesehene - und noch weniger das nur Vermutete - nicht richtig einordnen können, doch es hatte etwas in ihm erschüttert, was schwer heilbar war. Und noch weniger das Innere: Für die Erfahrung einer inneren Auferstehung hatte er schlicht keine Worte, doch schien er, Stunde für Stunde mehr, im Verlauf dieses Osterfestes in Euphorie geradezu zu schweben.

Und in dieser - sich völlig in völligen Widersprächen auflösenden Stimmung - schrieb er, an einem herrlichen Ostermorgen, dem siebten und erlösenden Sonntag dieser Leidenszeit, seine sechste „Inscriptio":

„RITTER UND GRAB

Vor wenigen Stunden, am Beginn der Osternacht, haben wir an einem eigens entzündeten Feuer weit vor der Kirche, eine Flamme entzündet. Sie wurde in die dunkle Kirche getragen und viele hatten Kerzen dabei, die sie an dieser Flamme anzündeten.

In diesem Licht sangen wir in der Nacht das "Exsultet", das nur einmal im Jahr, eben in dieser Osternacht, gesungen wird. Und es wurden Mehrere getauft, drei waren erst vor wenigen Jahren aus dem Orient zu uns gekommen und sind konvertiert.

Nun, am Ostermorgen des Jahres 1247, erklingt das "Halleluja" der ganzen Gemeinde zum Tagesanbruch. Es hat sich etwas verändert:

Nach 40 Fastentagen der Zeit „Quadragesima" und ihren 6 Sonntagen ist dies der 7. Sonntag. Das Fest aller Feste. Das Ende aller Leiden. Und gerade weil wir an uns selbst gelitten haben, sind wir nun frei, und wie es im Brief an die Korinther heisst: „Tod, wo ist dein Stachel, Hölle, wo ist dein Sieg! " Christus ist wahrhaftig auferstanden!

Und für uns, die wir in unserem Kloster wortwörtlich auf den Gräbern der Märtyrer gebaut haben und gebaut sind, hat das noch eine besondere Bedeutung: Denn während sie alle, die als Zeugen des Glaubens vor uns gegangen sind, hier noch liegen, hat Christus uns etwas hinterlassen, das alle Vorstellung sprengt: Das leere Grab.

Wohl wissend, dass wir vom Scheitern und der Sünde bis ins tiefste Innere und unausrottbar durchdrungen sind, wohl wissend, dass wir Menschen „das Gute wollen, aber es nie vollbringen" können, wie Paulus sich ausdrückte, gab Gott sich selbst. Dessen haben wir in der langen Fastenzeit gedacht. Er gab sich zum Opfer, und goss nicht nur „irgendeine Medizin" über uns aus.

Er tat es selbst. Er blieb nicht unbeteiligt. Er sandte keinen Boten, der irgendein ein stellvertretendes Ritual vollzog.

Er lebte als einer von uns.
Er litt selbst, wie wir auch leiden.
Er starb selbst, wie wir auch sterben.
So handeln nur Edle, eben Ritter.

Er kam selbst. Ritterlich. Sanft. Stark. Leidend, zerbrochen, und doch siegreich. Lamm und Löwe zugleich. Und wenn ich – mit meinem inneren Auge – wie durch das leere Grab hindurchsehe, dann sehe ich ihn immerfort, diesen Ritter unseres Heils.

Und ganz am Ende seines und unseres Weges sehe ich ihn, den Ritter, der unser Leben gewonnen hat, in voller Rüstung auf einem weissen Pferd, kommen mit den Wolken des Himmels.

REITER UND SCHWERT

Anders die Reiter, die in den vergangenen Tagen hier zugange waren.

Am Tag, an dem wir des Abendmahls gedenken, waren sie zuerst nach Sion, dann tags drauf nach Lausanne geritten. In voller Bewaffnung, wie

Krieger, und haben den dortigen Bischöfen, wie man sagt, jeweils Schreiben des Papstes überbracht. Welchen Inhalts, das wurde nicht öffentlich.

Gestern nun, vor der Abendmesse des Osterlichts, waren sie zurückgekommen. Und nur an einem Teil der Messe nahmen sie teil, weil sie zuerst ihre Schwerter und Montur ablegen und sich ein wenig zurechtmachen mussten.

Abendmahl nahmen sie fast teilnahmslos teil. Das ist ja nicht nur sprachlich ein Widersinn.

Die Mächtigen der Welt - ich sinniere - oder die sich dafür halten, die leben in ihrer eigenen Welt. Eine Welt, von der sie glauben, sie sei die einzig bedeutsame.

Doch an dem wirklich Bedeutsamen, scheinen sie mir vorüberzugehen. Fast teilnahmslos.

Was werden uns diese Reiter mit ihren Schwertern bringen? Irgendeine Veränderung, das ist sicher.

RETTER UND KÖNIG

Ich aber will mich, geradezu zerbrochen in den Ringkämpfen der vergangenen Wochen, glühend leidenschaftlich in der Anrufung meines Gottes, hingestreckt vor meinem Schöpfer, nun dem Retter zuwenden, der wirklich bedeutsam ist, dem eigentlichen König. Dem Auferstandenen. Jesus Christus.

Er hat uns nicht mit schönen Worten gerettet, sondern dadurch, dass er sein Leben für uns geopfert hat. Und er hat es wieder an sich genommen. Denn er ist Gott. Und er ist Mensch. Und er lebt.

Er geht mir voraus. Und ich folge ihm.

Das wird - ich sehe es mit einem Male vor mir - das wird mein Leben sein: Bis an mein Ende werde ich bis zum Ende der „grossen Perlenkette" gehen. Bis an mein Ende werde ich in dieses Osterfest hineinschreiten."

Carolus hatte - im euphorischen Pathos dieses Tages - erstmals bemerkt, wie sich schon jetzt zu erfüllen begann, was die Alte auf der Bank am Ratsplatz im Dorf Naters im oberen Wallis, in seiner Heimat, ihm vor Jahren prophezeit hatte:

Dass er nämlich einem König folgen werde, und dass er unterwegs sein würde dorthin, sein ganzes Leben lang.

Dreissig Silberlinge

Die drei Männer aus Rom - darunter ein Kardinal - hatten sich wieder reisefertig gemacht. Ihre Mission war, fast, beendet. Doch da gab es noch etwas.

Dem Abt hatten sie verdeutlicht, dass der Heilige Vater - auch wenn er in diesen umkämpften Tagen, wie sie sich ausdrückten, meist nicht in Rom aufhielt - erwartete, dass sich seine getreuen Gefolgsleute auch finanziell an dem Kampf gegen die allerorts aufkommende Häresie beteiligen.

Und erstmals erwäge man, den Sündenerlass gegen Bezahlung in grösserem Stil und systematisch dafür zu nutzen. Das eine ergäbe so das andere: Sünder bezahlten, damit andere Sünder aus dem Weg geräumt würden. Und die Welt würde so eine bessere, meinte man, sie würde eben sauberer. Reiner. So, wie es früher schon hiess: „Damit nichts Unanständiges, nichts Unsauberes, in ihr bleiben könne... ne quid indecens aut sordidum aut inferri aut in ea remanere permitterent.".

Gegen Geld also, darum ginge es ... und man würde auch ungeprägtes Edelmetall nehmen, wenn geprägte Münze gerade nicht verfügbar sei. Als der Abt, fast ängstlich, einwandte, St. Maurice hätte ja nur ein kleines Gebiet, auch wenn es strategisch eine grosse Rolle spielte, und da könne man nicht so viel bezahlen, da stellte man ihn kalt vor die Alternative, Teile des Klosterschatzes „als Pfand für zukünftige Zahlungen" mit nach Rom zu nehmen - oder er würde eben bezahlen. Jetzt.

Eben noch hatte man die Ostermesse zusammen gefeiert, und nun war der alt gewordene Abt genötigt, schon um das kulturelle Erbe des Klosters zu retten, die gesamte Barschaft des - finanziell gesehen - kleinen Klosters drei unbekannten Reitern mit einem apostolischen Siegel mitzugeben. Auf Nimmer-Wiedersehen.

Notgedrungen verschob der Abt sofort alle Lieferungen der Bürgergemeinde St. Maurice auf den Mai und rief ein „nachösterliches Fasten" für alle Brüder aus. Doch damit nicht genug.

Der Heilige Stuhl habe festgestellt, dass viele Kirchen und Klöster „heidnische oder häretische Bücher" in ihren Bibliotheken aufbewahrten. Manches sei ja akzeptabel - wie zum Beispiel einige genehmigte Werke des Aristoteles in lateinischen Übersetzungen -, aber Anderes würde nur eine gewisse Neigung zur Häresie fördern. Hierzu hätten sie Anordnung des Heiligen Vaters, diese Werke einzuziehen.

Langfristig wolle man in Rom eine Behörde einrichten, die einen Kanon „lesenswerter" Bücher einrichte. Alle anderen sollten „zum Schutz der Gläubigen und der Diener der Mutter Kirche" eingezogen werden. Einige seien auch, wie in Paris, schon öffentlich verbrannt worden. Zu den Einzuziehenden zählten insbesondere alle griechischen, arabischen und insbesondere hebräischen Bücher. Die päpstliche Verwaltung sorge schon für eine ausreichende Ausstattung mit lateinischen Übersetzungen.

Besonders gefährlich seien aber die „muttersprachlichen" Veröffentlichungen und „wilden" Übersetzungen, ganz besonders der Bibel. Man werde also „demnächst" - der Zeitpunkt war unklar - eine vatikanische Inspektion auch über die umfangreiche Bibliothek von St. Maurice ausüben.

Und der Abt möge noch im laufenden Jahr 1247 eine Liste der „verdächtigen" Bände abfassen und nach Rom schicken. Seien die „verdächtigen" Bücher einmal identifiziert, sei auch den Mönchen deren Studium bis auf weiteres untersagt.

Und man wünsche zu Händen der päpstlichen Kanzlei eine Kopie der offiziellen Anordnung des Abtes an die Mitglieder des Konvents. Noch im laufenden Jahr.

Auf und Davon

Am Montag nach dem Osterfest waren die beanspruchten Barmittel - unter strenger Geheimhaltung - in kleine Lederbeutel abgepackt und gleichmässig auf die drei Reiter verteilt.

Es verging keine Minute nach vollständigem Erhalt des Geldes, dass die Reiter aufsassen und ihren Pferden heftig die Sporen gaben. Ihr Gruss - auch der des Kardinals - war stumm. Und sie verschwanden.

Carolus ahnte all das mehr, als dass er es wusste. Doch in seinen Aufzeichnungen fanden sich tiefe Reflexe all dieser Vorkommnisse. Und er schrieb:

„Sie sind weg.

So überraschend sie kamen, so unerwartet war ihr Weggehen. Auf und davon sind sie. Die beiden Reiter und der päpstliche Bote, die wenige Tage vor dem Osterfest bei uns einfielen, fast wie eine der ägyptischen Plagen, und grösseren Aufruhr verursachten, haben uns heute – am Tag nach dem Ostersonntag des Jahres 1247 A.D. – gen Süden, wie sie sagten, verlassen.

Als wären sie nach Hause geflohen, wenn man es einmal verdreht ausdrückt, sind sie weg. Ein italienischer Abschied war es, mit schicksalhaft geraunten Weggehens-Grüssen in römischem Dialekt.

Grüsse, die wohl nur der Abt und der Prior verstehen sollten. Offen angedrohte Freundlichkeit, ironisch formuliert.

Und als sie im Staub der nahen Strasse unseren Blicken entschwanden, war ein Moment orientierungsloser Leere entstanden. Und keiner wollte einfach an irgendeiner Arbeit weitermachen. Und nahezu jeder sinnierte und fragte sich, was das alles zu bedeuten habe.

Weit kam ich aber nicht, mit dem orientierungslosen Gefrage in der Abenddämmerung dieses Montags. Denn der Prior nahm mich zu Seite, ein ganzes Stück gingen wir – an den Gräbern und der über dem Kloster von St. Maurice überhängenden, riesigen Felswand entlang – zuerst schweigend.

Der Abt wolle mich morgen sehen, sofort nach dem morgendlichen Essen.

Ich solle alles andere absagen oder einfach lassen.

Worum es denn ginge? Und ich sei beunruhigt, drang ich auf ihn ein. Das könne er mir nicht sagen, sagte er mir – irgendwie nichts- und vielsagend zugleich. Aber ganz, ganz sicher würde ihm der Abt morgen alles erklären.

Und dann der Satz, den ich nicht mehr geglaubt hatte, je hören zu dürfen. Und es kam ganz lakonisch und knapp:

"Wir brauchen Dich!".

Wie neben mir stehend, glotzte ich ihn geradezu blöde an. Trottend ihm zum Kloster zurück folgend, wusste ich nun weder etwas zu sagen noch etwas zu fragen.

Es war wohl alles anders als ich geglaubt hatte."

Nacht und Erleuchtung

Nie hätte er sich träumen lassen, dass er hier noch gebraucht würde. Die letzten Wochen hatten ihm dermassen zugesetzt, dass er begonnen hatte abzunehmen: Körperlich wurde er immer weniger. Er war müde, im Grunde - er wollte es sich nur nicht in aller Tiefe eingestehen - des gesamten Lebens überdrüssig.

Und so wurde es Nacht um ihn. Nicht eine Nacht, in der die Sonne nicht scheint - wann hätte sie das je getan. Sondern eine Nacht der Seele. Denn jetzt, wo irgendetwas passiert war, von dem er noch nichts wusste, jetzt würde man ihn „brauchen".

Was das bedeuten wollte? Was war mit „brauchen" gemeint? Was sollte er denn schon beitragen!

Schon spät am Abend, das letzte Stundengebet war schon lange zu Ende, sinnierte er noch in seiner Zelle, beim Schein einer grossen Kerze. Und - suchend - las er im Buch der Bücher. Und - findend - las er im den Psalmen:

> *„HERR, der König freut sich in deiner Kraft,*
>
> *und wie sehr fröhlich ist er über deine Hilfe!*
>
> *Du erfüllst ihm seines Herzens Wunsch*
>
> *und verweigerst nicht, was sein Mund bittet. SELA.*
>
> *Denn du überschüttest ihn mit gutem Segen,*
>
> *du setzest eine goldene Krone auf sein Haupt.*
>
> *Er bittet dich um Leben; du gibst es ihm,*
>
> *langes Leben für immer und ewig...*
>
> *... Domine in fortitudine tua laetabitur rex et in salutari tuo exultabit vehementer*

desiderium cordis eius dedisti ei

et voluntate labiorum eius non fraudasti eum SEMPER

quoniam praevenies eum benedictionibus bonitatis pones in capite eius coronam de lapide pretioso

vitam petivit te et dedisti ei longitudinem dierum in saeculum et in aeternum"

Fast wollte er sich lustig machen über diese Worte: War ihm denn nicht das Gegenteil passiert?!

Doch er besann sich: Das war ja David, dem es damals gut ging. Und da konnte er wirklich verstehen, dass er voller Hoffnung war. Und so euphorisch schrieb und dichtete.

Er aber? Er selbst? Heute?

Doch da kam ein anderes Wort zu ihm, das er schon einmal gehört hatte, in den gottesdienstlichen Lesungen. Es kam ungefragt, und es kam auch ungeachtet, seiner erst kürzlich ausgesprochenen Weigerung, er wolle solche Worte nicht mehr empfangen.

Es kam ganz leise, doch es wiederholte sich, nicht aufdringlich, sondern leise, still und heimlich.

Und unermüdlich streichelten diese Worte, die er dann hörte, seine müde Seele, und dann konnte er es - ganz leise und ohne irgend einen Aufruhr der Gefühle - einfach zulassen:

„Kann auch ein Weib ihres Kindleins vergessen, dass sie sich nicht erbarme über den Sohn ihres Leibes? Und ob sie seiner vergässe, so will ich doch deiner nicht vergessen...

... numquid oblivisci potest mulier infantem suum ut non misereatur filio uteri sui et si illa oblita fuerit ego tamen non obliviscar tui"

Missio
Zeit der Aussendung

Missio – Aussendung

Was Innozenz IV. von einem knappen Dutzend Klöstern aus verschiedenen Teilen des Reiches und aus anderen Reichen wie dem spanischen und dem englischen wollte, war im Grunde eine gute Idee:

Gerade in den ständigen Kanzeleistreiten mit den Herrschern um ihn herum und den verschiedenen Königreichen hatte er gelernt, dass es nicht genügte, nur die Verwaltungen auszubilden.

Eine schnell voranschreitende Verstädterung in allen Ländern, ein rasantes Bevölkerungswachstum in den vergangenen Jahrzehnten und nicht zuletzt die zwingende Notwendigkeit, sich mit den Völkern des Ostens zu befassen - nicht nur wegen der Hunnenstürme wie vor einigen Jahren - , schienen eine Konsequenz nahe zu legen:

Diese Völker, diese Gemeinwesen und die Stadtstaaten wie Venedig oder Bern und andere, ja diese Städte, die zu Hunderten und schnell heranwuchsen, sie alle müssen in die bisherigen Prozesse des Verwaltens und der Rechnungslegung einbezogen werden.

Sie alle müssen aber auch von einer gemeinsamen Sicht der Welt und des Glaubens geprägt werden. Sonst würden nicht nur wüste Kriege um die Verteilung der neuen Errungenschaften einsetzen, sondern es bestünde auch die Gefahr, dass die Kirche ihren Einfluss verlöre. Noch ein Schisma wollte und konnte sich die katholische Kirche nicht leisten.

Und dann die Schulen selbst: An vielen Orten schossen sie gerade aus dem Boden, wie die Pilze im späten Sommer. Und am meisten plagten ihn die Universitäten: Die ersten waren in England und Frankreich bereits gegründet, doch meist stammte die Initiative dafür aus privaten Zusammenschlüssen, einer Gemeinschaft der Lehrenden, und das war ja auch mit „Universitas" gemeint.

Am schlimmsten kam es dem Papst jedoch an, dass die Universität von Neapel sich immer noch seinem Einfluss entzog:

Der Staufer Friedrich hatte sie bereits im Juli 1224 gegründet. Und sie blühte. Doch womit?! Man konnte dort auch Arabisch lernen und Mathematik, und er hatte Friedrich ernsthaft im Verdacht, dem Islam nahe zu stehen.

Kurz: Innozenz wollte klären lassen, welchen Beitrag vor allem die ihm ergebenen Klöster zu einem Schulungs- und Bildungssystem leisten könnten, das vom Heiligen Stuhl und nicht von „irgendetwas Dahergelaufenem" geprägt würde.

Vor allem die weite und möglichst normgebende Verbreitung des kanonischen Rechts der Kirche - auch als Vorbild für weltliche Rechtssysteme, die gerade überall zu entstehen schienen - lag ihm am Herzen.

Und wenn die Völker jetzt auch noch anfingen, ihre eigenen, meist wenig entwickelten Sprachen für Rechtsprechung und Kommunikation zu verwenden, wie in den vergangen Jahrzehnten nicht nur in entfernten Städten, sondern auch in dem wichtigen Mainz geschehen, und im noch näher gelegenen Freiburg im Uechtland oder wie es in Bern in Vorbereitung war, dann würde der Rechtsverkehr und die kirchliche Lehre kompliziert. Und gerade ein Überwachen der Häretiker wäre dann ungeheuer schwer.

Dazu, für alle diese mehrfachen Zwecke, benötigte er aber ein möglichst konzises Bild der Situation in den verschiedenen Ländern, vor allem im Sacrum Imperium, von der Nordsee bis nach Palermo. Das war sein Auftrag schon früher im Jahr gewesen, und er erging auch an die drei Reiter, die gerade hier gewesen waren.

Die „unterstützende" Zahlung ausreichender „Beiträge" zur Verfolgung der Häretiker war gewissermassen ein nicht unwillkommener Nebenzweck. Vermutlich auch dann, wenn die Reiter ihren Anteil in einer unklaren Weise „selbst definiert" hatten.

MISSIO I – PARS PRIMA

Carolus traf die Bitte, die sein Abt so unerwartet an ihn herantrug, fast unvorbereitet. Lediglich die nächtlichen Trostworte und die völlig jenseitige Ostererfahrung hatten ihn ein wenig ruhiger und wieder lebensfreudiger gemacht.

Doch was dann passierte, schlug dem Fass den Boden aus. Und so schrieb er alsbald in seinen Aufzeichnungen:

„Es ist das Unvorhersehbarste aller unvorhersehbaren Dinge geschehen. Keine eigentliche Überraschung allein, das wäre zu schwach formuliert. Sondern das Unwirklichste ist Wirklichkeit geworden.

Am Tage nach dem wilden Aufbruch der ungestümen Reiter des Papstes hatte mich der Abt Nantelmus schon früh zu sich bestellt. Und er begann mit der Erläuterung eines grossen Planes, den er mir an vier aufeinanderfolgenden Tagen – Schritt für Schritt – verkündete.

Denn es waren keine Fragen, die Nantelmus an mich richtete. Es waren Anordnungen, ja Befehle. Doch was für welche! Ich war - und bin - so aufgewühlt, dass ich erst jetzt darüber schreiben kann.

Und alles erinnert mich zu sehr an den Propheten Habakuk, der auf seinem Wachtürmchen stand und fast verzweifelt auf das Reden und Eingreifen Gottes wartete. Und was dann als Erstes geschah, war, dass der Herr den Propheten Habakuk ermutigte, ihm weiter zu vertrauen, und er sprach zu ihm:

> *„Die Weissagung wird ja noch erfüllt werden zu ihrer Zeit und wird endlich frei an den Tag kommen und nicht trügen. Wenn sie sich auch hinzieht, so harre ihrer; sie wird gewiss kommen und nicht ausbleiben.*
>
> *… quia adhuc visus procul et apparebit in finem et non mentietur si moram fecerit expecta illum quia veniens veniet et non tardabit… "*

So kam ich mir auch vor: Vom Höchsten zuerst gelockt, dann motiviert, später überwältigend gerufen und dann expressis verbis gesandt (und das noch mit geradezu rätselhaften Worten). Dann aber zuerst „sitzen gelassen", vom Himmel vergessen, vom "Liebhaber meiner Seele" vernachlässigt. Was war das gewesen? Zuerst Ablehnung, Rüge, ja Strafe und Vereinsamung. Und jetzt?! Aber der Reihe nach:

Das erste was Nantelmus mir an diesem Dienstag nach dem Osterfest verdeutlichte, war – angesichts dessen, was man allenthalben von den Durchreisenden hier im Kloster gehört hatte – nicht sehr überraschend. Aber es war überraschend, was er daraus für Schlüsse zog:

Der Papst hatte ihm, Nantelmus, mündlich den Auftrag erteilt, das in allen Ländern ungeordnet aufkeimende Schulwesen zu erkunden und ihm in geheimer Mission Bericht zu erstatten; mehr noch:

Er solle dafür sorgen, dass das Kloster St. Maurice langfristig seine bisherige Lateinschule, die ausschliesslich für die Ausbildung der Novizen, des Nachwuchses im Kloster selbst, ausgelegt war, in eine Einrichtung umzuformen, in der generell Priester auf die rechte Weise ausgebildet würden.

Gegebenenfalls könne man - für spätere Jahre - sogar darüber nachdenken, eine öffentliche Schule daraus zu machen. Ein umwerfender Gedanke! - Die Frage sei jedoch, wie genau dies geschehen könne.

Der Heilige Stuhl habe in den vergangenen Jahren gelernt, dass es einige neue Ansätze gab, bisher ungelöste Probleme zu einer Lösung zu führen.

Einer dieser Ansätze, die man vorwiegend in den - bislang ungeliebten - englischen „Universitates" und in Paris entworfen hatte, sei es, die Dinge, die man für selbstverständlich hält, erst nochmals genauer zu untersuchen und sie einer „Inquisitio" und einer „Disputatio" zu unterziehen, bevor man sie öffentlich als richtig anerkenne.

Dabei habe man ein griechisches Wort gebraucht, um das systematische Vorgehen zu beschreiben, nämlich das des „Zugangsweges", und man nennt es „Methode", also wörtlich „der Weg hinauf", oder der "Weg zu einem Ziel".

Die Frage des Papstes ist also „methodisch" gedacht: Zuerst solle man alle erkennbaren Tatsachen, die man zum Schulwesen überhaupt finden könne, sammeln und sie dann geordnet interpretieren.

So entstehe eine Gesamtsicht, die man dann – gewissermassen als „Summe aller Erkenntnisse" – abgesichert veröffentlichen könne. Eine solche „Summa" zu schreiben, habe sich im Übrigen schon bei theologischen Fragen bewährt.

Kurzum: Nantelmus erhielt - als direkt dem Heiligen Vater Untergebener - den Auftrag, nicht nur in seinem kleinen Zuständigkeitsgebiet (und dort in der französischen Kultur), sondern auch im gesamten „Reich deutscher Zunge" Informationen über das Schulsystem zu sammeln und Vorschläge über dessen zukünftige Ausgestaltung zu machen.

Die Mission solle geheim durchgeführt, und lediglich ein einzelner, geeigneter Mönch mit der Durchführung beauftragt werden. Dieser solle sich dann im Rahmen der Massnahme an einer geeigneten Schule einschreiben, eine Ausbildung absolvieren und den Betrieb dort beobachten.

Und Nantelmus hat beschlossen, mich mit dieser Erkundung zu beauftragen. Mich!

Er könne, so sagte er mir, den Wunsch des Papstes nicht ablehnen. Und ich kann und will, so sagte ich mir, den - freilich widerwillig entstandenen - Wunsch meines Abtes nicht ablehnen.

Ziel sei, so erläuterte mir Nantelmus weiter, Ziel sei, alle Länder - fast im Sinne des vor langer Zeit wirkenden Kaisers Carolus Magnus - im Sinne der Kirche zu prägen:

Das Denken, das Reden, das Handeln, alles solle eine einheitliche, eine römische, eine "lateinische" Prägung erhalten.

Aber diese Prägung sei eher eine Art „Zwischenziel" - ich würde heute für mich sagen, eine Verbrämung – des eigentlichen Zieles: Es solle nämlich vor allem die Ordnung der Kirche, und das in erster Linie in den Klöstern, und dabei in erster Linie die Reinheit der Lehre, wieder hergestellt werden.

Auch sei der Gehorsam gegenüber dem Heiligen Stuhl unbedingt durchzusetzen und als ein Ziel zu vermitteln.

Und überhaupt: Seit dem Tod des Franziskus von Asissi, am 3. Oktober des Jahres 1226, also in dem Jahr meiner Geburt (wie der Abt mir süffisant zuflüsterte) hätte es aller Mühe bedurft, die „Schwärmer" in den Orden und den Kirchen – und „leider auch ausserhalb des Klerus, nämlich bei den Laien", so Nantelmus – wieder „zur Vernunft zu bringen".

Die Bischöfe und Diözesen wüssten sich all dieser Dinge kaum zu erwehren, und gerade im Bereich der Ausbildung seien sie meist hilflos. Dort aber, in den Schulen und den ersten Universitäten, entstünde das Problem erst recht eigentlich.

So solle, so der Auftrag, auch das Kloster in St. Maurice seinen Beitrag leisten. Man solle zu diesem Zweck einen aus ihrer Mitte aussuchen, den man als Kundschafter vor allem in das Reich, besonders das der deutschen Sprache, aussende.

Er habe, so Nantelmus, nun entschieden, dass ich das sein solle.

Ich sei zwar viel zu jung, da würde er nicht davon abgehen. Aber ich hätte einige Vorteile, die keiner der anderen Brüder hätte: Ich sei von der Muttersprache her Deutsch, würde im Kloster selbst noch nicht gebraucht (wie andere Brüder deutscher Herkunft) und ich sei eben wegen meiner Jugend frisch, unverbraucht und belastbar. Auch sei ich für eine zusätzliche Ausbildung sehr geeignet.

Und noch vor kurzem hätte ich ja mit aufbrausenden Worten meinem eigenen Wunsch deutlich Ausdruck verliehen, zu "Reisen und zu Lernen". Ich sei also unzweifelhaft willens.

Und schliesslich hätte ich meinen klösterlichen Namen - er sagte das mit einem ironischen Unterton - ja nach dem grossen Kaiser Carolus gewählt. Da würde es ja passen, dass ich auch eines „seiner Anliegen" verträte. Auch wenn er das „nicht ganz so ernst" meine.

Was mich aber dann völlig überraschte, war die baldige Abreise: Am Montag, dem 22. Tag dieses Monats April schon, am Tag nach dem Sonntag

„Jubilate", solle ich abreisen. Er, Nantelmus, würde in kürzester Zeit für eine intensive Vorbereitung und eine weitere Einweisung - auch durch ihn selbst - sorgen. Drei weitere Male solle ich daher zu ihm kommen, und er benannte mir sofort die nachfolgenden Tage und Stunden seiner weiteren „Instructiones".

Fast wortlos, doch in jedem Fall sprachlos, verliess ich an dem Dienstag nach Ostern den Abt. Ich bat den Prior um Dispens vom mittäglichen Essen, denn ich müsse ein wenig nachdenken.

Und dann ging ich alleine in die Wälder. Äusserlich ruhig, ohne Hetze, aber innerlich zutiefst aufgewühlt. War das die Erhörung meiner Gebete? Noch war ich mir unsicher. Aber ich wollte die weiteren drei „Instructiones" abwarten. Und erst dann sollte auch mein eigenes Herz seine - seine persönliche - Entscheidung treffen. Solange wollte ich abwarten: Sowohl mit Jubel, als auch mit Zulassen des Abschiedsschmerzes.

Ich will aber auch Abwarten mit der Angst vor der Herausforderung, die all das für mich Unerfahrenen bedeuten würde. Einfach abwarten will ich. Und vertrauen.

Und das „Sei getrost und unverzagt...", war mir dann wieder in den Sinn gekommen. Und ich ging am Abend mit grossem Frieden in die Vesper...

... doch weiss der Abt nicht, dass ich mein Leben in kleinen Schritten notiere. Er kennt meinen Plan nicht, mein Leben noch zu meinen Lebzeiten den Lebendigen zugänglich zu machen, und nicht erst bis nach meinem Tod zu warten – wenn das die richtige Formulierung ist, denn nach meinem Tod kann ich ja nicht mehr warten, er ist die völlige Entmachtung – , also eben nicht zu warten, bis das Vergessen das Erinnern besiegt.

Eingeschärft hat er mir aber, dass es über all das, was er mir erkläre, kein Dokument gäbe – und auch keines geben dürfe. Eben darum habe der Heilige Vater keinen Brief gesandt, sondern Gesandte, die die Botschaft des Papstes umso mehr verbriefen würden, als sie persönlich die Gefahren des Weges auf sich genommen hatten, um dem Kloster in St. Maurice (und den Bischöfen von Lausanne und Sion) die richtungsweisende Botschaft des Heiligen Stuhls zu bringen. Und käme es eines Tages ans Licht, was er eher am Ende meines Lebens sähe als in jungen Jahren, dann würde er, Nantelmus, nach menschlichem Ermessen nicht mehr am Leben sein."

Und so erfüllten sich die INITIA, die Anfänge der Dinge, die vor fast zehn Jahren ein nie erkanntes, altes Weib auf dem Dorfplatz in Naters dem damals noch blutjungen Marcus, der sich heute Carolus Paulus nennt, geweissagt hatte:

> *„Du aber, junger Löwe, kämpfe Du den Kampf, der dir einen guten Stand vor dem Schöpfer einbringt. Du kannst es erringen! Denn wenn ER Dich annimmt, dann bist Du wahrhaft Zuhause. Auch wenn Du noch weit gehen musst, bevor Du dort endlich ankommst.*
>
> *Und Du wirst weit gehen, junger Löwe, ich sage es Dir.*
>
> *Kämpfe den guten Kampf des Glaubens! Kämpfe nicht um des Kampfes willen. Kämpfe nicht um zu siegen. Denn die Schlacht, um die es wirklich geht, die ist schon geschlagen!*
>
> *Ich sage Dir aber: Mache Dich stattdessen mit dem Sieg dessen eins, der schon gesiegt hat. Und auch Du wirst dann eines fernen Tages ankommen, und viele nach Hause führen...*
>
> *Und höre noch eines, dann will ich schweigen: Du wirst nicht zur Ruhe kommen, bist Du dort angekommen bist, wo Dein König schon auf Dich wartet. Folge diesem König, dann wirst Du Deinen Sieg, ja Deine Krone erhalten."*

In der Tat: Waren es bislang vor allem innere Kämpfe, die ihn - den sie einen Löwen genannt hatte - nicht zur Ruhe hatten kommen lassen, so würden es nun - am Anfang all seiner Anfänge - die Anforderungen einer grossen und im Grunde unabsehbaren Mission sein, die ihm ein ruheloses Leben geradezu aufzwangen.

Doch er würde letztlich - am Ende der Rastlosigkeit - zu seiner Ruhe kommen. Dessen konnte er sich gewiss sein. Aber es war noch ein Weg zu gehen. Tausende von Wegen seines Lebens.

Vorsorge

Zuerst wusste er nicht, wie ihm geschehen war. Und als er den Abt verlassen hatte und in seine Zelle zurückgekehrt war, konnte er nicht mehr genau ausmachen, ober er wachte oder träumte. Hatte er phantasiert?

So sehr hatte er es sich gewünscht, eine solche Reise antreten zu dürfen! Dann war sie ihm, so wie er es sich ausgemalt hatte, schlicht verboten worden. Und das, was ihm jetzt geradezu befohlen worden war, das war nicht wirklich die Reise, die er sich selbst vorgestellt hatte. Er war ja nun nicht mehr frei, seinem eigenen Gutdünken zu folgen, sondern er hatte einen Auftrag.

Sollte er sich wirklich fügen? Ein Konflikt brach in ihm auf, denn er hatte sich ja ausdrücklich zum Gehorsam verpflichtet, dem Abt gegenüber, und natürlich auch dem Papst. Und letztlich ging sein Auftrag ja auf diesen, nämlich Papst Innozenz IV., zurück.

Den Gehorsam zu verweigern, das würde dem Verlassen des Ordens gleichkommen. Wenn nicht noch mehr. Und solch einen Gedanken wagte er eigentlich nicht zu denken.

Andererseits fühlte er sich gedemütigt und völlig willkürlich behandelt. Mehr noch: In diesem Auftrag, dieser Mission, ging es ja nicht um ihn, nicht um seine Wünsche und Vorstellungen. Es wurde von ihm verlangt, ohne Nachfragen einfach zu dienen.

Und nur Zufall - oder eher Fügung! - schienen seine Vorstellungen auch in diesem Plan des Abtes zur Deckung zu bringen.

Es war aber dann doch ein schlichtes Gebet, in dem er sich erneut zu seinem Gehorsam bekannte, auch zu seinem Gehorsam gegenüber Gott. Denn alleine ER, so schien es ihm, hatte das alles so gefügt. Jetzt wollte er sich seinerseits nicht entziehen. Und die Entscheidung war auch in seinem Inneren gefallen.

Während Carolus Paulus noch mit sich und Gott gerungen hatte, war aber der Nantelmus, der Abt, bereits dabei Fakten zu schaffen:

Er informierte nicht nur die hochrangigen Brüder des Konvents, sondern er diktierte seinem Schreiber Entwürfe für Empfehlungsbriefe an verschiedene Institutionen, von denen er sich wünschte, dass Carolus sie besuchte und ihm dann Bericht erstatten solle. Die Oberen dieser Häuser bat er um eine kostenlose Aufnahme und Versorgung seines Schützlings. Die Unterrichtsgebühren für allfälliges Studium werde dann der Orden begleichen, sobald die Ausbildung angetreten sein sollte. Er, Nantelmus, stehe dafür auch persönlich ein.

Gleichermassen entwarf der Abt selbst - soweit er dies beurteilen konnte, denn auch er kannte nur Teile des Weges, und das aus seinen sehr frühen Tagen - einen Reiseplan, ein Itinerarium, dem Carolus zunächst folgen sollte.

Einige Teile aber blieben leer, und es würde eine Herausforderung für den jungen Mönch sein, die noch unbekannten Wege zu finden. Vielleicht, so dachte Nantelmus insgeheim, vielleicht entsteht ja so eine Art neuer Reisebeschreibung, wer weiss... Immerhin kannte er Carolus schon einige Jahre, und er wusste, dass der gerne erzählte.

Die materielle Seite aber bereitete Nantelmus Sorge: Denn nicht nur waren seine baren Mittel in den letzten Tagen durch die unvorhergesehene Visitation mehr als nur dezimiert worden - „requiretur et altera pars", dachte er in schmerzhaftironischer Abwandlung eines schon sehr alten Rechtsgrundsatzes:

„Auch der andere Teil soll requiriert werden",

und im stillen dachte er: „Den ersten haben sie ja schon lange geholt...".

Nichts war ihm also geblieben, in diesem auch für ihn schweren Moment. Doch hoffte er für die Zukunft...

So griff der alternde Mann denn zu seinen privaten Mitteln. Die Weltläufe mehr ahnend als kennend hatte er sich nämlich vor einiger Zeit kleine Silber- und Goldstücke herstellen lassen:

Sie hatten alle das Gewicht einer Uncia, zu der man heute im Deutschen Unze sagt, und sie trugen auf ihrer Rückseite eine Prägung, die ihr Gewicht und einen Hinweis dahingehend enthielten, dass es sich dabei um einen sehr reinen Stoff handele.

Die Stücke waren wertvoll, und neben einigen gängigen Münzen des Reiches gab er Carolus davon einige mit.

Carolus schien damit für die gesamte Dauer seiner Reise, die Nantelmus auf drei bis vier Jahre schätzte, versorgt.

Missio II – Pars Secunda

Carolus, der von all dem Überraschte und trotz aller innerer Vorbereitung von dem Geschehen Überwältigte, fasste dann - nach seinem zweiten Treffen mit dem Abt - die Ereignisse in eigene Worte. Und er schrieb :

„Noch immer kämpfe ich mit dem Unerwarteten, das mir in diesen Tagen begegnet, und ich kann es kaum fassen. Doch ich will die Ordnung der Dinge bewahren und nun vom zweiten Tag berichten, dem Mittwoch nach dem Osterfest, dem 3. Tag des Monats April 1247 A.D., an dem mir Nantelmus, der Abt des Klosters St. Maurice, seinen Auftrag übermittelte:

Ich möge mich erinnern, so begann der ehrwürdige Vater aller Brüder, dass er gestern damit geendet hätte, dass es in dem Auftrag des Heiligen Vaters an ihn, Nantelmus, auch darum gegangen war, die Ordnung in den Klöstern wiederherzustellen.

Aber er wolle heute auch einen Schritt weiter gehen und ihm das Folgende klarmachen: Es gehe letztlich um die Ordnung der Kirche überhaupt.

Denn gelänge es den loyalen Orden und Bistümern nicht, das Häresie-Unwesen in den Diözesen auszurotten, dann müsse der „Heilige Stuhl" selbst etwas unternehmen. Als eine dauernde Einrichtung halte das der Heilige Vater aber - wie dieser ihm hatte übermitteln lassen - für ungeeignet und kaum praktikabel, und so wolle er vorbauen, es also erst gar nicht soweit kommen lassen.

Insgeheim beschlich mich jedoch der Gedanke, dass der Papst so etwas - eine dauernde Einrichtung der Kirche gegen die Häretiker - nur ausschloss, nachdem er es zuvor ernsthaft erwogen hatte. Und ob es dann im Umkehrschluss genau dafür schon Pläne gibt, frage ich mich…?

Aus diesem Grunde wolle er flächendeckend, und überall, wo die Kirche Macht und Einfluss besäße, in allen Ländern ihrer Präsenz also, eine verbesserte und möglichst breite Ausbildung des Klerus und aller mit ihm

Verbundenen einführen, ergänzte Nantelmus. Letztlich - und er rede eher von einer fernen Zukunft - würde das sogar die Ausbildung geeignet erscheinender Laien einschliessen.

So müsste in Zukunft sichergestellt sein, dass sowohl die Ordens-, vor allem aber auch die bischöflichen Schulen, die allenthalben in nahezu ungeordneter Weise entstünden, insbesondere aber die so genannten „Universitäten", den Weisungen des Papstes auch wirklich Folge leisteten.

Es dürfe einfach nicht mehr dazu kommen, dass der "Ex-Kaiser", wie er den Staufer Friedrich II. nannte, oder andere "Ungeeignete" erneut eine Universität gründeten, wie die zuletzt von dem Staufer 1224 ins Leben gerufene in Neapel.

Und es müsse damit auch gewährleistet werden, dass sie Ausbildungsinhalte verwirklichten, die - und deshalb wendete er sich speziell an die augustinisch organisierten Orden und Klöster - Ihrer aller „Regel-Geber", der heilige Augustinus, zum Beispiel in einem seiner grundlegenden Werke, der Abhandlung „De doctrina christina" nämlich, aber vor allem auch in einem seiner „Geschichte machenden Werke", und zwar „De civitate dei", oder „Über den Gottesstaat", klar und ausführlich dargelegt hätte.

Auch habe der Kirchenvater und Bischof dort klar gesagt, wie man sich mit Abweichlern abzugeben habe, nämlich im Zweifel auch mit grosser Härte, selbst wenn sich diese Härte am Ende gegen Leib und Leben der Häretiker richten solle. Dir Kirche müsse also besser durchgreifen.

Doch zunächst müsse man sich ein Bild verschaffen, und genau deshalb wolle der Abt - und nun sprach er im eigenen Namen - mich auch aussenden.

Unter anderem solle ich mich also - während ich noch wandere - intensiv mit den Schriften des Augustinus, insbesondere mit den beiden Genannten, aber auch mit den heutigen Lehren auseinandersetzen, die ich auf dem Wege antreffe. Ausnahmslos mit allen, und nicht nur mit den kirchenkonformen, sondern gerade mit denen auch, die mir nicht zum Bild des Glaubens zu passen scheinen, das ich in den vergangenen Jahren so klar im Kloster von St. Maurice gelernt hatte. Dies alles sagte mir mein Abt.

Dazu würde ich hervorragend Gelegenheit haben, fuhr er fort, wenn ich mich an die in den kommenden beiden Tagen aus dem Munde des Abtes folgenden Hinweise hielte.

Damit entliess er mich - für diesen Tag".

Missio III – Pars Tertia

Auch die dritte Session seiner Beauftragung durch den Abt überwältigte den jungen Mönch. Doch mittlerweile war er gefasster und stärker.

Und so schrieb er dieses Mal mutiger nieder:

„ *…Es war am dritten Tag der Instruktionen des Nantelmus – und damit fahre ich fort mit meiner Schilderung des am Ende gewaltigen Auftrages, den mir der Abt nach dem Osterfest des Jahres 1247 übertrug - es war an diesem dritten Tag, dass der schon betagte Vater unserer Brüder in St. Maurice sich erstmals in tiefer Weise selbst betroffen zeigte von den Dingen, die er mir bislang eher pflichtgemäss mitgeteilt hatte.*

Der Heilige Vater selbst, sein „Herr in Christus", wie er es nannte, habe ihn persönlich beauftragt, „langfristig" hier im Kloster St. Maurice - oder an dieses angegliedert - eine Schule zu gründen. Keine interne alleine, denn die haben wir ja schon, sondern eine, die dem ursprünglichen Auftrag des Klosters viel eher gerecht würde: Nämlich eine zentrale Kultstätte – wie früher der Burgunder und der Herren von Savoyen (Nantelmus sprach dabei immer von den „Savoyarden", oder „Les Savoyards"; das war seiner romanischen Auffassung geschuldet, wie das Vielen hier im Tal so geht, auch wenn sie Deutsch sprechen) - so jetzt für das "noch namenlose Land zwischen dem Rhein und der Rhône" zu sein.

So könne und solle das Kloster St. Maurice in Zukunft auch zu einer zentralen Ausbildungsstätten des ganzen Raumes, nicht nur im Wallis, sondern auch am Lac Leman, ja sogar nördlich davon bis hin nach Basel, werden.

Und auch mir leuchtete ein, dass das eine ganz neue Sicht der Dinge war. Lediglich die Begründung, die der Abt dann gab, schien mir eher aus den strategischen Plänen eines weltlichen Königs zu entstammen als aus dem Hirtenherzen des Bischofs von Rom, und ich dachte unwillkürlich an die staatstragende Rolle der Religion in der Vita Caroli des Einhard:

Es gäbe hier, führte Nantelmus fort - zwischen Rhein und Rhône - eine Art „spatium vacuum", einen leeren Raum also (und ich fand diesen Begriff sehr seltsam). Einen Raum, der leer sei, und zwar an Herrschaft ebenso wie an Ausbildung:

Denn Herrschaft brauche Ausbildung und Formung kommender Generationen. Und Ausbildung brauche ebenso Herrschaft, weil sie sonst leicht aus dem Ruder liefe. Das alles zeige erneut das Beispiel der Karolinger, allen voran des grossen Kaisers Karl („Deinem Namensgeber, Du Unbescheidener"; der Abt wollte einfach nicht wahrhaben, das sich mir den Beinamen „Paulus", also „der Geringe" gegeben habe, und dass mir das auch inhaltlich sehr viel bedeutet).

Aber auch die Ottonischen Kaiser haben dieses Zusammenspiel gefördert. Dies würde ich auf meiner Reise ja vermutlich noch sehen. Von diesen Ottonen könne ich mir wohl noch kein Bild machen, aber ich würde das schon sehen! - Nantelmus machte mich in der Tat sehr neugierig!

Keinesfalls wolle der Heilige Stuhl jedoch hinnehmen, dass wieder ein „Nicht-Kaiser", wie der Abt sich in Verachtung des faktisch noch regierenden Staufers Friedrich II. ausdrückte, eine Universität – wie einst die von Neapel – gründe, an der dann „in frevelhafter Weise" zum Beispiel auch Arabisch, und damit auch der Koran, unterrichtet werden würde.

Jetzt aber – in den vergangenen Jahren - vor allem nach dem Niedergang der Zähringer in den Gebieten nördlich von St. Maurice, in Richtung Basel, kämen verschiedene Städte und auch gewisse Herrschaften auf, die sich eigenes Recht schaffen wollten, allen voran, die erstarkenden Städte Fribourg und Bern.

Bis dorthin wolle der Heilige Vater in Zukunft die Ausstrahlung von St. Maurice sehen. Und um Basel „wolle er sich schon selbst kümmern".

Und es sei ein weitreichender Gedanke, dass man das Aufkommen von Städten nördlich der Alpen wohl ebenso wenig verhindern könne, wie man es zuvor in Oberitalien hätte hinnehmen müssen. Und es sei besser, diese Entwicklung von Innen zu steuern, als ihr ausgeliefert zu sein.

Aber man wolle vor allem jetzt die Zukunft prägen, und hierfür seien Schulen - und später auch einmal Universitäten - wohl das Mittel der Wahl.

Nur dass sie eben unter der Obhut und Herrschaft der Kirche zu stehen hätten. Dies solle daher auch zum Auftrag von St. Maurice gehören.

Der Heilige Vater habe wohl von Gerüchten gehört, dass sich gewisse Landesherren die Loyalität solcher aufstrebender Städte geradezu erkaufen wollten, doch auch hier müsse die Kirche darauf achten, dass die dortigen Schulen schliesslich unter kirchlicher Leitung stünden. Wie man sich vor Ort einige, das sei dann Sache der Bürgerschaften und der Landesherren..., falls das nicht, wie im Falle von Bern „einfach zusammenfällt".

Nantelmus nannte dann ausdrückliche eine Stadt am oberen Rhein, die es bislang noch gar nicht wirklich gäbe, die man aber „Waldeshut oder so ähnlich nennen wolle", und von der das Gerücht ginge, sie wolle zum Brückenkopf der Herren von Habsburg aus Brugg an der Aare werden. Dieses Vorhaben solle „ein Bote" des Klosters – „und das bist nun Du", hatte ihm der Abt zugerufen – auch einmal ansehen. Denn der Papst wolle dieses Herrscherhaus der Herren von Habsburg gerne tiefer an sich binden und in Zukunft nach Kräften unterstützen.

Denn die Habsburger hätten nicht, wie vor ihnen die Staufer die „Anmassung", Herren der Welt zu werden oder gar kultisch verehrt sein zu wollen. Es würde ihnen stattdessen genügen, möglichst weite und vor allem zusammenhängende Länder zu beherrschen. Reich wollten sie einfach werden, und dort könne man sie „packen". Damit nämlich könne sich der Heilige Stuhl arrangieren, wenn man nur die Entwicklung von vorneherein beeinflussen und so eine gedeihliche Zukunft sichern könne.

Der Papst, Innozenz IV., erwarte also, dass St. Maurice „mit einer gewissen Distanz" auch das Treiben der Herren von Habsburg beobachte. Das Hauptanliegen sei aber, dass St. Maurice – langfristig – eine öffentliche Schule mit grosser und weiter Ausstrahlung begründe. Und der Heilige Vater wolle, dass man sich frühzeitig darauf vorbereite. Und über das Ergebnis der diesbezüglichen Recherchen möge man ihn, den Papst, in einigen Jahren in gebührender Form unterrichten. Der Heilige Stuhl würde im übrigen in seinem gesamten Einflussgebiet solche Untersuchungen anstellen.

Nantelmus beendete seine Ansprache an mich an diesem dritten Tag seiner Beauftragung damit, dass er mich schlicht entliess. Und ich möge mir schon einmal Gedanken machen, wie ich das alles auch praktisch umsetzen wolle.

Damit warf er mich allerdings in eine tiefe Ratlosigkeit, denn - nun muss ich es selbst sagen - ich fühle mich eigentlich wirklich zu jung für solch eine Aufgabe.

Doch sollte der vierte Tag seiner „Instructiones" dann alles zusammenfassen..."

Vorbereitungen

Was muss ein Mensch nicht bedenken, wenn er eine grosse Reise plant! Und es war nun auch an Carolus, sich an die direkten Vorbereitungen seiner Reise zu machen: In wenigen Tagen schon würde er aufbrechen! Und sein Herz schlug jedes Mal in wilden Schlägen, wenn er daran dachte.

Auch er hatte sich einen Reiseplan gemacht, jedenfalls hatte er es versucht. Denn in östlicher Richtung war er noch nie weiter als Ulrichen im Oberwallis gekommen, und die Gegenden nördlich, also am Thuner See oder an der Aare, würde er ja erst auf seiner Rückreise - „in einigen Jahren", er geriet völlig ausser sich, wenn er daran dachte! - wiedersehen. Aber die kannte er noch aus seinen Jugendtagen.

Doch wegen der bayerischen Gebiete im Osten, da konnte er Bruder Thomasius, den Bayern, fragen, und das tat er auch. Und Thomasius, der Vielgereiste, gab ihm nicht nur lang und ausführlich Auskunft, sondern er erzählte ihm auch das eine um das andere Mal das, was er „ein Schmankerl" nannte: Kleine, witzige oder skurrile Geschichten, die die beiden jedes Mal zu meist ungezügeltem Lachen veranlasste. So erhielt Carolus schliesslich einen „Fleckerl-Teppich" von Informationen, die er sich - brav sortierend - nun neu, entsprechend seiner geplanten Reiseroute, zusammensetzte.

Mit Cyrille hatte er ein letztes grosses Gespräch. Herzlich, tief und in Gott verborgen geradezu, unterhielten sie sich, nun erstmals auf Augenhöhe. Und in sehr tiefer Weise ging es dabei - noch lange nach dem Abendessen - um die tiefen Dinge des Glaubens:

„*Wer war dieser Jesus*"?

Er, Carolus, stelle diese Frage immer wieder. Doch,

„*Wer IST dieser Jesus?*", konterte Cyrille dann, verschmitzt.

„*Denn würde er nicht leben, wir hätten keine Hoffnung!*", ergänzte Cyrille.

„*Und wäre er nicht gestorben, so hätten wir keinen Zugang zum Vater*", flocht Carolus ein. Und sie sahen sich lange an.

„*Er lebt*", es kam Carolus zuerst zaghaft über die Lippen.

„*Er ist nicht tot. Nicht mehr. Er ist auferstanden!*"

„*Christus ist auferstanden, er ist wahrhaftig auferstanden...*", mit fester Stimme sprach Cyrille als Antwort den Osterruf der Kirche aus. Und dann mussten sie es gemeinsam aussprechen, den Text aus dem Glaubensbekenntnis:

„ *Et iterum venturus est cum gloria,*
judicare vivos et mortuos,
cuius regni non erit finis...

... und er wird wiederkommen in Herrlichkeit,
zu richten die Lebenden und die Toten;
seiner Herrschaft wird kein Ende sein."

Dies - das wurde Carolus erst in diesem Moment klar - , dieser Christus, war der König, dem er folgen wollte und musste. Bis zum Ende dieses Lebens, bis zum Ort der Ruhe. Dem Ort, der ihm verheissen worden war. Und auch Cyrille war tief bewegt.

Die Männer verabschiedeten sich in tränenreicher, tiefer Verbundenheit. Glücklich, in diesem Moment.

Und Carolus wusste auch: Nun hatte auch der väterliche Cyrille ihn als Mann anerkannt. Und seine Welt war in eben diesem Moment eine andere geworden.

Eine ehrliche, ernste, aber eben auch erwachsene Welt.

Missio IV – Pars Quarta

Was Carolus alles in seinem Kopf haben sollte, in den Tagen vor der Abreise, das überstieg sein Fassungsvermögen und verkürzte seine Nächte um lange Phasen irrlichternder Schlaflosigkeit. Doch das Wichtigste für Carolus waren seine Aufzeichnungen, die er im stillen als „Vita Caroli Pauli" begonnen hatte. Die bislang geschriebenen rollte er zu einem Bündel ein, und er wollte sie am Beginn der Reise im Haus seines Vaters deponieren. Er plante, sie bei seiner Rückkehr dann mit allen anderen, die er noch schreiben wollte, zusammenzufassen. Später, dachte er…

Auch würde er während der Reise eine ganze Reihe Pergamentblätter benötigen, und zumindest etwas Tinte, die er in kleine gläserne Fläschchen abfüllte und mit Wachs versiegelte, sowie Kiele zum Schreiben. Und er musste sich darauf verlassen, dass er sich Wichtiges dann unterwegs besorgen könne.

Doch wie wollte er sich kleiden? Er musste in Mönchskutte und Sandalen reisen, aber wenigstens Unterkleider für die kalten Tage und die vielen Nächte konnte er sich einpacken. Und auch einige kleine Büchlein packte er ein, vor allem die eigens gefertigten Abschriften aus der Heiligen Schrift, und - wie immer, wenn er auch nur wenige Stunden unterwegs war - Proviant.

All das blähte sein Reisebündel ganz erheblich auf. Und er handelte sich von den Brüdern die Spottrede ein, Carolus wolle nicht reisen, sondern er plane „bei den Mongolen" ein eigenes Kloster errichten. Jedenfalls plane er einen Umzug, keine Reise.

Doch in all dem konnte er sich immer wieder neu konzentrieren, und so notierte er schliesslich erneut die Begebenheiten seines letzten Treffens mit dem Abt Nantelmus von St. Maurice. Und er schrieb :

"So kam es schliesslich am vierten Tag der „Instructiones" durch den Abt Nantelmus zu einer förmlichen Beauftragung.

Denn den Auftrag des Heiligen Vaters, den hätte nicht ich bekommen, so wurde ich nun offiziell unterrichtet, sondern das Kloster St. Maurice und er, der Abt persönlich. Daran möge ich mich immer erinnern.

Aber er, der Abt, sende mich nun sowohl als mein Dienstherr, als auch als „Vater im Geist und Hüter Deiner Seele". Und auch wenn es ihm - Nantelmus - nicht so passe, dass ich nun auf die weite Reise ginge, „zu jung und zu unerfahren", aber ich sei nun einmal auch ein „Schatzsucher" ein „Stauner" und ein Entdecker. Und insofern auch eine sehr geeignete Besetzung für solch eine Mission.

Und er würde dem nun Rechnung tragen - und nachdenklich fügte er hinzu:

„Ich hätte Dich wohl kaum ernstlich halten können... So erteile ich Dir hiermit den Auftrag, im gesamten Reichsgebiet deutscher Zunge, das Schul- und Ausbildungswesen zu erkunden. Und schone nicht die „Seitenzweige des christlichen Bekenntnisses": Wenn du etwas Seltsames siehst, korrigiere es nicht, denn dafür hast du nicht das Amt. Sondern notiere es, und berichte mir darüber.

Erkundige auch die Schulen der Seltsamen, wie ich sie nenne, und natürlich auch diejenigen Frauenorden, die Dir am Wege liegen und berichte mir davon. Denn auch das wird sich nicht aufhalten lassen.

Und sage mir auch, welche Schulen insbesondere die Juden haben, und wie sie ihr ungeheures Wissen vermehren und weitergeben.

Und sage mir auch, ob jemand auf die dreiste Idee gekommen sei, etwa eine Schule zu gründen, in der auf Deutsch unterrichtet wird, Deutsch, „oder"?"

... was ja gar nicht ginge, schon weil alle Literatur auf Latein sei. Auch hier würde er dem grossen Carolus Magnus zustimmen, man müsse die Latinitas fördern. Zudem: Es gäbe ja gar kein einheitliches Deutsch, was er an mir immer wieder gesehen hätte....

Und so nahm mich Nantelmus mit einem einzigen Wort noch schnell „auf den Arm", wie man so sagt.

Und ich solle ihm auch berichten, ob es jemand gäbe, der einfach das gemeine Volk unterrichten wolle, eine Art „Volksschule" betriebe oder etwas Ähnliches. Beziehungsweise eine veritable Soldatenschule, oder was es sonst noch für Seltsamkeiten geben möge. Also auch die „Abarten"...

Drei bis vier Jahre wolle er mir dafür Zeit geben. Und er wolle gerne Bericht haben aus den Städten Augsburg, Magdeburg, Bremen, Hamburg und Köln. Insbesondere aus Köln solle ich ihm ausführlich Bericht über die Dominikanerschule erstatten. Für all diese Einrichtungen habe er mir Empfehlungsschreiben vorbereitet. Und in Köln solle ich, falls es dann dort schon gäbe, ein so genanntes „Studium Generale" absolvieren.

Es folgten detaillierte Vorschriften zu meiner weiteren Ausbildung auf dem Wege, für mein geistliches Leben in dieser Zeit, ja sogar für meine Gesundheit.

Und er würde mir nur ein recht kurzes, fast lakonisches „allgemeines" Sendschreiben mitgeben, „für jedermann", denn das Ganze solle in mein Herz gepflanzt und – wenn es irgend ginge – nicht auf Pergament zu lesen sein.

Und dann kam es erneut: „Du bist zu jung, wie ich schon öfter sagte, aber ich sehe niemanden aus unserer Mitte, der so geeignet wäre wie Du". –

Und dann sandte er mich aus.

In einer kurzen und eher einfachen, auf jeden Fall in einer völlig privaten Zeremonie kniete ich in seiner Zelle vor Nantelmus nieder, wiederholte in kurzen Worten den gesamten Auftrag und gelobte ihm - auch wenn ich nun lange Ferne sein würde - absoluten Gehorsam. Und ich gelobte, dass ich am Ende der Reise zu den Brüdern zurückkehren würde. Dann segnete mich der Abt und legte mir seine Hände auf und betete für mich.

Ganz am Ende sah er mich dann lange und ernst an, und es folgte noch ein unerwarteter Nachsatz:

„Ich habe dem Nuntius, der kürzlich hier war, nicht erzählt, wen ich sende. Und so ist Dein Name niemandem in Rom bekannt. Dies kann Dich - wer weiss warum - eines Tages schützen.

Und ich sage Dir nochmals: Hüte Dich vor den Staufern und ihren Verbündeten!

Dies sage ich weniger weil ich ihnen noch eine Zukunft geben würde, sondern viel eher, weil ich nicht möchte, dass Du illoyal wirst - ich müsste Dich nach kanonischem Recht dafür bestrafen.

Aber ich sage das vor allem, weil ich weiss, dass der Papst Friedrich und seine ganze Familie und alle seine Anhänger öffentlich verflucht hat. Dies wird nicht ohne Folgen bleiben, und ich möchte nicht, dass Du in irgendwelche Gefahren kommst.

Der Fluch wird die Staufer treffen, denn er hat grosse Macht, da sei er sich sicher.

Insbesondere von dem „Noch-Bischof" von Chur halte Dich fern und meide einen langen Aufenthalt in dieser Stadt: Der Mann ist exkommuniziert, soweit ich weiss. Und er wird sich nicht mehr lange dort halten können"

Nantelmus fuhr fort, ich würde ausser den einfachen Sendschreiben und einigen besonderen Empfehlungen ein wenig Geld mitbekommen, und die Dominikaner in Köln würde er getrennt anschreiben und um meine Aufnahme in die Schule bitten, sobald ich dort erschiene.

Einen winzigen Auszug aus den „Enarrationes in Psalmos" von Augustinus gab er mir dann noch wie ein persönliches Vermächtnis mit. Ich möge darin weiter studieren, zu meinem Seelenheil.

Und dann:

„Gott der Herr, der Allmächtige, behüte Dich auf all Deinen Wegen. Und ich will Dir noch das Wort mitgeben, das Gott dem Josua sagte, bevor er in das Gelobte Land einzog, oder wenigstens Teile davon:

Jede Stätte, auf die Deine Fusssohlen treten werden, hat Gott Dir heute schon gegeben

Es soll Dir niemand widerstehen deine ganze Reise lang, ja Dein ganzes Leben lang. Und gerade so, wie Gott mit Mose gewesen ist, so will er auch mit Dir sein.

Er wird Dich nicht verlassen noch von Dir weichen."

Und dann sagt Dir unser Gott noch besonders die folgenden Sätze:

„Sei nur getrost und ganz unverzagt, dass du hältst und tust in allen Dingen nach dem Gesetz, das dir Mose, mein Knecht, geboten hat. Weiche nicht davon, weder zur Rechten noch zur Linken, damit du es recht ausrichten kannst, wohin du auch gehst.

Und lass das Buch dieses Gesetzes nicht von deinem Munde kommen, sondern betrachte es Tag und Nacht, dass du hältst und tust in allen Dingen nach dem, was darin geschrieben steht.

Dann wird es dir auf deinen Wegen gelingen und du wirst es recht ausrichten.

Siehe, ich habe dir geboten, dass du getrost und unverzagt seist.

Lass dir nicht grauen und entsetze dich nicht; denn der HERR, dein Gott, ist mit dir in allem, was du tun wirst."

Und ich, Nantelmus, ergänze und sage Dir: Du wirst ein völlig anderer sein, wenn Du zurückkommst".

Und der Abt entliess mich nun, als völlig Sprachlosen.

Es war mein Abt, Nantelmus, der mir das „noch fehlende Wort" gegeben, das in der kürzlichen Erscheinung in meiner Zelle ausgelassen worden war! Es ist wie ein Siegel!

Der Kreis hat sich geschlossen."

Düstere Horizonte

Er hatte es niemand gesagt. Und um es möglichst nicht einmal versehentlich - etwa durch eine Unachtsamkeit - hervorscheinen zu lassen, verschwieg er es sozusagen sogar vor sich selbst:

Sein Bruder hatte bereits geantwortet. Vom Hof des Kaisers hatte er geschrieben, aber es wie eine völlig persönliche Nachricht aussehen lassen, ohne ein offizielles Siegel der Reichskanzlei. Und was er vom Bruder nun erfuhr, das beunruhigte Carolus mehr als er es zugeben wollte: Schon im Mai des vergangenen Jahres 1246 hatten - auf Betreiben des Papstes hin, wie sein Bruder es auslegte - die Deutschen einen Gegenkönig zu Konrad IV., dem Sohn Kaiser Friedrichs II., in deutschen Landen gewählt.

Und eine ausgesprochen zweifelhafte Wahl sei es gewesen: Gekaufte Stimmen, und die wichtigsten Reichsfürsten waren abwesend. Der Papst, so der offensichtlich erzürnte Bruder, habe einen Puppen-König, einen „Pfaffenkönig" gar, wählen lassen. Doch trotz anfänglicher Erfolge - denn er hatte im Sommer 1246 seinen Kontrahenten Konrad IV. bei Frankfurt in einer Schlacht besiegt - sei der Gegenkönig Heinrich Raspe nun selbst, nach der Belagerung schwäbischer Städte im Winter, auf seiner Burg in Thüringen, der Wartburg, im Februar diesen Jahres an einer Krankheit verstorben. Konrad habe per reitendem Boten seinen Vater über die Kanzlei informiert, und so hätten sie vor allen anderen, ja vor dem Kaiser selbst, davon erfahren. Und erneut betreibe man nun von Seiten der römischen Kurie eine Gegenwahl zu den Staufern. Man wolle, so der Bruder, die Familie der Staufer ratzekahl auslöschen.

Und er, der Bruder, fürchte nun nicht nur um den Frieden im Reich, er fürchte sogar um den Frieden in der Kirche, denn die Spaltungen gingen mitten durch den Klerus, und es gäbe sogar schon Bischöfe, die der Papst exkommuniziert hätte.

Carolus stach das ins Herz: Was hatten die Reiter der römischen Kurie, die ja nun auch - wie geschehen sein eigenes Schicksal mit bestimmt hatten - mit diesen Dingen zu tun? Und es überkam ihn Furcht, er selbst, der einfache Mönch Carolus aus dem oberen Wallis, könnte zwischen die Mühlsteine dieser das ganze Reich überspannenden Ränke der Grossen geraten.

Doch kaum hatte Carolus Zeit gehabt, seine eigenen Ängste wahrzunehmen, da schauderte ihn beim Lesen des brüderlichen Briefes ob einer noch weitergehenden Sache: Denn der Bruder hatte auch Angst um den Kaiser selbst. Ja noch viel mehr: Er fürchtete um seine eigene Zukunft.

Und - er könne es ihm nun nicht mehr verheimlichen - er habe eine Braut gefunden, eine aus den südlichen Marken, und man wolle bald Hochzeit feiern. Und falls dem Kaiser - dem auch immer mehr das Geld auszugehen schiene - etwas zustossen würde, Gott verhüte es!, dann wolle er, der Bruder, dort bleiben, auf Castel Trosino, das ihm mittlerweile lieb geworden war.

Und noch Vieles mehr schrieb der Bruder, und Carolus schwindelte ob all dieser neuen, trüben Horizonte, die sich ihm da auftaten.

Hastig notierte Carolus nun - kaum dass er den Brief fertig gelesen hatte - seinerseits einige Zeilen an seinen Bruder und erläuterte ihm kurz seine eigene Situation. Und sollte er, im kommenden Jahr, in Köln angekommen sein, würde er ihm dem Bruder erneut Nachricht geben. Aber auf keinen Fall solle der Bruder noch einmal hierher, an das Kloster St. Maurice, schreiben. Sondern wenn, dann Anna. Ja, Anna, sie würde bald lesen können, dafür habe er gesorgt.

Und erneut tarnte er sein Schreiben - diesmal wesentlich weniger umfangreich - als eine Notiz an die franziskanischen Brüder im neuen Konvent in Ascoli Piceno.

Und niemand schöpfte - in der allgemeinen Aufregung der Vorbereitungen zu seinem Aufbruch - Verdacht.

Letzte Vorkehrungen

So ging es nun, fast in Eile, an die allerletzten Vorbereitungen. Es waren noch wenige Tage.

Und so manche Nacht schlief Carolus kaum, oder nur wenige Stunden, erschöpft und ermattet, und doch wie in einem freudigen Taumel. Und dennoch nahm er sich Zeit und kommentierte erneut seine Situation:

„Die Woche war erfüllt von Vorbereitungen. Jetzt, da es alle im Konvent wissen, umschwärmen sie mich fast. Ein für mich herber Kontrast, wenn ich daran zurückdenke, wie sie mich nach der Rüge des Abtes vor rund drei Wochen mehr oder weniger gemieden haben. – "Den Menschen geht es eben wie den Leuten", hat mein Grossvater manchmal gesagt.

Doch ich tröste mich derweilen mit zweierlei:

Erstens damit, dass wir hier sowieso keine "bleibende Statt" haben und wir alle - mich eingeschlossen - einfach zu Fehlern und Schwächen neigen, auch wenn dies andern weh tut.

Zweitens trösten mich die Aussichten:

Mir ist, als ob ich durch ein dräuend-dunkles Tor gehen müsste, ein bedrohliches Etwas, durch dessen kleiner Einlasspforte ich aber einen hellen Schein sehe. "Dorthin", sagt alles in mir.

Und vielleicht werde ich tatsächlich auf meiner Reise früher oder später vor solch einem Stadttor stehen. Und dann werde ich hineingehen, und ich glaube, ich werde dann einfach lachen und tanzen und fröhlich sein. So sehr freue ich mich!

Doch vorher will noch Arbeit getan werden, Instruktionen wollen gehört werden - denn jeder, der auch nur entfernt meint, er könne mir etwas mitgeben, versucht dies auch, langatmig und wortreich und zeitraubend - es wollen noch Hinweise entgegengenommen sein. Und es wollen noch Gebete gesprochen werden. Und am Sonntag erfolgt eine feierliche Reise-Segnung im Gottesdienst. Der Abt selbst wird das machen, denn an ihn, und nicht an mich, ging ja der Auftrag zu dieser Reise.

Ich selbst komme doch aber in diesen Tagen des Aufbruchs gerade nur zum Nötigsten:

Meiner Mutter und Anna habe ich noch eine kurze Nachricht zukommen lassen, dass ich bald käme, da man mich auf eine Reise schicke, und ich wolle mich auch noch von Ihnen verabschieden.

Und allen verschwiegen habe ich den Brief meines Bruders, den ich aber noch kurz beantwortet habe, ehe ich denn selbst gehe. Tief in mir ist ein ungemein dringliches Gefühl, dies könne noch sehr, sehr wichtig werden.

Ich beginne diese Reise in einer wahrhaft beunruhigenden Lage des Reiches: Wir haben hier erst Wochen später vernommen, dass der 1246 in deutschen Landen gewählte "Gegenkönig" Heinrich im Februar überraschend gestorben war. Und zum Glück wurde es nun auch offiziell im Kloster bekannt, und ich musste mich nicht mehr hüten, mich in meinem inneren Aufruhr zu verplappern: Denn ich weiss es ja schon von meinem Bruder. Und ein neuer Widersacher des Herrschers ist nicht gewählt.

Aber Kaiser Friedrich, so schreibt mir mein Bruder zusätzlich, kann offensichtlich weder nördlich der Alpen die Gunst der Stunde nutzen (mein Bruder meint zu wissen, dass seinem Herrn das Geld dafür fehle), noch kann er in Italien selbst den Städten Herr werden.

Und insbesondere in Parma braue sich ein Aufstand zusammen und der Kaiser fürchte um die Seinen, die dort die Stadt in seinem Namen bewachen. Das hatte mein Bruder noch ergänzend hinzugefügt, diese Fussnote las ich erst später.

Ich fürchte jedoch am allermeisten um meinen Bruder selbst, den sein Dienstherr Petrus de Vinea, die rechte Hand des Kaisers Friedrich, sicher sehr argwöhnisch betrachten wird. Einfach, weil er ihn schwer einschätzen, „diesen Deutschen".

Und kommt es zum Krieg gegen Parma, wird mein Bruder den Kaiser begleiten müssen. Auch wenn er dort nur ein winzig kleines Licht ist, er dürfte einer der wenigen sein, der gewissermassen "in Deutsch" leuchten kann. Auch wenn die hochoffiziellen Dokumente alle in Latein abgefasst sind. Denn für "das Inoffizielle" und die Zwischentöne wird Deutsch, zumindest im nördlichen Reichsteil, immer wichtiger. Und Friedrichs Sohn Konrad urkundet bereits seit mehreren Jahren hin und wieder in Deutsch.

Auch fürchte ich um Anna, meine kleine Schwester, und um Vater und Mutter fürchte ich auch. Was geschehen würde, wenn etwas geschieht, das möchte ich mir gar nicht ausdenken. Und ich bin unruhig deswegen. Wer wird sie schützen, da ich nun wirklich weg, und weit weg bin?!

Aber in mir spüre ich nun andererseits eine Kraft, die ich schon lange nicht mehr gespürt habe: Unbändig ist sie, wild, ungestüm und „abenteuerlustig" ist noch das Mindeste, was ich von ihr sagen kann.

All das möge aber mein himmlischer Herr zusammenfassen und zu seiner Ehre läutern und nützen!

Denn das habe ich vorgestern in dem Brief des Paulus an die Epheser gelesen:

> *"Denn aus Gnade seid ihr selig geworden durch Glauben, und das nicht aus euch: Gottes Gabe ist es, nicht aus Werken, damit sich nicht jemand rühme. Denn wir sind sein Werk, geschaffen in Christus Jesus zu guten Werken, die Gott zuvor bereitet hat, dass wir darin wandeln sollen.*
>
> *…gratia enim estis salvati per fidem et hoc non ex vobis Dei enim donum est non ex operibus ut ne quis glorietur ipsius enim sumus factura creati in Christo Iesu in operibus bonis quae praeparavit Deus ut in illis ambulemus."*

Auch ich bin "sein Werk". Und der, der so ein - hoffentlich gutes - Werk in mir und durch mich vollbringen will, der möge dieses, sein eigenes Werk in mir und durch mich auch vollenden.

Und nur in den Wegen, die er "zuvor bereitet hat", will ich wandeln.

So wahr mir Gott helfe!"

Herzschlag

Es gibt Momente im Leben, die solches Gewicht entfalten, dass man seinen eigenen Herzschlag zu spüren bekommt. Weder aus Angst, noch aus Verwirrung geschieht das. Sondern aus einer Erregung des gesamten Seins, aus einer über alle Massen gesteigerten Wahrnehmung des „Jetzt und Hier".

Und man spürt dann, dass auch das „Morgen", das heiss ersehnte, auch wieder dieses „Jetzt" an sich haben wird, diese gesteigerten Augenblicke von Gegenwart, denen man ein Vergehen gar nicht zutrauen würde.

Und doch vergeht alles „Jetzt". Und nur im Erinnern und Verarbeiten kann aus dem „Jetzt" ein „Gestern" und ein „Vorgestern" und ein „Historisches" werden.

Sonst - ohne das Erinnern - würde es nur ein Vergessenes geben, ein von unbestimmbaren Schicksalen nur hingehauchtes Nicht-mehr-Sein, ein Nie-gewesen-Sein. Kein Sein. Nur Nichts. Doch vor dem anscheinend allem Leben drohenden Nichts gibt es ein Jetzt. Und wenn man es wahrnehmen kann, und fast alle Geschöpfe scheinen dies zu können, dann hört man die Wucht des eigenen Herzens, das Rauschen der Zeit, den Gesang der Wolken, das Raunen der Dinge.

Und über all dem spürt man einen Hauch, der über allem Geschöpf immer geweht hat, in allem Anfang, über den Wassern der Schöpfung. Nicht kennt man seinen Ausgang, nicht sein Wohin. Aber sein Wehen fühlt die Seele, und - oft - erkennt es der Geist in uns.

Und dann wird Trübes klar, Enges weit und Angst weicht. Denn der Wind dieses Geistes vertreibt alle Furcht.

Anders kann man das nicht beschreiben, was Carolus in den Stunden vor seiner Abreise erlebte. So über-wach war er, so über-klar sah er. So weithin überblickte er alles.

Und doch war nicht alles Euphorie und gesteigerte Wahrnehmung in seinem Innern. Carolus Paulus war auch ein immens berechnender Mensch, ein kompromisslos zweckbezogener, ein - wiewohl noch jung - ungemein zäher Kämpfer. Es lag wohl in ihm, in seinem Wesen, man kann es kaum erklären.

Und kraft dieser Begabung konnte er in aller Kürze die wichtigsten Dinge regeln: Von keinem Bruder vergass er sich zu verabschieden. Vielen konnte er danken und seinen Dank auch in Worte fassen, die nicht nach Formeln klangen - weil sie keine waren.

Im Gewand des Carolus Paulus, des „geringen Karl", war ein erwachsener und belastungsfähiger Marcus entstanden. Und in den Stunden seines Abschieds war es, als liesse er - immer noch im Gewand des Mönches Carolus - die Rolle des Unterwürfigen zurück.

Dies, ein Unabhängiger zu sein, ein Freier, wie er kaum freier sein konnte, dies war sein eigentliches Naturell. Das Andere jedoch war ein willkommenes Gefäss, die conditio sine qua non seiner Bildung und Prägung.

Für immer würde er geistlicher und geistiger Mensch sein, ein - im Kunstwort - „Carolifizierter" gewissermassen, ein „Eingemönchter", ein durch Zucht und Bildung Geprägter.

Für immer würde er auch - und diese Dimension war ihm damals noch gar nicht bewusst - ein Priester sein: Einer der die Gnadengaben seines Gottes austeilen wollte und musste. Und es, je länger, je mehr, auch konnte. Denn: „Gott gereut seine Erwählung nicht".

Und so bestimmte es auch das Sakrament, das ihn auf immer und sein Leben lang in dieses Amt hinein geprägt hatte.

Aus dem jungenhaften Marcus war - in der schönen Gestalt des Carolus Paulus - ein Mann geworden.

Abschied und Dank

Es war am letzten Tag im Kloster von St. Maurice an der Rhône, dass es Carolus - in allem Trubel und aller Aufregung der Abreise - ein letztes Mal gelang, die Ereignisse der Abschiedsstunden zusammenzufassen. Und er schrieb :

"Noch ist dieser Tag nicht vorbei, es sind noch wenige Stunden. Dann erst ist Mitternacht.

Aber - wenn ich mich gut erinnere - ich habe noch nie einen solchen Tag erlebt! Und meine Gefühle, das Schäumen von Hoffen, Bangen und Erwarten, werfen meine geordnete Denkweise immer wieder von neuem um.

Es war noch vor der Morgenmesse an diesem Sonntag, dem 21. Tag des Frühlingsmonats April im Jahre 1247 A.D., dass ich einigen der Brüder persönlich dankte.

Denn nur Gott, der Allmächtige, weiss, ob ich je wiederkommen werde. Und in welchem Zustand.

Und so habe ich diese kurze Phase meines frühen Lebens heute beschlossen, zuallererst mit persönlichem Dank. Der gilt - und das konnte ich ihm nur zum halben Teil wirklich sagen - zuallererst demjenigen, der in dem Kloster St. Maurice für die Novizen verantwortlich ist: Der gute, starke und so urwüchsige Bruder Cyrille.

Schon einige Zeit ist er nicht mehr für mich verantwortlich, aber als er es war, konnte ich keinen brüderlichen Vater und keinen väterlicheren Freund finden. Auf Gottes ganzer Erde nicht.

Wie ich selbst kommt er aus den tiefen, kräftigen Geschlechtern der Bergbauern, er wohl aus dem - wenn ich es noch richtig weiss - oberen Lötschental, und ich aus den Hängen vor dem Aletschgletscher. Dem Gewaltigen.

Und so waren wir uns schon immer - im Schutze der göttlichen Vorsehung - näher, als ich es mit den anderen überhaupt je hätte sein können.

Es war Cyrille, habe ich das tiefe Gefühl, der dem Abt meine Eignung für die schwierige Aufgabe näherbrachte. Denn - Gott behüte seine Seele und ehre ihn auf ewig! - der grosse Nantelmus kam aus einer strengen, romanischen Tradition am Lac Leman, und Einige haben sogar behauptet, noch seine direkten Vorfahren stammten aus den italischen Landen. Ich glaube es gerne.

Dann - auf eine bei weitem nicht nur praktische Weise - war es der bayerische Mitbruder Thomasius, der mir nicht nur die allerexzellenteste Vorbereitung in den vergangenen Wochen ermöglichte, sondern der mich ein aufs andere Mal auf eine unerwartete Weise in einem Masse erheiterte, dass es fast unziemlich war. Nicht wie er die Pointen setzte, war aber unziemlich, sondern wie ich darüber lachte: Laut, unvermittelt und fast wild. - Es war einfach zu gut.

Und dann waren es vor allem die älteren Brüder, die auf ihr eigenes Leben schon zurückblicken konnten: Mit überwältigender Milde haben sie mich - innerlich - auf Händen getragen. Besonders, als es allen klargeworden war, dass ich gehen würde.

Nun gehe ich.

Vorbereitet. Ausgerüstet. Instruiert. Ausgebildet. Übermotiviert. All-Erwartend. Über-Euphorisch: Das wird DIE Reise meines Lebens. Und morgen früh geht es los.

Im Gottesdienst hat Nantelmus mich gesegnet. Vor aller Augen, vor aller Herzen, und geistlich wie menschlich, war ich geradezu nackt. Nantelmus hat erneut seinen Auftrag an mich vor allen Brüdern, mehr noch, vor der ganzen Gemeinde, bekräftigt und auch seine Sendschreiben an einige hohe Herren gerechtfertigt.

Es würde lange dauern, bis dieser junge „Berglöwe", wie er mich nannte, wieder in den Reihen der Brüder sein würde. Sehr lange. Doch sie würden sich alle wiedersehen, wenn nicht hier, dann doch „da drüben", in der jenseitigen Welt. Das Waghalsige an der Unternehmung, sagte er dann in höchst erhellender Weise, das Waghalsige seien nicht die Gefahren des Weges selbst. Das grosse Wagnis sei es, im Glauben nicht nur fest zu bleiben, angesichts der vielfältigen Herausforderungen, Versuchungen und Gefahren der „Tausend Wege", die ich nun gehen würde.

Sondern es sei besonders gewagt, sogar noch zu erwarten, dass ein junger Mensch an diesen Gefahren der Reise auch noch wachse. Dieses Wagnis wolle er, Nantelmus, vor aller Öffentlichkeit seine Hoffnung bezeugend, aber eingehen. „Diesem wird etwas gelingen - so Gott will - was nicht Vielen gelingen kann"

Und er segnete mich nicht einfach durch Auflegung seiner Hände, wie ich es erwartet hatte, sondern er salbte mich, wie bei einer Firmung, und es überkam mich eine Freude, wie ich sie nie gekannt hatte, bislang in meinem nie ganz freudlosen Leben. Alles, alles, alles in mir juchzte und jauchzte, und wären nur meine Arme lang und ich gross genug gewesen, ich hätte gerne alle und alles umarmt. An Stille-Sein war kaum zu denken.

Doch dann kam der Moment, von denen es in dieser Welt nicht viele gibt:

Alle, wirklich alle Brüder kam einer nach dem anderen - im laufenden Gottesdienst - zu mir, dem Knienden, und legten mir eine Hand auf und sprach einen Segenswunsch und ein Segensgebet. Und es waren besonders die kaum zurückgehaltenen Tränen der älteren Brüder, die auch mich zu Tränen rührten.

Und für einige unendlich lange Momente war ich wie in eine zeitlose Zeit eingebettet, oder wie in ein warmes Wasser getaucht, in einen unendlichen Frieden, den die Welt eigentlich so nicht kennt.

Und als alles vorbei schien, Pomp und Wärme, und Freude und überschäumende Erwartung und das warme Wasser des göttlichen Friedens - da war im Grunde nichts vorbei.

Denn gerade dann, in diesen Momenten, als der Gottesdienst zu Ende ging, da hatte meine Reise - die ich in zitternder Euphorie erwartet hatte - , da hatte meine Reise bereits begonnen.

Es ist die Reise meines Lebens."

Inscriptio Septima

Und am kommenden Morgen, nur eine halbe Stunde vor seinem Abschied und Weggang, schrieb dieser Carolus ein letztes Mal im Kloster von St. Maurice :

„Ist wirklich in allem Anbeginn das Ende nicht mehr weit, wie es in einem schönen, aber traurigen Leid heisst? Ist nicht der, der aller Anfänge Anfang ist auch das Ende, das Ziel, die Erfüllung aller Dinge, wie es die Schrift sagt?! Der erste Buchstabe und der letzte, das Alpha und das Omega, aller Wahrnehmung, aller Wahrheit und allen Seins?!

Was so gross klingt, ist nur eine Abschattung, ein Vorausleuchten der noch viel grösseren Dinge, denen wir alle entgegengehen. Dessen bin ich mir gewiss.

Und so gehe ich mit Zuversicht, und ich gehe auf bereiteten Wegen.

Kaum bleibt mir noch Zeit, meine Gedanken in Worte zu fassen. Denn ich werde erwartet.

Und der mir nun den Weg bereitet, der „mich jetzt gürtet", wie es einst Petrus gesagt wurde, der wird mich in diesem Weg bereiten. Zubereiten wird er mich. Mehr noch: Er wird sich in mir bereiten. So sei es!

Ich werde nicht alleine auf dem Weg sein."

Carolus rollte das Pergament ein, als es fast noch feucht war, so war er in Eile. Ein letztes Mal fiel er in seiner Zelle auf die Knie, und als er inbrünstig seinem Gott dankte für die Jahre seines Anfangs, flossen seine Augen über und er schluchzte fassungslos und hemmungslos wegen allem, was ihm widerfahren war.

Aber um dessentwillen, was ihm im Kommenden widerfahren sollte, fasste er sich wieder, stand alsbald auf und ging, sich auch von den Letzten zu verabschieden. Ein Mann.

Er wusste nicht, niemand wusste es, dass es das Letzte war, was er in diesem Kloster tat.

WEITER

Was weiter zu schreiben ist über die Reise, die man später aufgrund der von Carolus' eigener Hand angefertigter Beschreibungen „Vita Caroli Pauli" nannte, das wird in den Tagen und Bänden, die vor uns liegen, durchwandert, erlebt, geschrieben und erzählt werden.

Und es kann und soll gelesen werden.

Und man wird sich an diese Reise erinnern, auch weil sie noch niemand zuvor, und vermutlich auch niemand danach, je gemacht hat.

Und durch das Erinnern an diese Reise legte sie Grundlage für das gesamte weitere Leben des Mönches Carolus Paulus. In ihm, und auch in uns.

Eine wichtige Grundlage legte diese Reise aber auch dadurch, dass ihre sieben Motive - die der Fastensonntage und des Festes, das wir seit langem Ostern nennen - in tiefer Weise die späteren Phasen seines Lebens bestimmten. Bedenkenswert, allemal!

All das wird in den Aufzeichnungen der kommenden Phasen der jugendlichen Reisen von Carolus Paulus, der „Vita Caroli Pauli", und auch in den darauf folgenden Berichten über das „eigentliche" Leben von Carolus Paulus zu lesen sein.

So Gott will, und wir noch leben.

Pierre Maurice

(Erzähler)

ANNOTATIONES

Anmerkungen

Anmerkungen

Das Leben des Carolus Paulus zu beschreiben, vor allem in der vorliegenden Form, das bedarf im Grunde einer so grossen Zahl von Anmerkungen, dass sie einen eigenen Band füllen könnten. Dafür ist hier in einer zureichenden Form nicht der Platz.

Jedoch findet sich das Meiste in den allgemein zugänglichen geschichtlichen Quellen. Und auch die erwähnten Orte sind - bis auf sehr wenige - dem Suchenden geöffnet. Und während alles in diesem Buch ein Produkt der Imagination sein könnte, ist das verwendete Material samt den historischen Personen und ihren Taten doch historisch so exakt wie nur irgend möglich verwendet worden.

Es mag einer glücklichen Fügung vorbehalten bleiben, ob ich meine Absicht verwirklichen kann, die tatsächlich verwendeten Quellen zu späterer Zeit einzeln nachzuweisen.

Dem, der jedoch in die Geheimnisse eindringen will, die solche Orte, Zeiten und Menschen, die Himmel und Erde, beherbergen, der muss sich mit Herz, Mund, Auge und zu Fuss aufmachen: Und selbst sehen, fühlen, denken, weinen und lachen.

Die wichtigen Dinge sieht man wirklich nur mit dem Herzen.

Um der gebührenden Ordnung willen aber, sowie um der einen oder anderen öffentlichen Verpflichtung nachzukommen, sind im folgenden jedoch einige wichtige Quellen, Verweise und Abbildungsnachweise eingefügt.

Falls wir, Autor oder Verleger, etwas Wichtiges oder gar Notwendiges vergessen hätten, geschah dies nicht mit Absicht. Und schon jetzt bitten wir um Entschuldigung, falls wir solch Wichtiges ausgelassen oder selbst Unwichtigeres übersehen hätten. Die Bitte um „Pardon" gilt insbesondere für eventuelle Druckfehler.

Pierre Maurice

Abbildungen:
Verzeichnis und Herkunft

Sämtliche Abbildungen und Grafiken dieses Werkes stammen vom Autor, der auch das Copyright dafür hält.

Einzige Ausnahmen davon sind die unten aufgeführten Werke, die unter gemeinfreien Lizenzen veröffentlicht werden und hier nur grob inhaltlich bezeichnet werden:

Seiten 91 und 96: Detailskizze aus „De arte venandi cum avibus" von Friedrich II.

Seite 122: Innozenz IV. auf dem Konzil zu Lyon 1245

Seit 124: Synoptische Darstellung der Krönungen Friedrichs II. und Ludwig IX.

Seite 220: Einziges Siegel der von 1246 – 1247 regierenden deutschen Königin Beatrix von Brabant.

Wir bitten darum, das Copyright zu respektieren.

Quellen und Verweise

Quellen

Alle erwähnten historischen Daten, Namen und Ereignisse sind allgemein zugänglichen und anerkannten Quellen entnommen.

Bibelzitate

Die Bibelzitate entstammen folgenden Editionen:

Deutscher Text: „Luther-Bibel 1984"; Online-Ausgabe der Deutschen Bibelgesellschaft unter: http://www.bibelwissenschaft.de/online-bibeln/luther-bibel-1984

Lateinischer Text: „Biblia Sacra Vulgata" ; Online-Ausgabe der Deutschen Bibelgesellschaft unter: http://www.bibelwissenschaft.de/de/online-bibeln/biblia-sacra-vulgata

Griechischer Text: „Septuaginta »; Online-Ausgabe der Deutschen Bibelgesellschaft unter: http://www.bibelwissenschaft.de/online-bibeln/septuaginta-lxx

Weitere Texte :

„Andacht zum Sonntag „Invocabit", französisches Original von Abbé Jean César Scarcella, St. Maurice, 2016. Internes Papier.

Aurelius Augustinus, **„Confessiones"** ; lateinischer Text nach James J. O'Donnell ; online verfügbar unter: http://faculty.georgetown.edu/jod/latinconf/latinconf.html

Übersetzung von Otto F. Lachmann: **„Die Bekenntnisse des heiligen Augustinus."** Leipzig, Reclam, 1888 [u.ö.] (Reclams Universal-Bibliothek ; 2791/94a); online verfügbar unter: https://www.ub.uni-freiburg.de/fileadmin/ub/referate/04/augustinus/bekennt1.htm

„**Merseburger Zaubersprüche**": Zitiert nach

https://de.wikipedia.org/wiki/Merseburger_Zaubersprüche

„**Fasti**": P. Ovidius Naso; zitiert nach:

http://www.hs-augsburg.de/~harsch/Chronologia/Lsante01/Ovidius/ovi_fa01.html

„**Vita Caroli Magni**": Das Leben Karls des Grossen, Lateinisch-Deutsch von Evelyn Scherabon Firchow, Stuttgart 1981, Reclam,

„**Wessobrunner Gebet**": Zitiert nach

http://www.hs-augsburg.de/~harsch/germanica/Chronologie/08Jh/Wessobrunn/wes_text.html

sowie https://de.wikipedia.org/wiki/Wessobrunner_Gebet

„**Donations et privilèges accordés à l'abbaye de Saint-Maurice par les rois de Bourgogne et de France**", zitiert nach:

http://www.digi-archives.org/fonds/charles/t01001.html

Weiteres:

S. 135; der „bekannte Bischof" ist Franziskus, der 2016 amtierende Bischof von Rom, von dem das angeführte Zitat stammt.

ÜBERSETZUNGEN

Sämtliche anderweitigen, hier nicht aufgeführten Übersetzungen stammen vom Autor.

Dies gilt insbesondere für die Übersetzung des französischen Textes der Gründungsregel des Klosters St. Maurice („Donations..."; s.o.) und der „Andacht zum Sonntag Invocabit", nach dem Original von Abbé Jean César Scarcella, St. Maurice, sowie einiger weiterer, sich im Allgemeingut befindlicher lateinischer Textteile.